Die vermisste Freundin

Die Deutsche Nationalbibliothek – CIP-Einheitsaufnahme.
Die Deutsche Nationalbibliothek verzeichnet dieses Buch
in der Deutschen Nationalbibliografie;
detaillierte bibliografische Daten sind im Internet über
http://dnb.d-nb.de abrufbar.

Erste Auflage 2018

www.groessenwahn-verlag.de

ISBN: 978-3-95771-230-1
eISBN: 978-3-95771-231-8

Olaf Jahnke

Die vermisste Freundin

Ein Fall für Roland Bernau

IMPRESSUM

Die vermisste Freundin

Autor
Olaf Jahnke

Seitengestaltung
Größenwahn Verlag Frankfurt am Main

Schrift
Constantia

Covergestaltung
Marti O´Sigma

Coverbild
Marti O´Sigma; Sonnenuntergang in Afrika

Lektorat
Britta Voß

Druck und Bindung
Print Group Sp. z. o. o. Szczecin (Stettin)

Größenwahn Verlag Frankfurt am Main
August 2018

ISBN: 978-3-95771-230-1
eISBN: 978-3-95771-231-8

Für Claudia, Mara und Carolin

»Denke nicht, es gibt keine Haie, weil das Wasser ruhig ist.«
Madagassisches Sprichwort

Vermisst

Die Menschen verließen den Saal, drängten mir entgegen, in Jacken, denen noch die Feuchtigkeit des Nachmittagsregens anhaftete. Sie schoben sich an mir vorbei, durch den gläsernen Ausgangsbereich in die frische Abendluft. Eine nicht mehr ganz so junge Frau mit Dreadlocks strömte einen unangenehmen Patschuligeruch aus. Für 21:00 Uhr hatte man mich bestellt, erstaunlich spät für ein erstes Gespräch mit dem Vorstand einer ehrenamtlichen Hilfsorganisation. Ich kam etwas früher in den Vorbau des Rathauses. Dass hier eine so große Gruppe tagte, hatte ich nicht geahnt. Der Verein »Kelkheim hilft« unterstützte Flüchtlinge bei der Ankunft und den allerersten Schritten zur Integration. Am Telefon hatte sich die Dame aus dem Vorstand kryptisch ausgedrückt, sie wüssten um meine Kompetenz und Verschwiegenheit bei heiklen Angelegenheiten. Näheres würden sie gerne bei einem Treffen im Gartensaal erörtern. Zuerst war ich mir nicht sicher, ob ich diesen Termin überhaupt annehmen sollte, aber Susanne meinte, die Damen wären alle äußerst korrekt. Ein großer Vorteil, dass meine Büromanagerin aus Kelkheim stammte.

Die Tische mit rund 30 Stühlen standen, entsprechend der Form des Raums, zu einem Quadrat angeordnet. Am Rande, etwa einen halben Meter erhöht, reihte sich die gleiche Zahl an Sitzplätzen in zwei Linien hintereinander. Normalerweise trafen sich hier die Fraktionen und Ausschüsse des Stadtparlaments. Das Publikum, wenn es bei den Sitzungen zugelassen war, durfte auf der Empore Platz nehmen. Nach meinem Gefühl bildeten die vier Damen den Vorstand, welche von den anderen Mitgliedern des Vereins mit Aktenordnern und Papieren belagert wurden. Zwei Männer diskutierten heftig gestikulierend über ein paar Fotos, auf denen ich im Vorübergehen die schmuddeligen Wände einer

Wohnung erkannte. Ansonsten waren ausschließlich Frauen anwesend. Eine davon sah mich an, erhob sich, obwohl ihr eine Dame wortreich etwas klar machen wollte, sie nickte ihr kurz zu, schob sich an den beiden Männern vorbei und reichte mir die Hand. Einen guten Kopf kleiner als ich, längere, schwarze Haare, etwas stärker geschminkt.

»Herr Bernau, wenn ich die Bilder aus der Zeitung richtig in Erinnerung habe.«

»Ja, Ihr Gedächtnis lässt Sie nicht im Stich.«

Nach dem letzten Fall stürzte sich die Presse auf mich, weil meine überraschenden Ermittlungsergebnisse die Kompetenz einiger höherer Polizisten in Frage gestellt hatten. So viel Öffentlichkeit bedeutete zwar mehr Aufträge, konnte einen Privatermittler aber nicht wirklich freuen. Mein Gesicht blieb den Menschen anscheinend im Gedächtnis.

»Ich bin Marita Lopez-Schuster, wir haben telefoniert. Ich bitte Sie um einen Augenblick Geduld, wir sind gleich soweit, nehmen Sie ruhig Platz.«

In ihrem spanischen Akzent rollte sie das R, ihre roten Lippen öffneten sich um die strahlend weißen Zähne zu einem freundlichen Lächeln. Ihr Blick haftete an mir, während sie sich zurück zur Gruppe setzte. Ich nahm mir einen Stuhl an der diagonal entgegengesetzten Ecke, um einen gewissen Anstandsabstand zu wahren, solange ich nicht Teil des Gesprächs war. Beim Setzen spürte ich meine Rippen. Die Ärzte meinten, dass in den nächsten Wochen immer mal wieder Schmerzen, schlechtesten Falls erneut Komplikationen auftreten könnten. Ein schönes Andenken an den vorherigen Auftrag.

Das Treffen war offiziell beendet, manch einer fühlte sich allem Anschein nach in der großen Runde nicht genügend beachtet oder, noch schlimmer, vollkommen missverstanden. Gemeinsam kämpften sie für eine gute Sache, bei der Ausführung tauchten allerdings, wenn ich die strittigen Punkte richtig verstand, durchaus Unstimmigkeiten auf. Der Teufel lag bekanntlich im Detail. Es dauerte rund eine halbe Stunde, bis sich die letzten Teilnehmer verabschiedeten. Die vier Frauen blieben sitzen und atmeten, wie auf Kommando, hörbar auf. Zwei lachten, schoben die Unterlagen zusammen, eine schüttelte den Kopf, die Vierte, Frau Lopez-Schuster, winkte mich heran.

»Herr Bernau, kommen Sie doch bitte zu uns.«

Ich ging die Tischreihe entlang, zog mir einen Stuhl zurecht und setzte mich über Eck zu den Damen.

»Wenn ich Ihnen meine Mitstreiterinnen vorstellen darf? Maria Kalinowsky.« Sie zeigte nach links, drehte sich zur rechten Seite. »Silke Klein und Sabine Dubois.«

Sie nickten mir zu und versuchten wahrscheinlich, mich einzuschätzen.

»Guten Abend, vielen Dank für die Einladung.«

»Nein, wir müssen uns bedanken, dass Sie um diese Uhrzeit im Rathaus vorbeischauen. Inzwischen ist es, oh, madre mia«, sie sah auf ihre Uhr, »halb zehn. Nicht gerade die üblichen Bürozeiten.«

»Für Privatermittler gelten die nicht, befürchte ich.«

»Das mag sein, trotzdem freue ich mich, dass Sie hier sind. Am Telefon mochte ich nicht so offen reden.«

Sie schaute ihre Vorstandsrunde an. So langsam schaffte sie es, eine gewisse Neugierde in mir zu erzeugen, worüber sich der Verein sorgte. Wegen Kleinigkeiten hatte mich noch nie jemand engagiert. Gewalttaten, bei denen die Polizei nach Ansicht meiner Auftraggeber nicht ausreichend oder überhaupt nicht ermittelte, gehörten zu den Hauptgründen. Hier sah eigentlich alles recht friedlich aus. Das Thema Flüchtlinge galt speziell für sogenannte besorgte Bürger schlechthin als Symbol für zukünftige Gewalt in unserem Land. Die Polizei in Hessen und besonders in Kelheim ging mit dieser Aufgabe zum Glück sehr sensibel um.

»Wie kann ich Ihnen helfen?«

Marita Lopez-Schuster schaute in die Vorstandsrunde. Ihre Sitznachbarin zur Linken, Maria Kalinowsky, die zwar einen polnischen Namen trug, aber eindeutig afrikanische Wurzeln hatte, ich tippte auf Eritrea, nickte ihr aufmunternd zu, sodass sie sich wieder mir zuwandte.

»Eine gute Freundin von uns, eine sehr gute Freundin, sie ist, na ja, eventuell verschwunden.«

Das klang jetzt noch nicht nach einem echten Auftrag.

»Eventuell? Können Sie mir das etwas genauer erklären?«

»Ja, natürlich.«

Das rollende R gefiel mir.

»Martina ist – Martina Weber heißt sie, entschuldigen Sie - Martina hat sich seit ein paar Tagen nicht mehr bei uns gemeldet. Normalerweise haben wir nahezu täglich Kontakt mit ihr.«

»Manchmal sogar mehrmals am Tag, Martina chattet gerne und schickt uns regelmäßig Fotos«, sagte Sabine Dubois. Selbst im Sitzen überragte sie die anderen Frauen um fast einen Kopf. In ihrem dunkelblonden Haar steckte eine Lesebrille.

»Die Polizei nimmt aber nach dieser Zeit natürlich auch Vermisstenanzeigen an. Warum fragen sie nicht auf dem Revier? Das wäre garantiert deutlich kostengünstiger.«

Marita Lopez-Schuster schob die Unterlagen vor sich auf dem Tisch mit beiden Händen zusammen, senkte ihre Augen.

»Martina ist seit drei Wochen in Madagaskar. Sie hilft bei einem landwirtschaftlichen Projekt, das unsere Kirchengemeinde finanziell unterstützt.«

»Okay. Das klingt wirklich nicht nach einem Fall für die Polizeistation Kelkheim.«

Die Runde hatte es geschafft, mich zu erstaunen. Mit skeptischen Blicken sahen sie mich an, niemand sagte etwas. Ostafrika als Ermittlungsgebiet, das fehlte noch auf meiner Landkarte. Andererseits konnte ich mir einen entscheidenden Punkt bei diesem Verein nicht vorstellen.

»Sie sehen mir bestimmt meine Überraschung an. Bevor wir tiefer in die Materie einsteigen, möchte ich auf eine kleine, aber wichtige Tatsache hinweisen. Ermittlungen stellen für mich kein Hobby dar, ich lebe davon, ebenso meine Mitarbeiterin, Frau Söllner. Dementsprechend gibt es einen festen Tagessatz für unsere Arbeit. Ich bin mir nicht sicher, ob ...«

Silke Klein, die bislang nichts gesagt hatte, hob die Hand.

»Das wissen wir natürlich. Niemand erwartet von Ihnen, dass Sie uns Ihr Honorar quasi spenden. Wir haben bereits mit dem Dekanat Kronberg gesprochen, zu dem unsere Gemeinde beziehungsweise das Projekt in Madagaskar gehört. Dort begreift man die besondere Situation. Der Propst hat bei der Landeskirche nachgehakt, sogar der Kirchenpräsident weiß inzwischen Bescheid.«

»Aha, und was denken die Herren?«

»In einem gewissen Rahmen hat man uns Hilfe angeboten. Es versteht sich von selbst, dass Sie nicht zum Spaß arbeiten. Wir haben uns ansatzweise darüber informiert, in welcher Höhe sich die Tagessätze von Ermittlern bewegen. Die Referentin des Präsidenten möchte allerdings gerne mit Ihnen reden, bevor das Landeskirchenamt fest zusagt. Ein paar Tage Ermittlungszeit würde man bezahlen, das Dekanat kann auch etwas beisteuern. Für den Rest kommen wir auf. Man hat uns gebeten, mit Ihnen zu sprechen, über Martina und ob Sie grundsätzlich bereit wären, den Fall zu übernehmen.«

Die Frauen wussten, was sie wollten. Sie sagten nichts mehr, sahen mich an, alle vier, womit sie es tatsächlich schafften, mich ein bisschen unter Druck zu setzen. Ihre Freundin war verschwunden, weit weg, in einem Land, das nicht gerade für seine gute Infrastruktur bekannt war. Ich versuchte, ihre Sorgen zu zerstreuen.

»Niemand kann ausschließen, dass es sich einfach nur um ein Kommunikationsproblem handelt. In Madagaskar muss nur ein Mobilfunkmast ausfallen, um eine Stadt vom Internet zu trennen.«

»Das haben wir bereits überprüft«, antwortete die Klein. »Nach drei Tagen überkam uns ein komisches Gefühl. Ohne gleich in Panik zu verfallen, haben wir dem Projektleiter eine unverfängliche Mail geschickt. Wie es um die aktuelle Situation vor Ort bestellt ist, ob ihm Martinas Wissen im Bereich der Landwirtschaft weiterhilft bei seinen Problemen mit den geplanten Anpflanzungen im Dürrebereich. Er hat uns innerhalb einer Stunde geantwortet. Also keine technische Ursache, dass Martina sich nicht bei uns meldet.«

Sie holte tief Luft, Sabine Dubois legte eine Hand auf ihre. Die Augen von Silke Klein füllten sich mit Tränen.

»Die E-Mail bewirkte das Gegenteil, der Projektleiter machte uns noch mehr Angst. Er schrieb, dass Martinas Wissen perfekt ins Projekt passt. Jedoch hätte er sie seit zwei Tagen nicht gesehen. Sie wären sich sonst mindestens einmal am Tag über den Weg gelaufen.«

Die Tränen flossen.

»Er hat seine Mitarbeiter befragt, niemand wusste etwas. Nach unserer Mail schaute er sogar in ihre Unterkunft, einer besseren Hütte am Rande der Farm. Auf den ersten Blick erschien ihm alles vollkommen normal, ordentlich. Er meinte, dass für eine Frau vielleicht zu wenig Schmink- und Waschutensilien am Waschbecken standen. Sie müssen wissen, Martina schminkt sich nicht besonders auffällig, aber dennoch jeden Tag. Sie legt Wert auf ihr Äußeres.«

Ich wollte nicht als gefühlskalter Kerl dastehen, musste meine Worte der Situation anpassen.

»Sprechen nicht die fehlenden Schminksachen eher für eine Art Tour durch das Land? Ein mehrtägiger Ausflug in die Hauptstadt oder zu einer der Inseln?«

Frau Klein empfand meine Frage eindeutig als Zumutung.

»Herr Bernau, Sie dürfen davon ausgehen, dass wir in den letzten Tagen jede Möglichkeit diskutiert haben. Ich bekomme

Kopfschmerzen, wenn ich nur daran denke, welche Ausmaße unsere Fantasie angenommen hat. Garantiert hätte Martina den Projektmitarbeitern Bescheid gesagt, sie zieht doch nicht so mir nichts dir nichts durch das Land, ohne irgendjemanden zu sagen, was sie vorhat. Es muss was passiert sein.«

Jetzt schaltete sich auch wieder Marita Lopez-Schuster ein.

»Ich verstehe Ihre Bedenken. Eine Frau fliegt ins Ausland, ist womöglich ein paar Tage unterwegs, bricht vielleicht einfach aus, um etwas zu sehen oder zu erleben. Die Freundinnen in der sicheren Heimat sorgen sich, sind möglicherweise überempfindlich. Früher hätte niemand den Anruf aus so einem Land bezahlen können oder wollen, heutzutage erwartet man permanenten Kontakt über die sozialen Netzwerke.« Sie atmete aus, um gleich weiter zu machen. »Lieber Herr Bernau, wir sind Frauen, die mitten im Leben stehen. Was glauben Sie, was wir machen? Von früh bis spät kümmern wir uns um Menschen, die kein Zuhause mehr haben. Dafür hassen uns Viele, manchmal sogar Bekannte aus der Nachbarschaft. Die Politiker sind froh, dass es uns gibt, unterstützen uns aber nur mit Almosen. Wir sind keine Sensibelchen, schon gar keine Hausmütterchen. Zum Teil stammen wir selbst aus Gegenden, die man als unsicher einstuft. Madagaskar ist grundsätzlich kein gefährliches Land, erst in den letzten Jahren haben die Risiken zugenommen, speziell für Europäer, bei denen man sowieso immer Geld vermutet. Ich erzähle Ihnen gerne mehr über Martina, wenn Sie Interesse haben, uns zu helfen.«

Das hatte gesessen. Sie zeigte klare Kante und trat als potentielle Auftraggeberin und nicht als Bittstellerin auf.

»Okay, entschuldigen Sie, es stimmt natürlich, ich wollte nicht von oben herab den Schlaumeier spielen. Manchmal steckt noch der Polizist in mir, der erst mal alles abklopft und überflüssige Arbeit vermeiden möchte. Beschreiben Sie mir Ihre Freundin.«

Kirchenamt

Am nächsten Morgen fuhr ich nach einem kurzen Telefonat mit Carola Niemann, der Referentin des Kirchenpräsidenten, nach Darmstadt. Mit zwei Damen vom Vorstand der Flüchtlingshilfe hatte ich mich für den Nachmittag erneut verabredet, gestern war es für die Runde zu spät geworden. Die Fülle der Informationen zu Martina Weber musste ich in Ruhe aufnehmen und anschließend ordnen. Außerdem wollte ich vorher gerne das Finanzielle mit der Landeskirche klären. Ich fand es sympathisch, dass ein Präsident und kein Bischof diese Kirche leitete. Vielleicht einfach nur ein anderer Titel, wirkte es auf mich dennoch irgendwie demokratischer und zeitgemäßer. Die Kirchenverwaltung der Landeskirche befand sich am Rande der Innenstadt. Ich parkte in einer Seitenstraße vor einem schönen Café. Bevor ich nach Kelkheim zurückfahren würde, wäre ein zweites Frühstück nicht das Schlechteste. Das Amt residierte am Paulusplatz in einem herrschaftlichen, schlossähnlichen Gebäude. Der Architekt hatte sich nicht entscheiden können, ob er ein barockes oder ein Jugendstilportal bauen wollte. Zwei Atlanten aus hellem Stein spannten von der Taille bis zu den Schultern ihre unverhüllten Muskeln an. Auf dem Rücken trugen sie die Last des verschnörkelten Eingangsbogens, um ihre Lenden hatte der Bildhauer dezent Tücher gewunden. Der junge Mann am Empfang fragte mich mit ausgewählter Höflichkeit, wie er mir helfen könne.

»Ich habe einen Termin bei Frau Niemann, mein Name ist Roland Bernau.«

»Ich frage kurz an, einen Moment, bitte.« Er drückte eine Taste auf der in die Jahre gekommenen, braunen Telefonanlage. »Frau Niemann, guten Morgen, hier ist der Empfang. Herr Bernau steht vor mir. Darf ich ihn hoch schicken? Ja, sehr gerne.«

Er legte auf und schenkte mir ein Lächeln, als ob der Geldbote der Landeslotterie vor ihm stünde.

»Sie finden Frau Niemann im dritten Stock, auf der linken Seite, am Ende des Flurs, Zimmer 311. Darf ich Ihnen das aufschreiben?«

»Nein, danke, das ist lieb von Ihnen. Ich habe zwar allerhand graue Haare, darunter funktioniert es aber noch einigermaßen.«

Im großen Treppenaufgang merkte ich erst, wie hoch hier die einzelnen Etagen gebaut waren. Drei Stockwerke entsprachen gut und gerne fünf in einem Neubau. Meine Schritte hallten über die Steinstufen, hinein in die langen Gänge. Im Flur hingen Portraits der ehemaligen Kirchenpräsidenten. So ein Kirchenfürst hatte im Land einen gewissen Einfluss. Damals sicher mehr als heute, trotzdem wog die Meinung von Till Rabanus zu aktuellen Geschehnissen etwas. Nicht nur bei den Kirchgängern galt der jetzige Präsident als unabhängige Instanz im hektischen, von den Medien getriebenen Politikbetrieb. Ich klopfte an die breite, hellgraue Holztür.

»Herein!«

Durch die gegenüberliegenden Fenster strahlte die Morgensonne und blendete mich.

»Herr Bernau, es freut mich wirklich sehr, dass Sie den langen Weg auf sich genommen haben.« Eine gutaussehende Frau, ungefähr Ende dreißig, streckte mir ihre Hand entgegen. Ein dunkler Lockenkopf in einem grauen Hosenanzug.

»Hallo Frau Niemann, nein, ganz so weit ist es von Kelkheim hierher nun auch nicht. Der Berufsverkehr fließt um diese Uhrzeit eher in die andere Richtung.«

»Ja, das macht sehr viel aus. Bitte, setzen sie sich.«

Sie wies auf eine Sitzecke, bei den Stühlen tippte ich auf Thonet, ebenso alt wie das Gebäude. Hier hatte alles etwas länger Bestand.

»Das Verschwinden von Martina Weber sehen wir als eine absolut sensible Angelegenheit. Dementsprechend wollte ich das ungern zwischen Tür und Angel besprechen. Das verstehen Sie sicherlich.«

Ich nickte, wir setzen uns. Sie legte ein paar engbedruckte Blätter auf den runden Holztisch.

»Der Kirchenpräsident nimmt die Sorgen unserer Gemeinde in Kelkheim sehr ernst. Die Projekte in Entwicklungsländern leben nicht nur durch die Geldspenden der Kirchenmitglieder, oft bringt der persönliche Einsatz vor Ort die Dinge erst entscheidend voran. Wir sehen uns in der Verantwortung, wenn etwas Derartiges passiert. Zum aktuellen Zeitpunkt können wir überhaupt nicht einschätzen, wie es um Frau Weber steht.«

»Das ist auch ...«

»Ich habe der deutschen Botschaft in Antanarivo eine Mail mit der Bitte um dringliche Bearbeitung geschickt. Dort weiß bislang niemand von ihrem Verschwinden. Hätte es einen Unfall gegeben, hätte man Frau Weber in irgendeinem misslichen Zustand gefunden, der Botschafter wüsste mit hoher Wahrscheinlichkeit davon. Deutsche tragen im Ausland so gut wie immer ihre Papiere mit sich.«

Sie schob mir ihre Unterlagen herüber.

»Die Details zum Projekt. Die Gemeinde fand es sinnvoll, wir natürlich auch, kleine Landwirte in einer besonders ärmlichen Region zu unterstützen. Betioky, im Süden der Insel, in der Gegend regnet es fast nie. Frau Weber hat früher in Norddeutschland für ein Saatzuchtunternehmen gearbeitet. Ihr Wissen um spezielles Saatgut für trockene Landschaften mit schlechten Böden prädestiniert sie für exakt diese Aufgabe.«

Ich nahm die Blätter. Fotos von glücklichen Menschen, deutsche Geländewagen, dunkelhäutige Kinder mit schmalen Augen. Eine Auflistung der Spendengelder. Eine Tabelle, der ich entnehmen konnte, wie die Erträge der Bauern durch die Maßnahmen stiegen.

»Frau Niemann, Sie haben mir, so ich den Fall übernehme, schon viel Arbeit abgenommen. Wie stellen Sie sich unsere Zusammenarbeit konkret vor?«

Sie lehnte sich zurück, soweit es die runde Rückenlehne des Caféhausstuhls zuließ.

»Die Kirche hat natürlich keinen festen Haushaltsposten für Ermittlungsaufgaben. Die Gremien haben einem gewissen Betrag zugestimmt, den ich Ihnen anbieten kann. Er sollte ausreichen, Sie für eine Woche zu finanzieren. Flugtickets besorge ich. Wenn das Ganze Sinn machen soll, wäre ein Flug morgen oder übermorgen angebracht.«

Sie wusste wirklich, was sie wollte. Der Gedanke, dass es eventuell überhaupt nicht mit meinen Vorstellungen und meinem Terminplan kompatibel war, kam ihr anscheinend nicht.

»Können Sie mir den Betrag nennen?«

Sie schob mir ein weiteres Blatt entgegen, auf der unten eine fettgedruckte, unterstrichene Zahl stand. Die evangelische Kirche war nicht für ihre Verschwendungssucht bekannt.

»Darüber kann man reden, ob es eine Woche dauert, vermag ich jetzt natürlich nicht zu beurteilen.«

»Wir sind keine Großbank, auch wenn viele Menschen das immer wieder behaupten. Es würde mich sehr freuen, wenn unser Angebot für Sie akzeptabel ist. Die Gemeinde und der Propst haben uns signalisiert, möglicherweise ebenfalls etwas beizusteuern. Das ginge leider vom Spendenvolumen an das Projekt ab.«

Die liebe Frau Niemann klang, als ob sie vorher bei einem deutschen Autokonzern als Chefeinkäuferin gearbeitet hätte. Ihr gerader Blick bohrte ein Loch zwischen meine Augen. Schielte sie ein wenig? Die große Holztür zum Nebenzimmer rumste, flog mit Schwung auf, ein großgewachsener Mann in schwarzem Anzug, Till Rabanus, der Kirchenpräsident, schaute sich die Messingschließe der Tür an.

»Der Kleiber muss endlich mal das Schloss ölen. Sie sind Herr Bernau, wenn ich richtig im Bilde bin.«

Er streckte mir die Hand entgegen, ich stand auf und staunte, ausnahmsweise mal der Kleinere zu sein. Ich tippte auf Zweimeterfünf. Sein Händedruck würde zu einem Schmied passen.

»Genau, Roland Bernau.«

»Ich freue mich, dass Sie für uns arbeiten, Ihr Ruf eilt Ihnen voraus. Madagaskar ist bestimmt eine schöne Abwechslung zu Ihren sonstigen Fällen. Sie hatten ja in letzter Zeit ordentlich Presse.«

Meine Anonymität war wirklich dahin.

»Ja, Frau Söllner, meine Büromanagerin, beschwert sich bereits über die vielen Anfragen. Expansion wäre eine Idee.«

»Nicht schlecht, nicht schlecht.«

Er drehte den Kopf zu Carola Niemann. Der Hals ragte aus einem zu engen, weißen Kragen, wie ihn Pfarrer trugen. Alles andere an ihm war schwarz, von den Schuhen bis zu den glatten, gescheitelten Haaren. Am Revers des Sakkos steckte ein schlichtes Silberkreuz.

»Sie haben die finanziellen Dinge geklärt, Frau Niemann?«

»Wir haben über den Rahmen der Möglichkeiten gesprochen.«

»Aha. Schön.«

Er bemerkte meine Unentschlossenheit. Sein Auftritt kam mir etwas aufgesetzt vor. Hatte er an der Tür gelauscht oder eine Gegensprechanlage angelassen? Die Beiden führten für mich einen Tanz vor. Arbeit für den guten Zweck, wer würde da nein sagen wollen? Rabanus beugte sich zu mir herunter.

»Natürlich übernehmen wir die Kosten für Flug und Hotel, ein Mitarbeiter der evangelischen Kirche steht für Sie dort zur Verfügung, ebenso ein Fahrzeug, das ist bereits geklärt. Wenn alles gut läuft, haben Sie Frau Weber nach zwei bis drei Tagen gefunden.«

»Das kann sein, muss aber nicht.«

Till Rabanus nickte, griff leicht meinen Ellbogen und brachte mich zum Fenster, aus dem sich der Blick über den Paulusplatz öffnete. Vor dem Gebäude ein Parkplatz, auf dem zur Zeit der Bauherren wahrscheinlich noch die Kutschen vorfuhren, eine Balustrade, in deren Mitte eine Freitreppe zur Grünanlage darunter führte. Darin ein Wasserbassin, umrahmt von mächtigen Bäumen, die Blätter leuchteten beim kurzen Aufblitzen der Sonne durch die Wolkendecke in allen Grüntönen. An den Seiten des Platzes schauten zwei steinerne Damen von ihren Sockeln herab. Drei Frauen schoben Kinderwagen vor sich her, ein älteres Paar saß eng nebeneinander auf einer Parkbank.

»Die Kirche darf die Menschen nicht enttäuschen. Sie investieren ihre Zeit, zeigen vollen Einsatz, riskieren auch was, wenn sie in solche Länder fahren. Die Gemeinden sammeln für diese Projekte, jeden Sonntag wartet am Ausgang der Klingelbeutel. Münze für Münze wachsen die Dinge. Alle benötigen unendlich viel Geduld.« Er drehte sich zu mir um, sah mir direkt in die Augen. »Jetzt passiert auf einmal etwas. Wir wissen noch nicht, was wirklich mit Frau Weber geschehen ist. Womöglich ist sie nur für ein paar Tage ausgestiegen. Um es sich gutgehen zu lassen, in einem schönen Hotel, um eine Pause von den Widrigkeiten der Dritten Welt einzulegen. Um Abstand zu gewinnen. Vielleicht hatte sie die Situation bei ihrer Planung zuhause falsch eingeschätzt, und die Armut in dem Dorf belastet sie. Wir wissen von alldem nichts. Unsere Leute vor Ort konnten sie nicht finden. Ich brauche Ihre Hilfe, die Professionalität, mit der Sie vermisste Personen aufzuspüren. Falls doch etwas ist. Das bin ich unseren Helfern schuldig.«

Er hielt mir regelrecht eine Predigt, appellierte an mein Verantwortungsgefühl, nicht nur gegenüber den Menschen in Afrika, sondern gegenüber allen, die ihren Teil dazu beitrugen, die Lebenswirklichkeit dort zu verbessern. Till Rabanus wirkte überzeugend, mit seiner ruhigen Stimme, die trotzdem Energie ausströmte. Seine volle Aufmerksamkeit galt mir. Es fiel mir schwer, mich dem zu entziehen. Kein Wunder, dass man diesen Mann an die Spitze der Landeskirche gewählt hatte. Er hatte mich, fast zwangsläufig nickte ich. Sein Blick ruhte weiter auf mir, nur langsam legte sich ein Lächeln auf sein Gesicht. Beinahe hätte ich es übersehen, dass er mir erneut die Hand entgegenhielt. Der Druck war nicht mehr ganz so hart.

»Ich danke Ihnen.«

Er drehte sich um, schaute kurz in Richtung der Referentin und verschwand wieder im Nachbarzimmer.

»Sie haben einen beeindruckenden Chef.«

»Er überzeugt mit leisen Worten. Viele unserer Besucher zeigen sich überrascht, nachdem sie einige Zeit mit ihm gesprochen haben.«

»Ja, ich glaube, so was ist mir auch gerade passiert. Am späten Nachmittag telefonieren wir nochmal, um die Details für den Flug zu besprechen. Falls ich nicht erreichbar bin, meine Mitarbeiterin Frau Söllner ist in den üblichen Zeiten im Büro.«

Ich klaubte die Unterlagen über das Projekt vom Tisch, sie schob mir das Blatt mit dem Angebot rüber. Jemand hatte sich informiert, wie hoch die möglichen Kosten für einen privaten Ermittler lagen, allerdings nicht bei mir. Eine Liste von Tagessätzen der bekannten Detekteien, die sich im Rhein-Main tummelten. Meiner war inzwischen ein Stück höher. Weder verfolgte ich Ehemänner, denen die werten Gattinnen nicht mehr über den Weg trauten, noch beschattete ich krankgeschriebene Arbeitnehmer. Das sollte nicht mein Lebenszweck sein. Ich verabschiedete mich von Frau Niemann, verließ das Gebäude, schlenderte durch die Grünanlage, bevor ich mich nicht mehr dagegen wehren konnte, einen Blick in das Café zu werfen, vor dem mein Wagen parkte. Die Leckereien in der Auslage sahen bestimmt nicht nur gut aus.

Julia

Mein Bauchgefühl konnte sich zum Fall Weber, so ich ihn denn übernahm, nicht so recht entscheiden. Litten die Freundinnen unter übertriebener Vorsicht oder bestand tatsächlich Anlass zur Sorge? Eigentlich sollte mir das egal sein, das Angebot der Landeskirche stimmte einigermaßen, auch wenn die Summe eher einem Einsatz von rund vier Tagen entsprach. Madagaskar wäre ein Langstreckenflug, ein Tag Anreise, ein Tag zurück. Eine Exkursion in die südliche Sonne war nicht zu verachten, vielleicht ließe sich sogar ein Abstecher ans Meer organisieren. Natürlich müsste Frau Niemann den Termin für den Rückflug offenlassen, je nachdem, ob und wann ich Martina Weber finden würde. Oder falls ich mir ein paar Tage Strandurlaub genehmigte. Madagaskar gehörte nicht zu den typischen Urlaubsländern, nicht mal für Touristen, die gerne Afrika besuchten. Was ich so las, wenn man denn überhaupt etwas über dieses abseitige Land erfuhr, klang nicht gut. Die Armut bekam niemand in den Griff, Naturschutz ein absolutes Fremdwort. Vor der Reise musste ich mich genauer informieren. Ich sollte beim Gespräch mit den beiden Frauen vom Vereinsvorstand nachhaken, ob Martina Weber nicht abenteuerlustiger war, als es ihre Freundinnen ahnten. Eventuell hatte sie früher schon spontane Trips unternommen, ohne es jemandem mitzuteilen. Wäre bei mir ähnlich. Natürlich würde ich im Büro Bescheid sagen, als Chef vollkommen verständlich, Susanne führte sowieso meinen Terminkalender.

Privat sah die Sache anders aus. Julia verlangte von mir keine Rechenschaft über jede einzelne Stunde, die ich nicht mit ihr verbrachte. Es sollte ja Frauen geben, bei denen das andere Formen annahm. Sie wirkte auf mich nicht sehr eifersüchtig, hing vielleicht mit unserer Situation zusammen. Julia verfluchte meinen Beruf und die damit zusammenhängenden Probleme. Erst neulich ließ sie ihrer Wut freien Lauf, als ich sie wegen eines Termins, der sich immer weiter in die Länge zog, versetzt hatte. Alleine im Restaurant zu sitzen ist nicht schön. Meine letzten beiden großen Fälle, bei denen sie mich unterstützt hatte, trugen eher zu ihrer Skepsis bei, was meine Arbeit und unsere Beziehung anging. So rückte das Thema gemeinsame Wohnung weit in den Hintergrund. Eine Woche Afrika ohne sie wäre unserer Beziehung möglicherweise zuträglich, aber irgendwie auch schade. Ich beschloss, sie auf dem Weg von Darmstadt nach Kelkheim zu überraschen, falls sie zuhause war.

Auf dem Frankfurter Kreuz bog ich auf die A3 in Richtung Offenbach, um kurz danach die Abfahrt Frankfurt Süd zu nehmen. Vorbei am Waldstadion, durch den großen Kreisel am Oberforsthaus, drückte ich ihren Namen auf dem Display im Auto.

»Guten Morgen, Roland, was verschafft mir die Ehre deines frühen Anrufs?«

»Ich wollte einfach mal deine Stimme hören.«

»Ehrlich? Du bist ein charmanter Lügner.«

»Natürlich reicht mir deine Stimme nur für den Augenblick. Ich habe dich seit zwei Tagen nicht gesehen. Das kann so nicht weitergehen. Wo treibst du dich gerade rum?«

Sie lachte.

»Ich bin zuhause, ganz brav, und versuche, einen ordentlichen Text zustande zu bringen.«

»Worum geht es?«

»Ach, für eine Frauenzeitschrift. Partnerschaft und so ein Kram, das Übliche eben. Die bezahlen unterirdisch, dafür veranstalte ich keine großangelegte Feldforschung oder üppige Recherchen.«

Ich stoppte vor der alten Villa in der Reichsforststraße.

»Bist du unterwegs? Klingt so nach Auto?«

»Ja, ein möglicher neuer Fall. Eine Frau aus Kelkheim ist verschwunden.«

»Ach, eine ganz normale Frau, kein Banker oder Chefarzt?«

Ihre Stimme klang ein wenig zynisch, Julia spielte auf meine letzten beiden Fälle an, die sich mit der Zeit als besonders schwierig und zunehmend brutal herausgestellt hatten.

»Du, es hat gerade geklingelt, ich schau mal, wer das ist, bestimmt nur der Paketbote, bleib mal dran.«

Ich hörte über das Telefon, wie sie den Türöffner drückte. Ein paar Schritte auf der knarzigen Holztreppe in das Dachgeschoss. Sie öffnete die Tür.

»Das darf nicht wahr sein, du Gauner!«

Ich steckte mein Handy ein, nahm sie in den Arm. Wir gaben uns einen wunderbaren Kuss.

»Das ist typisch, mir was erzählen und voll auf die Schippe nehmen. Schäm dich.« Sie grinste über das ganze, schöne Gesicht. »Komm rein, du Chaot. Hier sieht es wüst aus, ich bin die letzten Tage nicht dazu gekommen aufzuräumen. Schau einfach nicht so genau hin. Obwohl, du bist es ja nur, da muss ich mich nicht genieren.«

Im Flur lagen tatsächlich relativ viele Schuhe herum, die auf den ersten Blick nicht zueinander passten. Die passenden linken oder rechten Stücke verbargen sich wahrscheinlich unter der Sammlung von Handtaschen. Schwarze, Braune, Blaue, zum Einkauf, für Schick und für die Arbeit. Frauen konnten nie genug davon besitzen, sagten sie zumindest selbst. Was war bei Männern eigentlich das entsprechende Gegenstück? Technikspielzeug, wie Kameras oder Computer führten auf der Beliebtheitsskala. Ich zog meine Schuhe aus und stellte sie neben den Berg aus Leder.

»Es duftet nach Kaffee. Hättest du einen für mich übrig?«

»Wenn es sein muss. Bedien dich, die Kanne steht in der Maschine. Zum Texten brauche ich eine größere Dosis, deswegen ist genug da.«

Ich ging in die Küche, nahm eine Tasse aus dem Schrank, goss einen ordentlichen Schuss Milch ein und füllte mit Kaffee auf. Ohne Zucker schmeckte mir Kaffee eigentlich gar nicht, seit ein paar Wochen verzichtete ich aber lieber darauf, damit mir meine Hosen wieder besser passten. Aus dem Büro hörte ich die Tastatur vom Laptop. Ich schlurfte in Strümpfen über das Parkett ins Arbeitszimmer. Julia beugte sich vor.

»Kann es sein, dass du eine Lesebrille brauchst?«

»Quatsch, der Bildschirm ist viel zu hochauflösend, da erkennt doch kein Mensch was. Guck, wie klein die Buchstaben sind.«

»Ja, ne, is klar. Es gibt so eine Senioreneinstellung im Betriebssystem. Dort lässt sich die Schriftgröße einfach verstellen.«

»Du wolltest schon gehen?«

Alter, ein ganz sensibles Thema. Ich stellte mich hinter Julia, strich ihre langen, braunen Haare in der Mitte zusammen und begann, vorsichtig ihre Schultern zu massieren.

»Du darfst doch noch etwas bleiben. Weiter links ... Ja, schön.«

»Tipps für Frauen, die wieder auf die Piste wollen. Die freie Wildbahn ab 50. Dein Text klingt ja gefährlich.«

»Vorgabe der Chefredakteurin, ich bin nicht schuld an der Überschrift. Was tut frau nicht alles, um den Vermieter zu bezahlen.«

Sie hatte leider Recht, die Verlage knauserten immer mehr, manche hatten auch jeden Grund, miserable Honorare rauszurücken. Das Internet sorgte für stetig fallende Abozahlen.

»Der neuer Fall, die verschwundene Frau, warum überlässt das dein Auftraggeber nicht der Polizei?«

»Würde nichts bringen, befürchte ich. Die Frau hält sich im Ausland auf.«

»Wozu gibt es Interpol?«

»Ja, eigentlich keine schlechte Idee.«

Julia drehte sich zu mir um.

»Sie ist nicht in Frankreich oder Italien verschwunden?«

»Nein, etwas weiter weg. Ich bin noch nicht sicher, ob ich den Fall überhaupt übernehme. Sie taucht bestimmt wieder von alleine auf. Drei Tage, die Aufregung ist übertrieben.«

»Welches Land? Somalia, Jemen, Afghanistan?«

In Julia baute sich Aggression auf, das spürte selbst ich. Ein Mann, der sich ständig in Gefahr begab, gehörte nicht zu ihrer Idealvorstellung einer Partnerschaft.

»Nein, keine so krasse Gegend. Madagaskar.«

»Sag, dass das nicht wahr ist!«

Was war jetzt los? Das Land hatte keinen guten Ruf, einen so miserablen allerdings auch nicht. Manche Menschen verbrachten sogar ihren Urlaub dort.

»Ich habe bislang nicht zugesagt.«

»Das solltest du sofort, und ich komme mit. Du brauchst eine Assistentin!«

Aus Julia schlau zu werden, gestaltete sich für mich zunehmend schwieriger. Umso mehr freute ich mich über ihre Begeisterung für das Land.

»Die Finanzen meines Auftraggebers sehen dummerweise keine Assistentin vor. So leid es mit tut.«

»Nein, ich komme mit.«

Ihre Augen leuchteten, sie legte ihre Arme um mich.

»Eine ganz tolle Idee, der Flug ist allerdings für morgen oder übermorgen geplant. Wenn ich den Fall übernehme, das ist im Moment noch nicht klar.«

»Morgen! Ich muss sofort telefonieren!«

Sagte es und schob mich zur Seite.

»Was hast du vor? Warte, ich bin mir nicht sicher, ob ...«

»Wo liegt das Telefon? Bestimmt im Wohnzimmer.«

Ich trottete ihr hinterher.

»Nur nichts überstürzen, vielleicht findet sich die Frau ja wieder auf, bevor wir im Flieger sitzen.«

»Das glaubst du doch selbst nicht. Ah, es liegt auf dem Sofa.«

Sie nahm es, marschierte zurück ins Büro, rief auf dem Computer eine Liste mit Kontaktdaten von Redaktionen auf und tippte eine Nummer. Es dauerte, bis sich jemand meldete.

»Hallo Birte, hier ist Julia, Julia Zeiss aus Frankfurt.«

Die Dame am anderen Ende hatte anscheinend erst mal viel zu berichten. Julia nickte, begann allmählich, etwas herum zu zappeln, weil sie nicht zum Zuge kam mit dem, was sie erzählen wollte.

»Du, Birte, vor einem Jahr hattest du mich gefragt, ob ich nicht Lust hätte, ein Portrait von Leuten zu schreiben, die in ferne Länder gegangen sind, um dort was auf die Beine zu stellen. Jetzt hätte ich was.«

Julia liebte Nägel mit Köpfen. Die Redakteurin schien interessiert zu sein.

»Ja, genau. Madagaskar, ein tolles Land. Afrika mit einem Schuss Asien. Lemuren und Reisterrassen, Fischerboote und Dschungel. Nur wenig Urlauber, keine ausgelatschten Pfade durch Pauschaltouristen. Verschiedene ethnische Gruppen, eine spannende Gesellschaft, ohne die großen Konflikte anderer afrikanischer Länder. Ein Projekt einer deutschen Kirchengemeinde, also exakt passend zu deiner Zielgruppe.«

Woher nahm sie das alles? Ein wandelndes Lexikon. Julia nickte in einer Tour, während sie ihrer potentiellen Auftraggeberin zuhörte. Ihre Lippen formten sich zu einem immer breiteren Lächeln.

»Ja, bestens, so machen wir das. Ich melde mich nachher nochmal, schaue nach den Details. Ganz super, ich freue mich.«

Sie beendete das Telefonat, schaute mich verschmitzt an.

»Ich möchte seit Jahren, ach, Jahrzehnten dorthin, es hat sich nur nie ergeben. Niemand wollte mit, alleine erschien es mir zu unsicher. Jetzt passt alles!«

Sie legte ihre Arme auf meine Schultern, lachte mich an und gab mir einen Kuss. Ich zog sie enger an mich, ließ mich auf das Sofa fallen, ohne loszulassen.

»Hey, du Wüstling, es ist noch nicht mal Mittag, ich muss arbeiten.«

»Ich auch. Komm her.«

»Du grober Klotz, lass uns nach nebenan gehen.«

Ihr Duft lag auf meiner Haut, ihre Haare streichelten meinen Rücken, die Fingerspitzen fuhren meinen Arm entlang.

»Hattest du nicht einen Termin mit diesem Verein?«

»Ich kann nicht.«

»Was ist denn?«

»Ich glaube, ich muss im Bett bleiben. Es fühlt sich so gut an.«

»Nein, du musst jetzt los. Komm schon.«

»Ist doch so schön. Noch ein kleines Bisschen.«

Sie legte sich auf mich, knabberte an meinem Ohrläppchen und drückte ihre Beine zwischen meine.

Einfach liegenzubleiben wäre jetzt wirklich das Beste. Eingekuschelt, ihren Duft, ihren Atem spürend. Irgendwo musste meine Uhr liegen, keine Ahnung, wie spät es war.

»Willst du aufstehen?«

»Von Wollen kann keine Rede sein. Meine Damenrunde wartet auf mich.«

»Du fährst von einer zur anderen, das finde ich bedenklich. Wenn ich da was merke.«

»Ich bin eine so treue Seele. Außerdem schüttle ich als Profi jeden Beschatter problemlos ab.«

Julia griff sich das Kopfkissen und begann, es mir wieder und wieder auf den Kopf zu schlagen.

»Ich gebe auf, lass es, natürlich bin ich dir ewig treu!«

»Das wollte ich hören. Jetzt darfst du gehen.«

Sie verpasste mir einen dicken Kuss, ich rollte mich aus dem Bett.

»Brutale Methoden, hier wird man zum Glück gezwungen!«

»Ja, manche Männer brauchen das. Beeil dich, sonst wird der Kaffee bei deiner Damenrunde kalt.«

Ich zog mir meine Sachen an, Julia legte sich auf die Seite und schaute mir dabei zu.

»Seitdem du den Zucker beim Kaffee weglässt, sitzt die Hose ganz schön locker.«

»Kein Zucker, kaum Wurst, weniger Schoko und den Bierkonsum halbiert. Das Leben verliert an Reizen.«

»Dafür bin ich in dein Leben getreten. Mir gefällt das, endlich sieht man wieder Bauchmuskeln. Ich wusste gar nicht, dass du welche hast.«

»Doch, sie hatten sich nur gut versteckt.«

Julia stand auf, zog sich einen Morgenmantel über und brachte mich zur Tür.

»Sag mir sofort Bescheid, wenn du den Auftrag übernimmst. Wir müssen uns um die Flüge kümmern, außerdem habe ich noch eine andere Idee, wer an Geschichten aus Madagaskar interessiert sein könnte.«

Natürlich würde ich gerne mit Julia ein paar Tage in den Süden reisen, am liebsten noch länger, zwei, drei Wochen. Privatvergnügen und Berufsleben trennte ich aber normalerweise voneinander, deswegen gefiel mir der Gedanke, zusammen mit ihr zu fliegen, nicht so richtig. Andererseits half sie mir in letzter Zeit immer mehr bei meinen Fällen, was allerdings schon einmal mächtig ins Auge gegangen war. Vielleicht tauchte Martina Weber innerhalb der nächsten vierundzwanzig Stunden wieder auf, und die ganze Sache löste sich von alleine.

Ich hatte mich mit zwei Frauen aus dem Vorstand für 15 Uhr verabredet, eine halbe Stunde hatte ich noch Zeit für den Weg. Auf dem Frankfurter Kreuz spürte man bereits die ersten Pendler, entweder arbeiteten sie nur halbtags oder fingen verdammt früh an. Die ewige Baustelle auf der A66 hatten die Arbeiter in den letzten Tagen endlich abgeräumt, trotzdem fuhren einige wie die Fahranfänger, wahrscheinlich wegen der Reste von den alten Fahrspuren auf dem Asphalt. In der Abfahrt auf die B8 stockte es. Die einzige mir bekannte Autobahnabfahrt mit einer Querung für Fußgänger vor dem Beschleunigungsstreifen zur Schnellstraße. Es glich einem Wunder, dass der Notarztwagen hier nicht täglich Kundschaft einsammelte.

Sabine Dubois hatte ihre Vorstandskollegin und mich zu sich nach Kelkheim-Hornau eingeladen. Da ich aus gutem Grund auf das Mittagessen verzichtet hatte, hoffte ich auf ein schönes Stückchen Kuchen. Sie wohnte in einem der nagelneuen Mehrfamilienhäuser am Gagernring, direkt zwischen dieser Hauptverkehrsstraße und der Bahnlinie. Um die Zeit fand ich ein paar Meter weiter ohne Probleme einen Parkplatz. Das Wetter wollte nicht besser werden, bevor ich ausstieg, zog ich mir die Regenjacke über, was hinter dem Steuer dauerte. Meine angeknacksten Rippen meldeten sich bei solchen Übungen sofort.

Ich drückte die Klingel, Sabine Dubois lebte im Dachgeschoss. Ein schickes Gebäude, strahlend weiß, mit großen Glasflächen und einem merkwürdig schrägen Dach. Drei LED-Lichter strahlten mich an. Ehe ich was in die Gegensprechanlage mit Videoüberwachung sagen konnte, summte die Tür. Die Stockwerke fühlten sich höher als in anderen Häusern an.

»Hallo, Herr Bernau, der Kaffee wartet schon auf Sie.«

»Guten Tag, Frau Dubois, das freut mich. Ich ziehe meine Schuhe lieber aus, Ihr Parkett sieht so neu aus.«

»Ein Mann, der mitdenkt. Hier stehen Filzschlappen, wenn Sie mögen. Frau Lopez-Schuster schmeckt der Kaffee bereits.«

Von innen erklärte sich mir die eigenartige Form des Daches. Im Wohnzimmer hätte der Höhe nach ein Sprungturm aus dem Freibad Platz gehabt, ich schätzte die Deckenhöhe auf fünf Meter.

»Herr Bernau, guten Tag. Ich musste auch beim ersten Besuch staunen, eigentlich staune ich immer noch.« Frau Lopez-Schuster mit ihrem rollenden R.

»Hallo, ja, das übertrifft jeden Altbau, es sei denn, man lebt in einem Schloss.«

»Setzen Sie sich zu mir, darf ich Ihnen Kaffee einschenken?«

»Mögen Sie gedeckten Apfelkuchen?« Sabine Dubois kam mit einer Platte voller herrlicher Kuchenstücke aus der offenen Küche.

»Ich liebe ihn.«

»Das freut mich. Etwas Sahne vielleicht?«

»Nur einen kleinen Klecks.«

Frau Lopez-Schuster definierte Klecks eindeutig anders als ich. Sie hieb mir zwei ordentliche Portionen mit dem Sahnelöffel auf den Kuchen.

»Martina mag Sabines Backkünste auch so gerne.«

Ich nahm einen Schluck vom Kaffee. Er eignete sich für Erweckungserlebnisse. Hier wurde an nichts gespart.

»Ja, Martina«, murmelte Sabine Dubois. »Wir sind es ihr schuldig, alles zu unternehmen, um sie zu finden. Sie ist unsere beste Freundin.«

Ich vermied es, sie mit vollem Mund zu unterbrechen, weil ich fliegende Kuchenkrümel befürchtete.

»Wir sind jeden Punkt mehrfach durchgegangen. Wie es ihr in letzter Zeit ging, welche Veränderungen sie durchgemacht hat und was das in ihr ausgelöst haben könnte.«

»Ihr Apfelkuchen schmeckt ausgezeichnet, so leckeren findet man heutzutage in keinem Café.«

»Dankeschön, Sie sind ein Charmeur. Ein Rezept von meiner Oma.«

»Zu welchem Ergebnis sind Sie bei Ihren Überlegungen gekommen?«

Die beiden Frauen sahen sich an, Sabine Dubois nippte dabei an ihrer Porzellantasse, Marita Lopez-Schuster drehte sich zu mir um.

»Martinas Mann ist vor rund einem Jahr ausgezogen. Er lebt nun mit einer Jüngeren zusammen. Gerade mal ein paar Hundert Meter entfernt wohnt er jetzt bei der. Martina hasst es, sie gemeinsam in ihrer nächsten Umgebung zu sehen. Im Supermarkt, auf dem Marktplatz, im Freibad.«

»Wie hat sie das verarbeitet?«

Sabine Dubois stellte die Tasse etwas zu laut ab.

»Gar nicht, zumindest zuerst, würde ich sagen.«

»Besteht für Sie in dieser Situation ein Zusammenhang zur Reise nach Madagaskar?«

»Das ist eine lange Geschichte.«

So, wie sie es sagte, weckte es mein Interesse. In ihrer Stimme lag Traurigkeit.

»Ich hab Zeit.«

»Mögen Sie noch ein Stückchen?«

Marita Lopez-Schuster stellte diese Frage rein rhetorisch, sie balancierte bereits ein besonders großes Stück auf dem Tortenheber.

»Sehr gerne.«

Ohne zu fragen, dekorierte sie die Portion natürlich mit viel Sahne. Die Dubois begann zu erzählen.

»Martina wusste überhaupt nicht, wie ihr geschah. Ihr Mann, Stefan heißt er, hatte sie ohne jede Vorwarnung mit den Tatsachen konfrontiert. Aus meiner Sicht eiskalt und lange geplant. Er teilte ihr seinen Entschluss mit und zog am nächsten Tag aus. Martina erlitt regelrecht einen Schock. Es gab nach ihrer Meinung gar keinen Anlass für das eklige Verhalten ihres Mannes. Alles lief gut, dachte sie zumindest bis zu diesem Moment.«

»Hat sie sich daraufhin zurückgezogen, kamen irgendwelche Warnsignale, die auf eine gewisse psychische Instabilität hingewiesen haben?«

»Na, ich möchte mal wissen, wie es Ihnen gehen würde, wenn Ihre Frau sich nach 20 Jahren Ehe sang- und klanglos verabschiedet und um die Ecke zu einem anderen Typen zieht.«

»Entschuldigung, natürlich. Ich wollte es nur nicht so drastisch formulieren. Empfanden Sie Ihre Freundin als suizidgefährdet? Gab es Momente, wo die Verzweiflung überhandnahm?«

Beide schüttelten den Kopf.

»Nein«, sagte die Dubois. »Martina schien mir mit der Situation bewusst umzugehen. Ich meine, sie betrachtete sich irgendwie von außen. Sie entwickelte förmlich einen Plan, um sich nicht in den schlechten Gefühlen zu verlieren. Klar, sie war supersauer. Kein Wunder, umso mehr zog sie ihr neues Ding durch.«

»Was hat sie unternommen?«

»Verschiedene Sachen. Nach dem ersten Schreck ist sie nach Dublin geflogen, hat sich dort Museen und Pubs angeschaut. Danach entwickelte sie einen regelrechten Spleen, immer längere Spaziergänge, Wanderungen, den Taunus hoch und runter. Einen

Monat später wirkte sie auf mich etwas lockerer. Sie sog das Leben in sich auf, verließ die eingetretenen Pfade, suchte neue Erfahrungen und Erlebnisse.«

»Gehörte dazu Madagaskar?«

»Darf ich Ihnen Kaffee nachschenken?« Frau Lopez-Schuster sorgte sich vorzüglich um mein Wohlbefinden. So nette Kunden hatte ich noch nie.

»Sehr gerne, vielen Dank.«

»Madagaskar, nein, das erkläre ich gleich. Martina schaute sich um, nicht nach Männern, wie Sie vielleicht denken mögen.«

Das dachte ich tatsächlich. Lag für einen Mann nahe.

»Von Männern hatte sie die Nase voll«, meinte Sabine Dubois.

»Ist doch kein Wunder«, sagte Frau Lopez-Schuster, »nach der Geschichte? Einfach schrecklich. Ich hätte mir den Mann vorgeknöpft, so wäre der mir nicht davongekommen. Martina tickt anders, sie hatte bis dahin ein beschauliches Leben, nie echten Ärger gehabt. Einen lockeren Bürojob, ihr Mann brachte genug Geld nach Hause, immer schön Urlaub, keine Kinder. Alles lief so gleichförmig ab. Aus meiner Sicht ganz nett, aber langweilig.«

»Okay, und so jemand flüchtet auf diesen afrikanischen Subkontinent, um dort was zu erleben?«

»Nein, zuerst half sie bei unserem neuen Projekt.« Ihr R rollte immer stärker, je mehr sie ins Erzählen kam. »Die Flüchtlingswelle erreichte Kelkheim. Nicht so wahnsinnig viele, allerdings ausreichend, um den Landkreis und die Stadt mächtig ins Schleudern zu bringen. Der Landrat löste sogar den Katastrophenalarm aus. Als ob Menschen eine Katastrophe wären, tss.« Sie schüttelte den Kopf. »Der Maintaunuskreis schaffte es damit in die Tagesschau. Ich habe mich geschämt. Vielleicht funktioniert Politik so, und unser Landrat hat Helmut Schmidt als Vorbild, den Retter von Hamburg.«

»Marita, schweife bitte nicht ab, Herr Bernau hat seine Zeit nicht gestohlen.

»Entschuldigen Sie, mein chilenisches Temperament geht manchmal mit mir durch.«

»Sie machen sich Gedanken um Ihre Freundin und die vielen Menschen, das verstehe ich sehr gut.«

Sabine Dubois legte ihre Hand auf meinen Arm.

»Marita ist mit Leib und Seele dabei. Ich sorge mich, ob sie nicht zu tief in die schrecklichen Schicksale der Geflüchteten eintaucht. Das zerrt gewaltig an den Nerven, wenn man sich die Geschichten anhört. Ich gehe lieber nicht ins Detail.« Sie lehnte sich wieder zurück. »Martina wollte uns helfen, sie verspürte keine Lust, nach Feierabend alleine zuhause zu hocken und Trübsal zu blasen. Ich meine, für sie entwickelte es sich mehr und mehr zu einer Art Beschäftigungstherapie. Sie half den Menschen, die dankten ihr dafür. Beide Seiten profitieren davon. Bis zu einem gewissen Punkt.«

»Hatte Frau Weber diesen Punkt erreicht?«

Ich schaute die zwei an. Sabine Dubois schob mit ihrer Kuchengabel unentschlossen ein paar Krümel auf dem Teller zusammen. Marita Lopez-Schuster drehte ihre Kaffeetasse mit dem rechten Zeigefinger am Henkel mal nach links, mal nach rechts.

»Was ist passiert?«

Die Dubois legte die Gabel zur Seite.

»Die meisten Flüchtlinge in den letzten Monaten kamen aus Syrien, klar. Viele aus Afghanistan oder dem Irak. Einige Jahre davor flohen die Menschen aus Afrika. Kelkheim beherbergt eine Gruppe aus Eritrea. Da regiert eine brutale Militärdiktatur, Folter und Verfolgung richten Entsetzliches an. Weil wir hier bereits Menschen aus Ostafrika zugewiesen bekommen hatten, dachte man, einer aus Madagaskar würde auch dazu passen.«

»Absurd, die sprechen eine ganz andere Sprache«, warf Marita Lopez-Schuster ein.

»Ja, wir hören eh ein einziges Sprachengewirr. Madagassen verlassen kaum ihr Land. Falls doch, dann nach Frankreich. Die meisten sprechen nämlich Französisch. Deren Anerkennungsquote ist sowieso verschwindend gering. Trotzdem landete einer bei uns. Auch er sprach Französisch, fließend.«

»Sprach? Lebt er nicht mehr?«

»Man hat ihn nach einem Vierteljahr abgeschoben. Seitdem unsere Regierung die Asylüberprüfung deutlich schneller durchzieht, geht es ratzfatz.«

»Er hält sich also wieder in seinem Heimatland auf, und Martina Weber hilft dort zufällig bei einem Hilfsprojekt?«

Frau Dubois stand auf, schob ihren Stuhl zur Seite und marschierte durch das Wohnzimmer. Sie zog etwas aus dem Bücherregal, ein größeres Buch, kam zurück und legte es auf den Tisch. Ein Fotoalbum. Sie schlug es auf, blätterte ein paar Seiten um und zeigte mit dem Finger auf ein Bild.

»Hier, Martina und Etienne, ein Ausflug in den Rheingau. Das verstieß damals sogar noch gegen die Residenzpflicht, hätte strafrechtlich verfolgt werden können. Strafe für ein Picknick. Deutschland pur.« Ihre Stimme bebte. »Jetzt sind beide verschwunden.«

Bislang hatte ich allerhand von Martina Weber gehört, aber noch kein Bild gesehen. Sie saß mit Etienne auf der Picknickdecke, lachte und hob ein Weinglas zur Kamera. Ein freundliches Gesicht, etwas zu blonde Haare, zwischen Glas und T-Shirt ziemlich kräftige Arme. Das Foto schmeichelte ihrer Figur nicht, im Sitzen zeigte sich an der Taille eine gewisse Genussfreude. Insgesamt ein sympathischer Eindruck, den die Aufnahme transportierte. Sie lehnte sich an Etienne, dessen dunkle Locken sich über der Stirn kräuselten. Er lächelte verhaltener, in seinen Händen, die auf den Knien ruhten, hielt er ein Glas, ich tippte auf Orangensaft. Teint und Augen wirkten auf mich kaum afrikanisch, eher asiatisch, wie ein Malaie. Das T-Shirt saß sehr locker, wahrscheinlich aus der Kleiderkammer, zu groß für seine schmale Figur.

»Könnte das nicht die Lösung sein? Sie ist bei ihm?«, fragte ich.

»Sie halten uns immer noch für naiv, kann das sein?«

Sabine Dubois geriet weiter in Fahrt. Ich spürte, dass sich mein Gesicht rot färbte.

»Sie haben sich bereits erkundigt?«

»Soweit es eben ging. Mehrere Mails an die Kommune und unser Projekt. Etienne lebt dort tatsächlich in der Nähe. Keine Spur von Martina.«

»Was hat eigentlich Ihr Gespräch in Darmstadt gebracht?«, wollte Frau Lopez-Schuster auf einmal wissen.

»Wir haben die finanziellen Dinge geklärt, zumindest weitestgehend, würde ich sagen. Ein gewisser Rahmen ist darstellbar, nur kann ich meine Zelte dort nicht ewig aufschlagen. Um auf Frau Weber und Etienne zurückzukommen, würden Sie die zwei als ein Paar bezeichnen?«

Sabine Dubois setzte sich, sah ihre Freundin an.

»Was meinst du? Paar, ein zu großes Wort, oder?«

»Na ja, sie mochten sich. So viel Spaß hatte Martina in den letzten Jahren nicht. Die Beiden verbrachten zunehmend Zeit miteinander, sie genoss seine Nähe. Er wirkte auf mich charmant, gebildet, humorvoll. Was wollen Sie von einem Mann mehr erwarten?«

Ich verzichtete lieber darauf, diese Frage zu beantworten.

»Ich bräuchte ein aktuelles Foto von ihr, ein Portrait, das möglichst realistisch ist.«

Sabine Dubois stand auf, verschwand kurz und kehrte mit einem Laptop zurück.

»Die Bilder im Album sind etwas älter, bis auf die vom Ausflug. Bei Facebook sollten wir die letzten Fotos finden, neulich in der Eisdiele hatte sie der Italiener mit ihrem Handy fotografiert, einen Moment, gleich hab ich es.«

Nach ein paar Klicks tauchte das Profil von Martina Weber auf, relativ weit oben in der Chronik stand das Bild. Mit einer Eiswaffel in der Hand, ein schönes Lächeln, zu dem zwei blaue Augen gehörten.

Planung

Die Übernahme des Auftrags hatte ich dem Kirchenpräsidenten Rabanus im Prinzip ja bereits zugesagt. Ich klärte mit den beiden Damen einige Modalitäten, speziell für den Fall, dass die Dauer meiner Ermittlungen den finanziellen Rahmen der Landeskirche überschreiten würde. Wohl fühlte ich mich dabei nicht. Sie wünschten mir viel Glück, Erfolg und Gottes Segen. Marita Lopez-Schuster drückte dabei die ganze Zeit meine Hand, sah mir derart in die Augen, dass in mir das Gefühl aufstieg, ich sollte auf keinen Fall ohne Martina Weber zurückkehren.

Im Auto rief ich Julia an, um ihr zu sagen, dass die Suche nun starten könne. Sie jubelte wie bei einem Lottogewinn.

»Julia, ich freue mich auch sehr, trotzdem ist und bleibt es Arbeit.«

»Ja, ganz klar, ich will mich ja gar nicht an den Strand legen. Ein Land lernt man am besten kennen, indem man dort arbeitet. Nur so öffnen sich Türen, hinter die Touristen nie blicken können.«

»Stimmt, bitte bedenke trotzdem dabei, die Frau ist eventuell einem Verbrechen zum Opfer gefallen. Keine Ahnung, was passiert ist und wie die Menschen uns begegnen.«

»Darauf musst du mich nicht hinweisen, Helden sterben jung. Ich verstehe deinen Job, seine Auswirkungen passen mir leider überhaupt nicht.«

Julia sprach aus Erfahrung. Meine Rippen strahlten in dem Moment auch wieder Schmerzsignale aus. Angst vor der Reise? Ich gab Julia durch das Handy einen Kuss, ließ den Wagen an, rollte im Feierabendstau über den Gagernring, vorbei am Rathaus, bog lieber in die kleinere Hornauer Straße, statt vor dem Bahnübergang steckenzubleiben. Im Mediadisplay des Autos tippte ich die Nummer in Darmstadt.

»Niemann.«

»Roland Bernau hier, Sie können die Flüge buchen.«

»Herr Bernau, das ist klasse. Wieso Flüge, Plural?«

»Stimmt, ich hätte eine Bitte. Mich würde eine Journalistin begleiten, die Kosten des Fluges übernimmt sie natürlich selbst, nur wäre es toll, wenn Sie das Ticket reservieren. Sonst klappt es womöglich mit dem gemeinsamen Flug nicht.«

»Sie sind nicht zufällig mit der Dame verwandt oder verschwägert?«

»Nein, bin ich nicht, aber Sie denken in die richtige Richtung. Die Dame ist meine Freundin, sie möchte über das Projekt der Kirchengemeinde für eine Zeitschrift berichten, ist bestimmt auch in Ihrem Interesse. Gleichzeitig könnte sie mir helfen, falls es notwendig werden sollte.«

»Klingt einigermaßen überzeugend. Wenn Sie mir so schnell wie möglich Ihre Daten und die Ihrer Freundin übermitteln, kriege ich das hin. Die Kostenerstattung regeln wir per Mail, damit ich nicht auf dem zweiten Flug sitzen bleibe.«

»Danke, ich melde mich gleich wieder. Scheiße!«

»Wie meinen?«

Beinahe hätte ich den Radfahrer am Kreisel auf die Hörner genommen, Telefonieren mit einer Freisprecheinrichtung lenkte auch ab.

»Nein, entschuldigen Sie bitte, ein Fahrrad ist mir gerade etwas quer gekommen.«

»Oh, ich dachte schon, Sie wären von unserem Auftrag doch nicht so überzeugt. Auf Wiederhören.«

Sie lachte und legte auf.

Sicherheitshalber stoppte ich auf dem Parkplatz hinter der Stadtmitte-Süd, bevor ich erneut Julias Nummer drückte. Was eine Hektik.

»Hat alles geklappt?« Sie hörte sich an, als säße sie bereits auf gepackten Koffern.

»Sieht so aus. Ich brauche deine Daten. Frau Niemann bucht die Flüge.«

»Toll, das ist klasse.«

»Sitzt du in einem Zug? Es rattert im Hintergrund, willst du mit der Bahn nach Afrika?«

»Komiker, ich fahre mit der S-Bahn nach Eschborn. Vorhin hab ich mit dem Pressechef der Entwicklungshilfegesellschaft telefoniert. Vielleicht möchten sie frische Eindrücke von ihren Projekten in Madagaskar, eine Reportage, schöne Fotos. Ich kenne ihn von unserem gemeinsamen Volontariat bei der Umschau. Er ist ein ganz Netter, aber bevor er mir einen Auftrag gibt, wollte er mit mir reden.«

»Ach, das ging nicht am Telefon?«

»Höre ich da eine gewisse Eifersucht durch? Du bist süß. Ich habe Tom schon lange nicht mehr gesehen.«

»Ach Tom, na denn. Warum fährst du mit der Bahn?«

»Mein Auto hat mich im Stich gelassen, ist ja leider nicht das jüngste.«

»Ich könnte dich am S-Bahnhof einsammeln, bin sowieso gerade unterwegs. In zehn Minuten bin ich dort.«

»Ich kann auch laufen, kein Problem. Ein bisschen Bewegung schadet nicht.«

»Nein, es ist viel zu weit bis zur Entwicklungshilfe. Bis gleich!«

»Okay, so einen Service hätte ich heute nicht mehr erwartet. Bis gleich.«

Nach dem schönen Intermezzo in Julias Wohnung fehlte mir jetzt schon wieder ihre Nähe. Wo sollte das enden? Ich ließ den Wagen an, hörte einen Rentner fluchen, als ich wohl nicht ausreichend vorsichtig rückwärts aus der Parklücke fuhr. Mein Fenster surrte herunter, ich entschuldigte mich, was aber nichts nützte, wenn ich den Gesichtsausdruck richtig deutete. Am Friedhof vorbei bog ich von einer Bundesstraße auf die nächste. Kurz vor Bad Soden bremste mich eine Baustellenampel aus. Der Ort wuchs ohne Unterlass. Wurden Bürgermeister eigentlich nach Anzahl der Einwohner bezahlt? Stetig neue Baugebiete, das hier stieß schon an zwei Seiten an den Ortsrand, viel mehr ging nicht. Die Baupreise stiegen in unglaubliche Höhen. Bislang dachte ich, dass diese Gegend ein Naturschutzgebiet war. Entweder hatte ich mich getäuscht oder jemand hatte das geändert. Ein Baukran schwenkte über den Randstreifen mit Betonteilen am Haken.

Julia winkte, als sie mich sah. Kaum war sie eingestiegen, begann es zu regnen.

»Siehst du, gut, dass ich dich eingesammelt habe.«

Sie gab mir freundlicherweise einen sehr schönen Kuss.

»Du selbstloser Held, vielen Dank für die Rettung vor den Wassertropfen. Allerdings steckt in meiner Handtasche ein Regenschirm. Ich hätte es überlebt.«

»Frauen lassen uns Männern einfach zu wenig Spielraum, um als richtiger Kerl dazustehen.«

»Och, heute Vormittag lief es doch ganz gut, oder?«

»Ich möchte nicht auf meine sexuellen Qualitäten reduziert werden. Das ist Sexismus pur.«

»Okay, wechseln wir das Thema. Du kennst den Weg?«

»Der Betonklotz ist ja nicht zu übersehen. Falls dein Tom in der Zentrale arbeitet.«

»Na klar, wo sonst?«

Wir fuhren vorbei an alten und neuen Bürogebäuden, eins neben dem anderen. Eschborn zog mit seiner niedrigen Gewerbesteuer viele große Unternehmen aus Frankfurt ab, eine Art Schmarotzer des Kapitalismus, Steuerflucht in die Nachbarschaft. Der Bau der Entwicklungshilfe lag ein wenig zurückgesetzt an der Hauptstraße zum Stadtteil Niederhöchstadt. In meiner Erinnerung eigentlich ein typischer Betonklotz, schien das Gebäude nur aus Glas zu bestehen. Eine gelungene Sanierung, auch wenn ich lieber nicht wissen wollte, was das gekostet hatte. Ich stoppte auf dem Besucherparkplatz. Die Frau am Empfang schickte uns in den dritten Stock. Wir wanderten durch lange, helle Flure, bis wir das richtige Zimmer gefunden hatten. Julia klopfte kurz und öffnete die Tür. Wir platzten in eine Besprechung, vier Gesichter sahen uns an. Eine Dame reagierte unwirsch.

»Entschuldigung, wir sind gerade in einem Meeting. Würden Sie bitte draußen warten?«

Julia machte keine Anstalten, der Aufforderung zu folgen. »Ich habe einen Termin mit Herrn Neumann, zu Ihnen wollte ich gar nicht. Das ist doch hier sein Vorzimmer, steht zumindest auf dem Schild neben der Tür.«

Ich schätzte die Dame auf knappe 50, sie verzog ihre Miene zu einem bösen Blick und strich sich die braunen Haare zurück.

»Herr Neumann musste zu einer Sitzung. Falls wir Ihnen weiterhelfen könnten, dauert es noch einen Moment. Wie gesagt ...«

Sie wies tatsächlich mit der Hand in Richtung Tür. Die Stimmung war ja mal wieder klasse. Die beiden Frauen würden garantiert keine Freundinnen mehr werden. Wir folgten der nachdrücklichen Bitte und schlossen die Tür hinter uns.

»Verstehe ich nicht, ist doch erst eine Stunde her, dass ich mit Tom telefoniert habe.«

»Na ja, unverhofft kommt oft.«

»Du mit deinen Sprüchen.«

Ich setzte mich in einen der Sessel am Ende des Flurs und griff mir die Hauspostille. Mit gestylten Fotos brachte man dem Leser die Erfolge der Deutschen Entwicklungshilfe näher. Reintegration von Flüchtlingen prangte auf dem Titel, ein neuer Schwerpunkt der Gesellschaft. Glückliche Handwerker, die ihre in Deutschland erlernten Fähigkeiten im Heimatland einsetzten. Irak, Afghanistan, Mali. Fröhliche Schweißer und gutgelaunte Tischler lächelten mich an. Julia schaute in die Landschaft, sie stand an den bodentiefen Fenstern und betrachtete den Vordertaunus. Ich hatte die Zeitschrift fast durchgelesen, als die andere Dame aus der Gruppe die Tür öffnete.

»Frau Bobic hätte jetzt Zeit für Sie.«

Julia verdrehte die Augen. Das könnte ja heiter werden, schließlich wollte sie einen Auftrag von der Gesellschaft einsacken und zwar heute noch. Die Vorzimmerdame, eventuell war sie auch eine Sachbearbeiterin der Pressestelle, schickte uns in das Büro auf der gegenüberliegenden Seite von Neumanns Arbeitszimmer. Frau Bobic wälzte einen Aktenordner, trotz papierloser Verwaltung in der heutigen Zeit ein unausrottbares Element der Büromenschen.

»Entschuldigen Sie«, begann die Pressefrau, »hier ist viel los, deswegen musste Tom, ich meine Herr Neumann, zu einer dringenden Sitzung. Worum geht es?«

Diesmal zeigte ihre Hand auf die beiden Stühle vor ihrem Schreibtisch. Wir setzten uns, Julia stellte uns vor und erklärte ihr Vorhaben.

»Herr Neumann hat mir einen Auftrag in Aussicht gestellt. Eine Reportage über Ihre Projekte in Madagaskar, Fotos und Text, für in- und externe Berichterstattung. Sie unterhalten ja eine Vielzahl von Maßnahmen, alle könnte ich natürlich nicht besuchen, aber einen Gutteil sicherlich. Auf meiner Liste hätte ich hauptsächlich die Verbesserung der Infrastruktur, also neue Kliniken, Elektrifizierung des ländlichen Raums sowie Straßenbau.«

Frau Bobic lehnte sich zurück.

»Ein Teil unserer Aktivitäten in Afrika ist hinreichend dokumentiert, auch relativ aktuell. In Zeiten von Social Media darf man nicht zu sehr hinterherhinken. Auf der anderen Seite sind die Entwicklungshelfer natürlich selbst in der Lage, über ihre Aktionen zu berichten. Das trifft nicht auf alle zu, deswegen könnte vereinzelt Bedarf bestehen. Wann wollten Sie fliegen?«

Julias Gesicht gewann deutlich an Farbe. Neumanns Stellvertreterin sah keine dringende Notwendigkeit, Geld an externe Journalisten zu verteilen. Gleichzeitig schwächte unser spontaner Abflugtermin Julias Position.

»Wir fliegen morgen, eventuell übermorgen.«

Frau Bobic lachte.

»Sie haben es aber eilig. Haben Sie noch andere Verpflichtungen auf Ihrer Reise?«

»Es ist kein Urlaub, ich berichte ebenfalls für die evangelische Landeskirche, über Patenschaften von hessischen Gemeinden, speziell Hilfe, um die Landwirtschaft auf einen Stand zu bringen, der gegenüber den europäischen Exporten halbwegs konkurrenzfähig ist.«

Die Bobic spielte mit ihrem Kugelschreiber, sah mich an.

»Sie sind der Fotograf?«

Ich riskierte es lieber nicht, meine Ermittlungen zu erwähnen und so Julias Auftrag noch weiter zu gefährden, und beließ es deshalb bei einem stillen Nicken. Sie drehte sich zum Computerbildschirm, tippte in die Tastatur und klickte sich durch die Dateien. Es dauerte einen Moment, bis sie sich wieder Julia widmete.

»Die Agrarwirtschaft wäre für uns interessant. Diese Berichte erscheinen mir veraltet. Dort arbeiten Kollegen, die ich nicht als ausreichend literarisch begabt einstufen würde, um uns mit schönen Texten zu beglücken. Zum einen handelt es sich um ein Agrarprojekt, zum anderen um den Bau von Straßen. Die nächstgelegenen Städte sind Tulear und beim zweiten Fort Dauphin. Dazwischen liegen rund 300 Kilometer. Je nach Jahreszeit und Witterung schafft man diese Strecke mit einem Geländewagen an einem Tag, falls es zu nass ist, müssen Sie fliegen.«

Julia strahlte, sie hatte den Auftrag im Sack, auch wenn er nun nicht mehr so umfangreich war, wie sie es erwartet hatte.

»Wir zahlen das Honorar pro Zeile und Foto, allerdings kann ich Ihnen ein Mindesthonorar von 1000€ zusichern, alles darüber wäre erst von einem Gremium abzusegnen und würde entsprechend dauern. Solange können Sie ja nicht warten. Reisekosten und Spesen übernehmen wir nicht, sie sind mit dem Honorar abgegolten. Ich würde Ihnen, wenn Sie mit diesen Konditionen einverstanden sind, die Zusage nachher mailen.«

»Ja, sehr gerne. Ich packe heute noch meine Koffer und schaue mir die Details der Projekte an.«

Natürlich freute sich Julia, ich sah ihr allerdings an, dass sie sich höhere Einnahmen versprochen hatte. Mit den ganzen Reisekosten könnte die Veranstaltung auf ein Nullsummenspiel hinauslaufen. Aber so gewann sie mit der Landeskirche und dem Entwicklungshilfedienst zwei neue Auftraggeber, von denen sie in der Zukunft möglicherweise weitere Aufträge bekam. Ihr Hauptbrötchengeber weckte in ihr keine großen Zukunftsvisionen, die Frankfurter Umschau schrumpfte vor sich hin, Zeitungsabos schmolzen Jahr für Jahr, Printjournalismus war auf dem absteigenden Ast.

»Wenn Sie Informationen brauchen, rufe ich die Kollegen an, die diese Projekte von Eschborn aus koordinieren, ja?«

»Natürlich, das wäre sehr hilfreich.«

Frau Bobic, ihren Vornamen hatte bislang niemand erwähnt, ich konnte ihn auch nicht in den Papieren auf ihrem Tisch entdecken, griff zum Telefon und tippte eine Nummer.

»Bobic hier, Herr Roth, ich schicke Ihnen gleich Frau Zeiss und ihren Kollegen vorbei. Würden Sie Herrn Diehl dazu bitten, es geht um die landwirtschaftlichen Projekte, sie fliegt morgen nach Tana, schreibt für uns etwas und braucht Hintergrundwissen. Alles klar? Danke.«

Sie legte auf, erhob sich und reichte Julia die Hand.

»Eine gute Reise wünsche ich Ihnen, viel Erfolg und interessante Einblicke in ein besonderes Land.«

»Herzlichen Dank für Ihre Unterstützung, das war jetzt sehr überstürzt, entschuldigen Sie bitte unseren Überfall.«

»Sie hatten ja mit Herrn Neumann ein Vorgespräch geführt und den Termin vereinbart. Insofern, alles gut. Viel Glück.«

Zu guter Letzt gab sie auch mir wortlos die Hand.

Im Vorzimmer erfuhr Julia die Büronummer von Herrn Roth.

»Wie geht es dir? Alles okay?«, fragte ich sie im Flur.

»Ja, schon, es hätte besser laufen können. Lieber den Spatz in der Hand ...«

»Leider hatte dein Tom keine Zeit.«

Sie verpasste mir einen Knuff in die Seite.

»Ich freue mich über deine Ansätze von Eifersucht, trotzdem glaube ich, mit Tom wäre der Auftrag umfangreicher geworden. Irgendwie fand ich die Stimmung komisch. Erst der Rauswurf, dann eine gewisse Skepsis, auf einmal wirkte sie übertrieben freundlich. Manche Frauen kann ich gar nicht einschätzen.«

»Manche? Ha!«

»Du hast Spaß. Wir müssen zwei Stockwerke hoch, schaffst du die Treppen oder hast du dich für heute genug bewegt?«

»In vier Jahren bist du so alt wie ich, also halt dich lieber zurück.«

Sie hielt sich nicht zurück und gab mir einen Kuss im Treppenhaus.

Julia klopfte an Roths Tür, wartete diesmal aber, bis jemand reagierte.

»Ja, bitte.«

Es überraschte mich, dass uns genau die zwei Herren erwarteten, die wir vorhin in der Pressestelle beim Meeting gesehen hatten. Julia ging auf die beiden zu und reichte zuerst dem Mann vor dem Schreibtisch die Hand.

»Julia Zeiss, guten Tag. Frau Bobic hatte uns angekündigt. Mein Mitarbeiter, Herr Bernau.«

Ich gab ihm brav die Hand.

»Philip Diehl, ich leite die Madagaskargruppe.«

Ein smarter Typ, wie frisch vom Friseur, mit einem Hipsterbart vom Feinsten. Sportlich, ein fester Händedruck. Fehlten nur noch das karierte Hemd und die Axt, um als Holzfäller durchzugehen.

»Mein Kollege, der Herr Roth, wir koordinieren gemeinsam die Projekte und schauen, wo Hilfe nötig ist.«

Dieser stand nun vom Bürostuhl hinter dem Schreibtisch auf. Seine Figur sprach dafür, dass er grundsätzlich lieber sitzen blieb. Das beige Hemd rutschte aus der Hose, schon das Aufstehen ließ ihn rot werden. Ein gutes Stück kleiner als Diehl, ein Friseur war nur noch partiell von Nöten. Sein Händedruck erinnerte mich an warmen Kuchenteig.

»Daniel Roth, hallo. Sie benötigen Informationen zu unseren beiden Maßnahmen im ruralen Bereich, sagte Frau Bobic. Ich war so frei, ein paar Blätter auszudrucken.«

Er drehte sich zum Tisch, nahm eine dünne, rote Mappe und reichte sie Julia. Seine blassblauen Augen liefen fast über, der Mann hatte bestimmt irgendeine Krankheit, und sei es nur Heuschnupfen.

»Zusätzlich habe ich mir erlaubt, unsere Verhaltensregeln und besonderen Hinweise für Madagaskar beizufügen. Wir behalten die aktuelle Situation für jedes Land, in dem wir arbeiten, genau im Blick und pflegen diese Empfehlungen regelmäßig. Ich dachte, das wäre für Sie und Ihren Kollegen vielleicht hilfreich.«

»Ja, absolut, ganz toll, nicht wahr, Roland?«

»Mit Sicherheit, solche Informationen sind ja rasend schnell veraltet, selbst im Internet. Herzlichen Dank für Ihre Mühe.«

Sein Gesicht färbte sich noch röter. Philip Diehl zog aus der Brusttasche im Sakko eine Visitenkarte und reichte sie Julia.

»Damit Sie nicht in der Telefonzentrale hängen bleiben. Ansonsten einfach eine Mail schicken, falls Sie weitere Fragen haben oder vor Ort auf Probleme stoßen. Wir beschäftigen eine Menge Leute im Land, die Ihnen gerne weiterhelfen.«

Vorbereitungen

Vor dem Gebäude schaltete ich mein Handy wieder auf Empfang. Sofort blinkte eine Nachricht von Frau Niemann auf. *Abflugzeit: Morgen, 18:45 Uhr, zwei Tickets gebucht, E-Ticket folgt, Gemeinde in Madagaskar informiert, jemand holt sie am Flughafen ab.* Ich hielt Julia das Display vor die Nase.

»Perfekt, genug Zeit, um die Klamotten zu packen und es meiner Mutter zu vertickern. Die weiß von nichts und denkt bei Afrika wieder an alle möglichen Horrorgeschichten.«

»Deine Mutter hat mich eh auf dem Kieker. Sag bloß nicht, dass ich damit irgendwas zu tun habe. Sonst fange ich mir nur noch böse Blicke ein, wenn nicht Schlimmeres.«

»Kein Problem, du Angsthase. Ich erzähle ihr was von Arbeit, darum geht es für mich ja auch.«

Wir stiegen ins Auto, ich brachte Julia zur S-Bahn-Station.

»Soll ich dich nicht lieber nach Niederrad bringen?«

»Nein, brauchst du nicht. Du hast vor dem Flug genug zu tun.«

»Ja, ich fahr erst mal ins Büro, muss mit Susanne ein paar Dinge besprechen. Am Abend melde ich mich, ob es offene Fragen gibt.«

»Ich freu mich, bin ganz nervös. Wir telefonieren nachher nochmal!«

Kuss und weg war sie.

Inzwischen hatte zähflüssiger Berufsverkehr eingesetzt. Aus den Eschborner Bürohochhäusern flossen Menschenmassen, nur ein Teil fuhr mit der S-Bahn. Die Meisten verstopften mit ihren Blechkisten die Straßen in jedwede Richtung. Ich mittendrin, ein Traum. Ich nutzte den Stau, mir zu überlegen, was ich für die Reise und die Suche brauchte. Bei Afrika kamen mir zuerst Impfungen in den Sinn. Vor einigen Jahren, eher Jahrzehnten, hatte ich das eine oder andere Land dort bereist, mittlerweile könnte der Impfschutz die Wirkung verloren haben. Bis morgen Mittag blieb mir Zeit, meine Impfpässe zu finden, den Kram zu überprüfen, im Zweifelsfall mir eine Spritze verpassen zu lassen. Außerdem würde es nicht schaden, Kontakt mit dem Außenministerium aufzunehmen. Nicht, dass in letzter Minute die gute Frau Weber wieder aufgetaucht war. Vielleicht auch nicht mehr lebend. Quälend langsam erreichte ich die Kreuzung in Richtung Kelkheim, den Weg über die Autobahn verkniff ich mir um diese Zeit.

Susanne arbeitete noch, die Tastatur klackerte, der Drucker spuckte Papier aus.

»Guten Abend, der Herr. Lange nicht gesehen. Hast du eine Büroallergie?«

»Muss ich mir als Chef eigentlich alles gefallen lassen?«

»Solange ich Kuchen für dich backe, ja.«

»Das ist ein Argument.«

Susanne stand auf und ging in den Nebenraum, den wir für Drucker und das übliche Bürogerümpel eingerichtet hatten.

»Es wäre schön gewesen, wenn du mich früher über deine Ausflugsplanungen nach Madagaskar unterrichtet hättest. Eine Frau Niemann rief an, ich dachte, sie veräppelt mich. Afrika, Abflug morgen Abend. Mit Julia. Nicht schlecht.«

Ich musste lachen.

»Nein, das hat alles seine Ordnung. Leider ging's nicht früher, der Auftrag entwickelte sich nach und nach, so ganz klar erschien mir die Nummer bis vor ein paar Stunden selbst noch nicht. Was wollte die hohe Kirchendame?«

»Zum Flug, da ändert sich nichts, das Ziel ist allerdings nicht die Hauptstadt, sondern ein Nest im Süden, irgendwo im Nirwana. Ihr müsst umsteigen, ein Inlandsflug in eine Stadt Namens Tulear, von dort geht's weiter per Auto.«

»Hört sich nach einer langen Reise an. Die Hälfte der bezahlten Zeit wäre damit für An- und Abfahrt zum Zielort verbraten.«

»Ihr sucht Martina Weber?«

»Ja, kennst du sie?«

»Klar, vierzig Jahre in derselben Stadt, da fragt man sich, wen man nicht kennt. Wir waren nicht auf der gleichen Schule, aber beim Sport, die eine oder andere Party, da hab ich sie ein wenig kennengelernt. Eigentlich eine sehr nette Frau.«

»Wieso *eigentlich*?«

»Nur weil ihr Mann sie verlassen hatte, das trifft nach meiner Erfahrung eher die schwierigen Menschen.«

»Vielleicht reichte ihm nett nicht.«

»Macho! Du bist genauso.«

»Niemals, ich bin ein totaler Feminist.«

»Ich mach jetzt Feierabend, sonst geht das in diesem Stil so weiter. Sehen wir uns morgen, bevor du abfliegst?«

»Auf alle Fälle. Das Kofferpacken dauert bei mir nur eine halbe Stunde.«

Susanne hatte doch was von Kuchen gesagt? Ich öffnete den Kühlschrank. Leider nichts. Mist. Ich ging in mein Büro, es warteten bestimmt genug Mails aus den letzten beiden Tagen. Auf meinem Schreibtisch: ein großer Kuchenteller mit Haube, darunter drei dicke Stücke Marmorkuchen. Susanne durfte auch in Zukunft frech zu ihrem Chef sein. Ich beantwortete wortkarg ein paar Mails. Keine potentiellen Neukunden, Eheprobleme verursachten mehr Arbeit als Umsatz. Meine Kumpel von der Doppelkopfrunde hatten für Samstag nach längerer Zeit mal wieder einen Spielabend festgelegt. Zu ärgerlich, dass ich ihnen absagen musste. Ich vertröstete sie auf die übernächste Woche. Zu dritt ließ sich nur schlecht Doppelkopf spielen, entweder nahmen sie mit Skat vorlieb oder sie trieben einen Ersatzspieler auf. Marita Lopez-Schuster hatte mir Infos über die Patengemeinde geschickt, ein Dorf im Süden des Landes. Ansprechpartner, Sinn des Projekts sowie Fotos als Dateianhang. Ich druckte es aus. So ganz wohl war mir bei der Sache nicht. Ermittlungen in fremden Ländern entwickelten manchmal eine Dynamik, deren Ende nicht absehbar war. Julia hatte die Unterlagen der Entwicklungshilfe zu Sitten, Gebräuchen und politischer Situation eingepackt, auf dem langen Flug wäre genug Zeit, sich das durchzulesen. Ich zog den wunderbaren Marmorkuchen heran, packte ihn dann doch lieber ein, um es mir damit zuhause auf dem Sofa gemütlich zu machen. Den Koffer konnte ich auch morgen packen.

Vor dem Frühstück rief ich in der Praxis an. Die Arzthelferin meinte, in gut einer Stunde hätte die Ärztin das Wartezimmer abgearbeitet. Einige Impfseren hatten sie vorrätig, solange mein Bedarf nicht zu exotisch wäre, ansonsten müssten sie mich zu einem Tropenarzt schicken. Na ja, ganz so schlimm würde es schon nicht werden. Zwei Vollkornbrotscheiben und ein großer Kaffeepott bildeten seit einem halben Jahr mein Frühstück. Nachdem ich mir im Fernsehen eine Reportage über schlechtes Fett in Croissants angeschaut hatte, schmeckten mir die leider auch nicht mehr. Nicht einfach, den Kaffee ohne Zucker zu genießen, das klappte nur mit viel Milch. Fettarm. Was tat man nicht alles für die Gesundheit. So hatte ich mir innerhalb eines erstaunlich kurzen Zeitraums gut zehn Kilo vom Leib geschafft. Sah angeblich sogar jünger aus. Gab Schlimmeres. Im Schlafzimmer legte ich Kleidung für die Tour zurecht. Hemden, T-Shirts, spaßeshalber eine Badehose. Aus dem Abstellraum kramte ich Turnschuhe, die ihre beste Zeit hinter sich hatten, ideal, um sie auf der Reise zu entsorgen.

Mein Wagen rollte die Frankfurter Straße herunter. Auf dem Münsterer Kirchplatz erwischte ich die letzte Parklücke. Die Holzstufen im Fachwerkhaus knarrten, für gehbehinderte wartete ein Treppenlifter. Die Arzthelferin schickte mich erst mal ins Wartezimmer, zum Glück sah niemand eindeutig virenverseucht aus, kein Vergleich zu den Arztbesuchen im Winter. Nach einer Viertelstunde kam ich an die Reihe.

»Ich habe gehört, Sie reisen heute noch nach Madagaskar. Finde ich spannend. Setzen Sie sich, bitte.« Die Ärztin reichte mir die Hand. Das machte sie nur im Hochsommer. »Die Impfempfehlungen für dieses Land sind relativ umfangreich, sie unterscheiden sich je nach Zielregion. Wohin geht's bei Ihnen genau?«

»Auf der Landkarte wirkt Madagaskar gar nicht so riesig. Zuerst fliegen wir in den Süden, ist laut meinen Infos eine ziemlich trockene Gegend, kein typisches Malariagebiet.«

»Ja, das stimmt wohl. Zur Basisimpfung gehört dort das Übliche: Tetanus, Diphtherie und Kinderlähmung, hinzu käme Hepatitis B. Das gebe ich Ihnen alles zusammen mit einem Kombinationsimpfstoff. Falls die sozialen Kontakte enger wären und bei besonders unhygienischen Verhältnissen empfehle ich die Typhusimpfung. Bei Langzeitaufenthalten in ländlichen Gebieten sogar gegen Tollwut.«

»Bitte? Was denn sonst noch alles? Ich bleibe maximal eine Woche. Kann man gegen all das gleichzeitig impfen? Ist ein bisschen viel auf einmal, die leben doch nicht hinter dem Mond.«

Meine Ärztin lehnte sich vor, drehte ihren Bildschirm zu mir um.

»Schauen Sie hier, ausgerechnet der Süden des Landes ist stärker betroffen. Bislang habe ich noch nicht die rund drei Dutzend Pesttoten im ersten Halbjahr erwähnt.«

Ich musste lachen.

»Sie wollen mich veräppeln! Wir lagen vor Madagaskar und hatten die Pest an Bord, das ist ein uraltes Seemannslied, die Pest ist doch längst ausgerottet.«

»Falsch, dort nicht. Allerdings ist sie nicht gefährlich, wenn man die richtigen Medikamente hat. Ich schreibe Ihnen ein hochwirksames Antibiotikum auf, für alle Fälle. Bitte nehmen Sie das nicht bei einer Erkältung, die Nebenwirkungen sind definitiv stärker. Außerdem etwas für Malaria, diese Tabletten verwenden Sie bitte nur, wenn Sie bereits an den Symptomen leiden. Laut Impfinfos des Tropeninstituts ist eine Infektion in der Hauptstadt unwahrscheinlich, aber an den Küsten und im Regenwald durchaus möglich.«

Ich sollte dringend das Honorar anheben, diese Menge an Medikamenten stellte ja eine Form der Selbstverstümmelung dar.

»Okay, machen Sie, was Sie für richtig halten. Inzwischen habe ich sowieso eine Sammlung von Impfpässen aus knapp 50 Jahren.«

Ich legte die Papiere auf den Tisch. Sie verpasste mir die Spritze, stempelte viermal im neuesten Impfpass und informierte die Arzthelferin über die Rezepte.

»Viel Glück und eine gesunde Heimkehr.«

In der Apotheke direkt unter der Praxis holte ich mir die Malariatabletten und das Antibiotikum. Pest, kaum zu glauben. Der Tag war gelaufen, eine echte Traumreise. Julia hatte gestern Abend am Telefon noch gesagt, dass sie auch zum Arzt wollte. Hoffentlich war sie hingegangen. Vom Büro aus rief ich das Außenministerium in Berlin an. Dort wusste man inzwischen von Martina Webers Verschwinden, besaß aber keine neueren Informationen. Viel Zeit hatte ich nicht mehr, bei langen Flügen war es besser, nicht zu knapp vor dem Abflug zu erscheinen.

Flug

Beim Mittagessen im Bistro am Marktplatz pirschte sich so allmählich die Nervosität heran. Ich spürte die Impfung, die Stelle am Oberarm leuchtete rot. Sicherheitshalber rief ich Julia an, ob bei ihr alles in Ordnung war.

»Hallo Roland, sitzt du schon auf glühenden Kohlen?«

»Geht so. Wie viele Koffer hast du gepackt?«

»Nur einen, du Komiker.«

»Kannst du ihn selbst heben?«

»Noch so eine Frage, und ich hetze dir die Frauenbeauftragte an den Hals. Bist du denn mit dem Packen fertig?«

»Sagen wir, virtuell. Ich muss die Klamotten nur noch in den Koffer stecken.«

»Typisch Mann, und hinterher wird es stressig. Ich fahre in einer Stunde mit dem Bus zum Flughafen.«

»Okay, wir treffen uns am Schalter. Terminal 2, Abflug D. Mit Sicherheit vergesse ich irgendwas. Braucht man dort um diese Jahreszeit Sonnencreme?«

»Brauchst du in der Wüste was zu trinken?«

»Alles klar, ich bin um vier Uhr in der Abflughalle.«

»Prima, ich freue mich, Afrika kann kommen!«

Ich rechnete nur ansatzweise mit offiziellen Terminen, deswegen packte ich eher legere Kleidung an. Das Sakko durfte hierbleiben, wichtiger erschienen mir eine Kamera, Adapter für Steckdosen und ein kleiner Wasserfilter. Die Tablettensammlung steckte ich in den Rucksack, der als Handgepäck diente. Es klingelte, an der Gegensprechanlage meldete sich Susanne.

»Hallo Chef, alles bereit?«

»Ich komm gleich runter!«

Kaffeemaschine ausschalten, Fenster zu, den Herd hatte ich seit Tagen nicht genutzt. Doppelt Abschließen.

»Hier, wir nehmen mein Auto.«

Ich öffnete den Wagen, reichte Susanne die Autoschlüssel, packte die Sachen in den Kofferraum und stieg ein.

»Bist du nervös, Roland?«

»Wenn ich das noch einmal gefragt werde, dann ja.«

Sie lachte und trat ordentlich auf das Gaspedal.

»In meiner Handtasche ist eine Mappe. Ich habe dir einige Infos zum Land zusammengestellt. Kontaktadresse der Polizei, die Situation der Telekommunikation und natürlich Sitten und Gebräuche.«

»Dankeschön, ich wollte allerdings wirklich nur ein paar Tage bleiben. Frau Weber finden und Abgang.«

»Unverhofft kommt oft, weißt du doch.«

Über Hofheim und vorbei an Kelsterbach erreichten wir zügig den Flughafen.

»Vielen Dank für das Bringen. Wenn was ist, anrufen oder Mail. Dort existiert angeblich bereits das Internet.«

»Komm, mach dich ab, dein Laden läuft auch mal eine Woche ohne dich. Ich wünsch dir Spaß und Erfolg.«

Tatsächlich drückte ich Susanne zum Abschied. Passierte mir sonst nie.

»Dankeschön, bis nächste Woche.«

Mit meinem Koffer rollerte ich durch das Terminal 2. In der Abflughalle reihten sich die Menschen in langen Schlangen vor den Check-in-Schaltern. Ein kleines Mädchen stoppte mich, sie zog ihren Stoffhund in aller Ruhe hinter sich her, ohne auf die Welt um sich herum zu achten. Am Ende der Halle entdeckte ich Julia, ihr riesiger Koffer leuchtete knallrot.

»Der geht bestimmt nicht verloren.«

Bevor sie mich sehen und sich umdrehen konnte, umarmte ich sie von hinten.

»Ja, den greift sich keiner aus Versehen vom Rollband. Abgesehen vom Gewicht.«

Ich hob ihn kurz an.

»Sauber. Zusammen dürfen wir 40 Kilo einchecken, sollte knapp reichen.«

»Dafür hab ich als Handgepäck nur meine Reisetasche. Dein Rucksack sieht nach Wanderung aus.«

»Ah, kleine Reisetasche, auf klein wäre ich jetzt nicht gekommen. Mein Rucksack ist praktisch, nicht wirklich schön, ich weiß. Das alte Ding hat schon viel gesehen, die Reisen haben ihre Spuren hinterlassen.«

Nur langsam zuckelten wir auf einen der drei Schalter zu. Der Menschenmasse nach zu urteilen war es ein gut gebuchter, großer Flieger. Hauptsächlich Urlauber, wenige Passagiere wirkten auf mich wie Geschäftsleute. Ein knappes Drittel sah afrikanisch aus. Im Gegensatz zu den Flügen in die USA kontrollierte niemand die Koffer auf verdächtigen Inhalt. 36 Kilo brachte unser Gepäck auf die Waage, ohne Reisetasche und Rucksack. Vor der Sicherheitskontrolle zum Abflugbereich trafen wir die meisten Fluggäste wieder. Schuhe, Gürtel und Jacke wanderten durch das Röntgengerät, ein Wunder, dass ich die Hose anlassen durfte.

»Möchtest du einen Kaffee oder was anderes?«, fragte ich Julia im Wartebereich.

»Erst, wenn wir in der Luft sind, danke.«

Mit Blick auf das Vorfeld warteten wir rund eine Stunde, bis das Boarding begann. Julia ließ sich am Eingang eine FAZ geben. Ein größerer Airbus, es dauerte eine Zeit, bis alle ihren Platz gefunden, das Handgepäck verstaut und sich endlich gesetzt hatten. Manche nervten mich jetzt schon mit ihrem Gequetsche an den Gepäckfächern. Nach einer Viertelstunde schlich die Maschine zur Startbahn West. Die Triebwerke wummerten lauter, der Jet beschleunigte, drückte uns in die Sitze. Porschefeeling. Im steilen Aufstieg der ruhigste Moment im Flugzeug, Flugangst oder die Blicke zu den kleiner werdenden Häusern ließen die Menschen schweigen. Die Kabine wirkte auf mich wie ein schräger Tunnel. Über den Wolken lachte uns die Sonne an. Jetzt ging es in den Süden.

»Möchtest du was von der Zeitung?« Julia hielt mir einen Stapel Papier entgegen.

»Gerne.«

Der politische Teil der FAZ entsprach zwar nicht immer meinem Geschmack, angesichts der Flugdauer schaute ich mir aber alle Artikel an, auch wenn ich nicht jede einzelne Zeile las. Amis, Russen und Türken beherrschten die ersten drei Seiten. So schnell würde sich das nicht ändern. Ein Bericht auf der vorletzten Seite weckte mein Interesse.

»Jetzt weißt du, warum dein Tom für dich keine Zeit hatte.«

Ich drehte das Blatt zu Julia.

»Deutscher Entwicklungshelfer ermordet. In Madagaskar, in der kleinen Stadt Betioky. Fliegen wir nicht gerade genau da hin?«

»Zeig mal.«

Ich gab ihr die Seite.

»Ja, hier wird Tom sogar zitiert. Bei denen brennt die Luft, deswegen war die Bobic am Anfang so schroff. Jetzt kommen wir und wollen ausgerechnet über Madagaskar reden. Was ein Glück, dass sie mir trotzdem den Auftrag zugesagt hat.«

»Und, wer war es?«

»Die Polizei geht von Raubmord aus. Das Opfer war kein Angestellter der Entwicklungshilfe, sondern ein freier Berater. Stell dir vor, er stammt aus Oberursel. Erwürgt im eigenen Auto. Nachts, im Anschluss an eine Besprechung für sein aktuelles Projekt. Scheiße.«

»Täter?«

»Keine konkrete Spur, die Ermittlungen laufen.«

Dieser Artikel vermieste unsere Stimmung gewaltig. Julias Aufbruch in ihr Traumziel bekam einen Knacks.

Ab und zu ertönte aus den Lautsprechern die Durchsage des Flugkapitäns, meistens, wenn wir über eine Landmarke flogen. Zuerst die Alpen, Sizilien im roten Sonnenuntergang, Kairo. Karthum hörte ich nur im Dämmerzustand. In meinem Traum regnete es in Strömen. Der Sturm zerrte an Palmen, der Seegang spülte den Strand ins Meer. Traumurlaub.

»Ladies and Gentleman, wir beginnen mit dem Landeanflug auf Nairobi. Sie haben dort Gelegenheit, im Transitbereich Ihre Flugpause zu genießen.«

»Was hat er gesagt?« Julia stieß mit dem Kopf gegen meine Schulter.

»Landung. Nairobi. Da wollen wir doch gar nicht hin. Ich hätte selbst die Tickets buchen sollen.«

Die Maschine setzte sanft in tiefschwarzer Nacht auf. Halb im Tran rappelte ich mich auf, wartete auf Julia, die sich mit Schuhen, Handtasche und Jacke abmühte.

»Können wir nicht einfach sitzen bleiben?«

»Nee, er hat was von aussteigen müssen gesagt, tanken nur ohne Passagiere.«

»Na, toll.«

Am Ausstieg merkte ich, dass es sogar am Äquator kalt sein konnte. Viel zu sehen war nicht, im Dunst erahnte ich die Stadt und eine Hügelkette. Auf der Gangway und dem kurzen Weg zum Flughafengebäude redeten die Leute nur über die Temperatur, es fühlte sich wie 10 Grad an. Im Transitbereich steuerte ich eine Bar an. Alles andere lag in Dunkelheit.

»Möchtest du was trinken?«, fragte ich Julia, die nicht nur durstig aussah.

»Ich brauch eine Cola.«

»Two Cokes, please.«

Der Barkeeper öffnete mit flinken Händen zwei kleine Flaschen.

»Ten Euros, please.«

Beeindruckender Preis, ich reichte ihm das Geld.

»Wenn das so weiter geht, legen wir bei dieser Tour noch oben drauf.«

»Ach, komm, wir sind in Afrika.« Julia lächelte.

»Alles gut, ich freu mich auch.«

Anderthalb Stunden später schmiegten wir uns in unseren Sitzen aneinander und staunten über den wunderschönen Kilimandscharo. Der schneebedeckte Gipfel leuchtete in den warmen Farben der ersten Strahlen des Sonnenaufgangs. Alle wachen Passagiere schauten aus den Fenstern, viele zückten ihre Smartphones, einer zielte mit einem Teleobjektiv auf den höchsten Punkt des Kontinents.

Gefühlt einen halben Tag nach dem Start in Kenia kündigte der Flugkapitän den Anflug auf Antanarivo an. Die Temperaturen in der Hauptstadt wären deutlich angenehmer als in Nairobi, meinte er, speziell für Europäer, aktuell 23 Grad. Das klang gut. Ich hatte mich auf einen Dauersaunagang zwischen Savanne und Regenwald eingestellt. Der Blick nach draußen überraschte mich, wir flogen über ein vollkommen zerklüftetes Terrain aus hellroten Felsen. Nur in den engen Schluchten erkannte ich etwas Grünes, dort sammelte sich Wasser. Siedlungen oder Straßen entdeckte ich nicht. Ein ziemlich verlassener Landstrich. Erst kurz vor der Landung sah ich Dörfer, die, je näher wir der Hauptstadt kamen, zu Städten anwuchsen. Die Farbe der Landschaft wechselte immer mehr zu grün. Der Pilot setzte die Maschine zum Glück sanft auf den Asphalt, guter Mann. Einige Passagiere klatschten. Der Flieger rumpelte über die Piste vor das Terminal, die Triebwerke fauchten ein letztes Mal, die Türen öffneten sich. Die Sonne strahlte uns an, das Wetter war wunderbar, keine unangenehme Hitze. Das Flughafengebäude erinnerte mich an Holzbauten in Südostasien, auch wenn es aus Glas und Beton bestand. Die Fluggäste strömten in die Eingänge unter den drei hohen Spitzgiebeln, ein schmales Vordach spendete Arbeitern auf Gepäckkarren Schatten. Nur langsam bewegten sich ein paar von ihnen uns entgegen, um die Koffer aus dem Jet zu holen. Ich legte meinen Arm um Julia und zog sie an mich, sie neigte ihren Kopf aus dem grellen Sonnenlicht.

»Alles gut bei dir?«

»Ja, ist okay. Mehr Schlaf wäre nicht schlecht gewesen, aber nun sind wir endlich da.«

»Na ja, relativ, wir schauen mal, wie pünktlich unser Anschlussflug ist. Bislang passt es noch, wir sind nur eine halbe Stunde später als geplant gelandet. Laut Flugticket müsste er in knapp zwei Stunden abheben.«

»Ich würde mir jetzt gerne ein bisschen die Beine vertreten und etwas Vernünftiges essen. Wer weiß, wann es wieder was gibt.«

Wir stellten uns brav in eine der beiden Schlangen vor der Passkontrolle. Im Flugzeug mussten wir ein Visaformular ausfüllen, das nun von Beamten abgestempelt wurde, nachdem sie die Daten mit den Pässen verglichen hatten. Um das Gepäck brauchten wir uns nicht zu kümmern, es nahm seinen Weg im Transitbereich. Hoffentlich. Zwei Zöllner ließen sich viel Zeit, um das Handgepäck einzelner Gäste genau unter die Lupe zu nehmen. Wir kamen auch in diesen Genuss. Sie inspizierten unsere Fotoapparate, mein Teleobjektiv und Julias Kosmetikabteilung. Nach ein paar Minuten winkten sie uns weiter.

»Da vorne, sieht doch ganz gut aus, oder?«

Julia hob ihr Kinn in Richtung eines Restaurants. Die Karte gefiel mir, obwohl es eigentlich erst Zeit für ein Frühstück war, wählte ich ein Steak aus, Julia entschied sich für Chickencurry. Danach fühlte ich mich besser. Wir lehnten uns zurück, genossen einen Kaffee, der sich von den meisten europäischen Sorten deutlich unterschied. Stark, aber nicht so bissig, wie viele deutsche Kaffeeröstungen. Die Madagassen sahen nur zum Teil typisch afrikanisch aus. Einige ähnelten den Menschen am Horn von Afrika, nur wenige hatten die dunkle Hautfarbe der Kenianer.

»Die Leute wirken auf mich wie Asiaten, kann das sein? Sind das alles Einwanderer?«, fragte ich Julia.

»So könnte man das sagen, nur sind sie schon lange hier. Als sich die Römer mit den Vandalen rumgeschlagen haben, schipperte dieser Völkerstamm von Borneo über den gesamten Indischen Ozean hierher, in schmalen Holzbooten.«

»Toll, dass ich ein wandelndes Lexikon dabei habe. Was sollte ich außerdem wissen, bevor wir Frau Weber suchen?«

»Zuviel Bildung kann eigentlich nie schaden. Wenn wir von Einwanderern sprechen, keinen Fleck auf der Erde hat der Mensch so spät betreten, wie diesen Subkontinent. Hatte dann zur Folge, dass es nicht die eine Nationalität, den einen Volksstamm gibt. Achtzehn Hauptethnien erkennt der Staat an. Auf unserer Tour werden wir einige Unterschiede in deren Gebräuchen sehen. Religion ist hier kein Grund für Ärger zwischen den Menschen, die Madagassen ticken ganz anders.«

Julia kramte in ihrer Reisetasche, zog ein Buch heraus und drückte es mir in die Hand.

»Hier, für den nächsten Flug, lesen bildet.«

»Kulturschock Madagaskar, klingt ja vielversprechend.«

Ich blätterte ein wenig darin, trank meinen Kaffee, bestellte lieber noch einen zweiten, bevor ich bezahlte. Wir mussten rechtzeitig zum Check-in für den Inlandsflug kommen. Die Anzeigetafel brachte mir die afrikanische Wirklichkeit näher, die Maschine verspätete sich ein wenig, um knappe zwei Stunden. Trotzdem stellten wir uns brav in die Reihe am Schalter, vielleicht ging es ja doch etwas pünktlicher los. Anderthalb Stunden später, ich hatte den Reiseführer fast durchgelesen, trennte ich mich von dem Gedanken, ohne große Verspätung zu starten. Immerhin, die hiesigen Konditoren verstanden ihr Handwerk, ein Lichtblick an diesem heimeligen Flughafen. Nach einer gefühlten Ewigkeit wurde unser Flug tatsächlich aufgerufen. Wir schnappten das Handgepäck, gingen zum entsprechenden Ausgang und durften einsteigen. Im Gegensatz zum Airbus machte das Flugzeug einen weniger vertrauenserweckenden Eindruck. Julias Lächeln überzeugte mich nicht, außerdem nahm sie mich an der Hand, was eher für ihre, denn für meine Flugangst sprach. Die Boeing 737 hatte ihre besten Zeiten hinter sich, wahrscheinlich schon vor zehn Jahren. Natürlich verlief der Start vollkommen reibungslos. Wir drehten eine Runde über der Hauptstadt, ich erkannte einen See in der Stadtmitte, den Palast und einen Markt, dessen viele Schirme wie ein einziges weißes Dach aussahen. Die sanften, grünen Hügel im Umland wechselten zu einer Felslandlandschaft, bis die Wolken den Blick verdeckten.

Tulear

Die Tür öffnete sich, schlagartig drückte mich die Hitze zurück in den Schatten der Kabine. Kaum eine Flugstunde vom angenehmen Klima im Hochland entfernt, überraschte mich die hohe Temperatur. Im Reiseführer hatte ich von trockenem und heißem Wetter im Süden gelesen, trotzdem hatte ich an der Küste mit Wind gerechnet, der es erträglicher machen würde. Stattdessen fegte Sand über das Vorfeld, der den Weg in Augen und Nase fand. Am Empfangsgebäude in der Farbe des Staubs warteten wir nur ein paar Minuten auf die Koffer, wir durften sie direkt von der Gepäckkarre ziehen. Ein junger Soldat schlenderte mit einem ungewöhnlichen Gewehr in der Hand an uns vorbei. Ein ziemlich dickes Rohr, es diente wohl weniger zum Schutz vor Dieben oder Terroristen und mehr der Jagd von Vögeln, die in die Triebwerke der Flugzeuge geraten konnten. Zwei Ecken weiter, gegenüber vom Parkplatz, hielt sich ein Mann ein Schild mit meinem Namen vor die Brust. Ein schmaler Typ, kurze, lockige Haare, mit einer wesentlich dunkleren Hautfarbe als die Menschen, die ich am Flughafen in der Hauptstadt gesehen hatte.

»Monsieur Bernau?«

»Oui, Bonjour. Madame Zeiss, ma femme et collègue.«

»Bonjour, Madame Zeiss.«

Er drückte uns beiden kräftig die Hand und strahlte dabei über das ganze Gesicht. »Ich bin Patrick, die Gemeinde in Betioky schickt mich. Unser Auto steht da hinten, bitte, ich nehme Ihr Gepäck.«

Ohne eine Antwort abzuwarten, griff er sich Julias großen Rollkoffer und marschierte zum Wagen.

»Frau und Kollegin, das hast du so schön gesagt.«

Julia legt ihren Arm um meine Taille und zog mich an sich.

»Ist mir so rausgerutscht, was sollte ich sonst sagen?«

»Frecher Kerl, das ist eine Lüge.«

Die Heckklappe des alten Nissans knarrte mächtig, Patrick wuchtete unser Zeug rein und warf die Klappe mit Schmackes wieder zu. Eine Gruppe von Taxifahrern diskutierte, sie warteten auf Kundschaft, ihre Sprache klang vollkommen fremd. Sie lehnten sich an ihre Taxis, alle in verschiedenen Farben, aber immer dasselbe Modell, Renault R4. Dass es den noch gab. Julia bemerkte meinen Blick.

»In der Studienzeit hatte ich auch so einen, in Rot. Waren schöne Jahre«, sagte sie mit einem zweideutigen Glitzern in den Augen.

»Bitte sehr. Möchten Sie vorne sitzen?« Diese Frage richtete Patrick an Julia, die das Angebot mit einem Lächeln annahm. Französischer Charme in Afrika, ging ja gut los. Ich quetschte mich hinten rein. Nach den Flügen keine Steigerung, was die Beinfreiheit anging. Die Sitze oder zumindest deren Bezüge stammten aus verschiedenen Autos, die Muster passten nicht zusammen. Recycling in Reinkultur. Wie sollten die Menschen hier sich auch ein neues Auto leisten können? Mit einem heiseren Röhren sprang der Motor an. Kaum hatten wir den Parkplatz verlassen, stoppten wir an einer Tankstelle. Patrick drehte sich zu mir um.

»Leider ist gar kein Benzin mehr im Tank.«

Im Auto hielt ich es bei der Hitze nicht aus. Hier gab es noch einen Tankwart, der mich mit zwei Fingern an der Mütze grüßte. Die Zapfpistole knackte, die Anzeige zeigte knapp 50 Liter. Patrick schaute mich an, bewegte sich aber nicht in Richtung Kassenhäuschen. Anscheinend fiel mir diese Aufgabe zu, ohne dass groß Worte gewechselt wurden. Zum Glück hatte ich im Terminal dreihundert Euro gegen einen riesigen Stapel an madagassischen Geldscheinen eingetauscht. Von Tulear war nichts zu sehen, der Flughafen lag in einiger Entfernung zur Stadt. Wir bogen auf eine sandige Landstraße, Tongobory stand auf einem Schild, die Kilometerangabe fehlte. Patrick drückte ordentlich auf das Gaspedal, er schaltete die Gänge gerne spät, der Motor drehte auf hohen Touren. Sein Fahrstil zeugte von Selbstbewusstsein. Völlig überladene LKW überholten wir, ohne wirklich zu erkennen, ob uns in der roten Staubwolke Gegenverkehr erwartete. Nach einer Weile tauchten nur noch vereinzelt Fahrzeuge auf, ab und zu ein Karren, gezogen von Zebus. Manche Gespanne transportierten Säcke, in denen ich Lebensmittel vermutete, auf anderen saßen mal mehr, mal weniger Leute. Eine Frau hielt einen knallblauen Regenschirm über ihren Kopf, um sich vor der Sonne zu schützen, Kinder liefen lachend hinterher.

»Wie weit müssen wir fahren?«, fragte ich Patrick.

»Nicht weit, rund 150 Kilometer.«

Seine Antwort beruhigte mich nicht. Je länger wir fuhren, umso lockerer umrundete er alles, was uns auf der Straße begegnete. Eine Ziegenherde sorgte für eine Verschnaufpause der Rallye.

»Am Fluss werden wir eine Rast einlegen, wäre das in Ihrem Sinne?« Patrick schaute Julia an.

»Ja, natürlich. Wann kommt denn der Fluss?«

»Die Hälfte haben wir hinter uns, es geht gut voran.«

Meine Uhr sagte mir, dass wir jetzt anderthalb Stunden unterwegs waren. Die gleiche Zeit bis zur Pause. Was die Strecke anging, hakte ich lieber nach, in Afrika hatten Kilometer eine andere Länge.

»Verstehe ich das richtig, nach drei Stunden Fahrt haben wir die Hälfte geschafft?«

»Nein, viel mehr, zumindest von der Entfernung. Zeitlich könnte das hinkommen.«

Er lächelte mich im Rückspiegel an. Ein ganz feiner Humor, den er pflegte, dabei war das Land keine englische, sondern eine französische Kolonie gewesen.

Der Straßenbelag wechselte vom ohnehin bruchstückhaften Asphalt zu einer ruppigen Piste aus rotem Laterit. Zum Glück regnete es selten, nicht auszudenken, wie man hier bei Regen vorwärtskam, falls überhaupt. Auf der Frontscheibe sammelte sich der Staub zu einem Weichzeichner, die Temperatur im Wagen stieg weiter an, eine Klimaanlage gab es nicht. Das ruhige Gewackel ließ mich nach der langen Anreise einnicken.

»Pause!«

Ich schreckte hoch.

»Sind wir da?«

»Wir sind in Tongobory.«

Patrick freute sich, lenkte das Auto an einer Kreuzung auf den Randstreifen. Auf der anderen Seite wartete eine Art Kiosk auf Kundschaft.

»Wollten wir nicht an einem Fluss halten?«, fragte ich ihn.

»Ja, natürlich, der ist da vorne, nur ein paar Meter.«

Er zeigte mit dem Zeigefinger auf den weiteren Verlauf der Straße. Wahrscheinlich afrikanische Meter. Wir stiegen aus, Julia wirkte benommen. Patrick schlurfte auf das Lädchen zu, erst jetzt sah ich, dass er keine Schuhe trug. Die Menschen an der offenen Hütte steckten ebenso mit den Zehen im Staub. Auf Tüchern boten zwei junge Frauen vor der Bude Obst und Gemüse an. Bananen, die meisten mehr braun als gelb, kleine, rote Mangos, Maiskolben und Tomaten. Patrick nahm ein paar Bananen, die eher etwas grün waren, drehte sie hin und her und begann schließlich mit einer der Frauen zu verhandeln. Mit vielen Gesten und spitzen Fingern auf das Obst zeigend feilschte er um den Preis. Es dauerte eine ganze Weile, bis sich die beiden handelseinig wurden. Aus der Hosentasche zog er eine Rolle aus Geldscheinen, öffnete sie und blätterte der Verkäuferin einen Schein nach dem anderen in die Hand. Er griff sich die Früchte, immer mehr, seine Arme füllten sich mit Unmengen an Bananen. Wer vertrug so viel von dem Zeug? Vollbeladen ging er zum Auto. Ein glücklicher Mann. Zwischen unseren Koffern verstaute er die Berge von Obst.

»Jetzt gehen wir ans Wasser«, verkündete Patrick, er freute sich und marschierte voraus. Das klang vielsprechend. Rund zweihundert Meter weiter tauchte eine graue Stahlkonstruktion auf. Eine lange, schmale Brücke, Gegenverkehr sah deren Breite nicht vor. Darunter ein Fluss, der mich an die Elbe vor Hamburg erinnerte. Ein ruhiger Strom, dessen Ufer keine Pflanzen, sondern Sand und Felsen säumten. Unter der Brücke hörte ich Frauenstimmen.

»Der Fluss heißt Onilahy. Leider gibt es weit und breit nur diese Brücke, deswegen muss man jedes Mal den Umweg von rund 50 Kilometern in Kauf nehmen.« Patrick zeigte auf ein paar Hütten an der Böschung. »Dort könnten wir was essen.«

»Eine sehr gute Idee. Zumindest etwas trinken wäre toll. Ich stecke meine Füße erst mal ins Wasser.« Julia wischte sich den Schweiß von der Stirn.

»Das ist kein so guter Einfall«, entgegnete Patrick, »es passiert nicht oft, aber ab und zu sieht man die Krokodile.«

»Oh, dann lieber nicht.« Julia schaute mich mit großen Augen an.

»Du bist doch die Expertin. Komm, einen Happen essen schadet nicht, wer weiß, wie lange wir noch herumrumpeln.«

In einer der Hütte servierte uns die gutgelaunte Köchin eine ordentliche Portion Reis mit einigen Stückchen Fisch. Mit Blick auf das Leben am Fluss ließen wir es uns schmecken. Statt einem kühlen Bier tranken wir Limo, die unglaublich gesüßt war. Unter der Brücke wuschen Frauen bergeweise Kleidung. Sie tauchten die Wäsche ins Wasser, scheuerten sie auf den glatten Felsen und legten sie zum Trocknen aus. Krokodile hatte ich bislang nicht entdeckt.

»Jetzt geht es mir viel besser. Du siehst auch etwas zufriedener aus«, sagte Julia und strich mir über den Bauch.

»Allmählich möchte ich mal ankommen. Seit rund zwanzig Stunden reisen wir durch die Welt. Der letzte Teil der Strecke scheint es ja in sich zu haben. Ich würde gerne zahlen.«

Patrick nickte und winkte der Köchin. Nach einer Weile kam sie zu uns und legte mir ein kariertes Blatt Papier hin, wie aus einem Matheheft. Fein säuberlich hatte sie mit einem Kugelschreiber unser Essen und die Getränke mit den Preisen aufgelistet. Eine schöne Handschrift.

Wir ruckelten ganz langsam über die dicken Holzbohlen der langgestreckten Brücke. Die Menschen blieben stehen, sie betrachteten uns wie exotische Tiere. Diese Gegend entsprach sicher nicht den Vorstellungen von typischen Urlaubern. Auf zwei vorgelagerten Inseln im Norden gab es Tourismus, hier im tiefen Süden war davon bislang nichts zu spüren.

»Nur noch fünfzig Kilometer.«

Patrick strahlte mal wieder. Er musste nicht Gas geben, im Gegenteil, die Bremsen quietschten ohne Unterlass. Wir verließen eine Hochebene, die Straße ging immer steiler bergab. So wie die Höhe sank, stieg die Temperatur weiter an. Ich kurbelte das Fenster runter und fing mir sofort eine Fuhre Staub ein. Eine wunderbare Reise. Martina Weber innerhalb von Tagen zu finden, den Gedanken mochte ich mir nicht näher ausmalen. Die Landschaft nahm stetig kargere Züge an, kaum noch Bäume, zunehmend Büsche. Mein Gefühl für Entfernungen ließ mich bei diesem Tempo vollkommen im Stich. Umso mehr überraschte mich Patrick kurz darauf mit seinem Ausruf.

»Wir haben es geschafft! Betioky!«

Julia schreckte genauso hoch, er unterstrich mit einer weiten Bewegung unser Glück, das Ziel erreicht zu haben.

»Da vorne ist das Gemeindezentrum, gleich dahinter Ihr Gästehaus.«

Klang sehr schön, nach Kühlschrank und Bett. Julia drehte sich zu mir um.

»Ich glaube, wir machen uns erst mal ein bisschen frisch, bevor wir die Vorstellungsrunde absolvieren.«

»Gute Idee.«

Wir steuerten auf das neueste Gebäude in der Straße zu. Am Ortsrand gelegen, gesäumt von mageren Bäumchen, zwischen den Häusern ging der Blick auf die Felder, hinten denen sich die Hügel zu Bergen aufschwangen. Patrick hielt auf dem Randstreifen und drückte kräftig auf die Hupe, ehe er den Motor ausschaltete. Sekunden später stürmten Kinder und Jugendliche auf uns zu, sie umkreisten den Wagen. Ein Junge, der kaum über den Türgriff hinausragte, öffnete Patricks Tür. Ich kletterte aus dem Auto, meine Knochen fühlten sich wesentlich älter an als meine Geburtsurkunde behauptete. Zwei Männer traten aus dem grauen Holzhaus auf die Veranda.

Die Beiden wirkten wie weiße Farmer aus alter Zeit. Der Jüngere, Mitte dreißig, blond, Vollbart, in Khakishorts und einem passenden Hemd, kam zuerst auf uns zu und reichte mir die Hand. Typ Hardy Krüger im Film Hatari, blaue Augen mit gebräuntem Gesicht, ein breites Lächeln vom Feinsten, es fehlte nur die riesige Elefantenbüchse im Arm.

»Herr Bernau, herzlich willkommen in unserem Städtchen. Mein Name ist Fabian Homeyer, ich manage hier die Projekte.«

Sein Blick wechselte zwischen mir und Julia, etwas unsicher, womöglich hatte Frau Niemann nur mich angekündigt.

»Vielen Dank, Herr Homeyer. Frau Zeiss begleitet mich, sie berichtet für eine Zeitschrift und schreibt zugleich für die Deutsche Entwicklungshilfe. Wenn ich richtig informiert bin, wird Ihr Projekt ja ausschließlich von der Kirche getragen.«

»Hallo, Frau Zeiss, ich hoffe, Ihre Anreise war nicht zu beschwerlich. Einfach ist sie nie.«

Er gab Julia die Hand.

»Och, ich fand es ganz spannend, wann kommt man schon mal nach Afrika, und dann jenseits der Reservate für Touristen.«

»Das stimmt, bei uns sind Sie mittendrin. Viele denken bei Afrika gar nicht an Madagaskar, dabei versäumen sie eine Menge. Das Land hat seine Eigenarten, die man auf dem Kontinent vergeblich sucht.«

»Herr Homeyer ist der perfekte Fremdenführer«, sagte der Ältere, der nun dazukam. »Warten Sie ab, bis er Ihnen die Gegend zeigt. Darf ich mich vorstellen? Mein Name ist Petzold, ich bin der Pfarrer und stehe der Gemeinde vor.«

Auch er reichte uns beiden die Hand. Deutlich älter als Homeyer, Anfang sechzig, kurze, graue Haare, eher hager, am Hemd steckte ein silbernes Kreuz.

»Frau Niemann hatte mir gemailt, dass Sie zu zweit kommen und Frau Zeiss über unser schönes Kirchenprojekt berichtet. An erster Stelle gilt unsere Sorge selbstverständlich Frau Weber. Die örtliche Polizei vertritt leider die Meinung, Martina könnte einen längeren Ausflug durch das Land unternehmen. Kein Grund also, die Ermittlungen zu intensivieren, sagt der Sergeant. Allein das Wort intensiv klingt in meinen Ohren in Bezug auf Arbeit bei den hiesigen Behörden ... sagen wir, etwas ungewohnt.«

»Vielen Dank, für die herzliche Begrüßung und Ihre Einschätzung zur Situation.«

»Natürlich. Kommen Sie erst mal in den Schatten, Frau Knauf hat Eistee vorbereitet.«

Petzold freute sich ganz offenbar, neue Gesprächspartner gefunden zu haben. Er ging voran, öffnete auf der Veranda die Tür zu einem Vorraum, der an einer Seite zur Küche führte, in der eine Frau den überdimensionalen Kühlschrank aufzog.

»Frau Knauf, hier sind die Gäste.«

»Das war ja nicht zu überhören. Patrick soll nicht immer so einen Radau veranstalten, wenn er ankommt. Jedes Mal hupt er das ganze Dorf zusammen. Kindisch.«

»Lassen Sie es gut sein. Frau Zeiss, Herr Bernau, Frau Knauf.«

Sie drehte sich kurz zu uns um.

»Guten Tag, mögen Sie Rindfleisch mit Bohnen, oder sind Sie Vegetarier?«

»Nein, Fleisch ist toll, vielen Dank.« Julia reagierte fixer als ich. Die Mimik von Frau Knauf wechselte von Ablehnung zu Glück.

»Wir essen in zehn Minuten im Gemeindesaal. Hier, der Eistee.«

Sie griff zwei ungewöhnlich große, offene Metallkannen und reichte sie mir.

»Die Becher stehen schon auf dem Tisch.«

Petzold hielt mir eine der beiden Klapptüren zum Saal auf. Blau getünchte Wände umrahmten den Raum, vorne eine Schultafel, in der Ecke wartete eine dunkle Holzkanzel auf die nächste Predigt, im vorderen Teil Tische mit ebenso schlichten Stühlen, lange Stuhlreihen füllten den restlichen Raum. Schule, Kirche und Kantine in einem. Homeyer zog für Julia einen der Holzstühle vom Tisch ab, auf dem Plastikbecher standen. Wir setzten uns, ich schenkte allen Eistee ein, bevor ich einen ordentlichen Zug nahm. Herrlich kalt. Julia hielt sich den gefüllten Becher ans Gesicht, Schweißtropfen rollten über ihre Stirn. Unsere Gastgeber ließen uns zum Glück erst mal einen Moment in Ruhe, betrachteten Julia und mich mit einem belustigten Blick.

»Entschuldigen Sie«, begann ich, »ich bin noch nicht so richtig angekommen. Die Piste, gepaart mit der Hitze, das hinterlässt bleibende Eindrücke, in mehrfacher Hinsicht.«

Homeyer lachte.

»Ja, ich gewöhne mich auch nur ganz schwer an das Tempo auf diesen Straßen, die Temperatur empfinde ich selbst nach zwei Jahren nur nachts als halbwegs angenehm. Im Hochland gefällt mir das Klima deutlich besser. Allerdings hätte die Landeskirche unser Projekt nicht im heißen Amebtry angesiedelt, wenn die klimatischen Bedingungen gut wären.«

»Ich habe mir die Unterlagen zu Ihrem Projekt angeschaut. Welche Aufgaben hat Martina Weber übernommen?«, fragte ich ihn, um gleich zum Thema zu kommen.

»Wie Sie wahrscheinlich wissen, ist Frau Weber eine Expertin auf dem Gebiet der Saatzucht. Ihre Berufserfahrung passt genau für Südmadagaskar, obwohl sie schon eine Zeit lang nicht mehr in dem Sektor gearbeitet hatte. Sie steckt in der Materie voll drin, engagiert sich für die Menschen und hat Spaß bei der Arbeit.«

»Wieso ist ihre Kompetenz hier so gefragt? Die Leute sind doch bislang ohne deutsches Expertentum ausgekommen«, schaltete sich Julia ein.

»Die Lage verschlechtert sich leider zusehends, in den letzten Jahren sogar deutlich beschleunigt. Ich zeige Ihnen sehr gerne unsere Plantage, nur so viel vorab: Es regnet äußerst selten, der Boden besteht fast nur noch aus Sand, der das Wasser nicht halten kann, es versickert einfach. Der verbliebene Humus wird, wenn mal Regen fällt, immer schneller weggespült, weil es kaum Bäume gibt, die ihn mit den Wurzeln festhalten. Kennen Sie die Hauptenergiequelle des Landes?«

Wir schüttelten beide den Kopf.

»Holzkohle, und die macht man bekanntlich aus Holz, sprich Bäumen. Deswegen suchen Sie in unserer Gegend auch vergeblich einen Wald. Keine Bäume, keine Erde. Ein Teufelskreis, aus dem die Menschen ohne Hilfe von außen nicht mehr ausbrechen können.«

»Und da kommt Martina Weber ins Spiel?«, fragte ich.

»Genau, sie arbeitete früher in Uelzen, der Heidesand ist vergleichbar. Natürlich hat man dort ganz andere Mittel, um die Ernten sicherzustellen, aber ihre Erfahrung ist wichtig. Bei uns spielt die Hitzeresistenz des Saatgutes mit hinein. Falls die Kleinbauern die Samen statt zur Aussaat nicht bereits gegessen haben. Das passiert in letzter Zeit leider immer häufiger.«

»Dann fällt doch im nächsten Jahr die Ernte komplett aus?«, staunte Julia.

»Ich sehe, Sie verstehen das Problem.«

Frau Knauf servierte das Rindfleisch mit grünen Bohnen, nach dem Futter im Flugzeug schmeckte es ganz fantastisch. Ein Schweigen legte sich über die Runde, nicht nur, weil man beim Essen nicht sprach, der Gedanke an die hungernde Bevölkerung verdarb zumindest mir den Appetit gehörig, die Stimmung hatte einen Knacks erlitten. Petzold unterbrach die Stille als Erster.

»Die Menschen freuen sich über unsere Unterstützung. Die Zeiten, in denen die Entwicklungshelfer einfach ein paar Säcke Lebensmittel abgeworfen haben, sind ja lange vorbei. Das übernimmt die Welthungerhilfe, wenn es gar nicht mehr geht. Hilfe zur Selbsthilfe hat zwar in Deutschland bei manchen Leuten einen unangenehmen Klang, aber anders bekommt man die Struktur in diesen Ländern nicht gescheit auf die Beine.«

Niemand antwortete, wir ließen nicht einen Klecks vom Essen übrig. Homeyer schob den leeren Teller von sich.

»Sie wollen bestimmt zuerst das Zimmer von Frau Weber sehen, nehme ich an?«

»Ja, das ist der Ausgangspunkt für die Ermittlungen.«

Es ging kein Wind. Die Hitze hinter dem Haus kroch unter das Hemd, meine Poren öffneten sich sofort. Bald würde die Sonne untergehen, sie stand nicht mehr allzu hoch. Homeyer wies auf eine Hütte am anderen Ende des Feldes, ich hob die Hand über die Augen, um etwas zu erkennen. Auf dem staubigen Acker sprossen erste Keimlinge durch die harte Krume. Wir umrundeten die Anpflanzung, um nichts niederzutreten.

»Was wächst hier?«, fragte ich Homeyer.

»Rote Bohnen, eine mexikanische Sorte, die hält einiges aus.«

»Wo liegt die Hauptschwierigkeit auf diesem Feld? Der Boden sieht nicht so sandig aus, wie Sie vorhin beschrieben hatten.«

»Natürlich bewässern wir die Äcker, seit ein paar Monaten hat es nicht geregnet. Der Wasserstand in den Brunnen fällt immer tiefer, deswegen müssen wir abwägen, wie viel Wasser die Menschen und wie viel die Pflanzen benötigen, damit demnächst alle genug zu essen haben. Die Aussicht auf einige Monate Nahrung nützt nichts, wenn man bis dahin täglich vom Durst gequält wird. Wir brauchen dringend mehr Niederschlag. Der Grundwasserpegel sinkt ständig, und die Wettervorhersage löst keine Freude aus, blauer Himmel, jeden Tag.«

Im Schatten des Gästehauses zogen zwei Jungs selbstgebastelte Blechautos hinter sich her. Die Dinger klapperten mächtig, die Kinder lachten, stoppten aber, als sie uns bemerkten. Ich versuchte vergeblich zu erkennen, welche Produkte in den Blechdosen gewesen sein könnten. Vielleicht Tomatenmark und Ananas, ein Teil einer Karosserie sah nach einer bekannten deutschen Kondensmilchmarke aus. Julia und Pfarrer Petzold beeilten sich nicht, Anschluss zu halten, sie hatten gerade mal die Hälfte der Strecke geschafft, unterhielten sich dafür umso angeregter. Fabian Homeyer zog einen Schlüssel aus der Hosentasche und schloss auf. Ein kleiner Raum, knappe zwölf Quadratmeter. Das Bett hatte sie ordentlich gemacht, ebenso aufgeräumt der Tisch vor dem Fenster, davor ein einfacher Holzstuhl. Die Türen des schmalen Schranks geöffnet, darin fein säuberlich gestapelte Kleidungsstücke. An der Wand neben dem Kopfende des Bettes hingen einige Fotos, auf einem erkannte ich ihre vier Freundinnen aus Kelkheim, sie strahlten um die Wette. Die anderen Bilder musste sie hier aufgenommen haben, alles Schwarzweißfotos, eine Gruppe von lachenden Kindern, Frauen bei der Feldarbeit, Patrick am Auto.

»Frau Weber fotografiert sehr gerne, sie hat sogar einen gewissen Anspruch an die Aufnahmen und den Arbeitsprozess. Sie nutzt keine Digitalkamera, sondern eine alte Nikon, mit Film. In Tulear lässt sie die Bilder entwickeln, ein alter Franzose betreibt dort ein Fotolabor.«

»Sie fährt extra diese Höllenstrecke für ein paar Abzüge?«

»Nein, Patrick besorgt für uns regelmäßig Dinge aus der Stadt, er nimmt die Filme mit. Wahrscheinlich hat sie ihn deswegen auch am Wagen fotografiert. Sie blieb die vierzehn Tage nur in der näheren Umgebung, soweit ich das beurteilen kann. Umso größer die Aufregung jetzt.«

»Verständlich. Wie lange will Frau Weber insgesamt bei dem Projekt helfen?«

»Rund vier Wochen. Sie würde eigentlich in einer Woche nach Hause fliegen.«

In diesem Zimmer deutete nichts auf einen längeren Ausflug oder eine Abreise hin. So verlässt man einen Raum, wenn man zum Frühstück geht. Auf dem Schrank wartete eine üppige Reisetasche auf den Rückflug, zwei Paar Schuhe unter dem Bett, ebenso die blauen Badelatschen. Ich drehte mich zu Homeyer um.

»Haben Sie oder die Polizei die umliegenden Krankenhäuser abgefragt? Ist irgendetwas Ungewöhnliches in der Umgebung vorgefallen, eine Reihe von Überfällen oder andere Leute, die verschwunden sind?«

»Wir haben die Polizisten und Kliniken wirklich ausreichend genervt, die Botschaft in Antanarivo weiß auch von nichts, niemand hat dort einen Zwischenfall mit einer Deutschen gemeldet. Wir hoffen nun auf Ihre Ermittlungen. Es stimmt allerdings, dass die Menschen nicht mehr so friedlich sind, wie vor einigen Jahren. Viehdiebstahl ist an der Tagesordnung, die Hirten laufen teilweise bewaffnet mit ihren Herden über die verbliebenen Weideflächen. Am Zahltag geht es rund um die Kneipen recht rau zu. Man darf nicht mit dem Geld wedeln, ist manchmal ungesund.«

»Leben Weiße grundsätzlich ungesünder?«

»Nicht auf dem flachen Land, eher in den großen Städten, speziell nachts in den Ecken für Touristen.«

»Könnte sie als Frau ein Ziel geworden sein? Wie sind die Männer hier drauf?«

Homeyer überlegte, sah aus dem Fenster.

»Theoretisch möglich, klar, allerdings ist das Land nicht sehr spießig.«

»Wer ist nicht spießig?« Julia betrat mit Frank Petzold das Zimmer, sie legte ihre Hand um meine Taille. »Uh, du bist, sagen wir, etwas durchtranspiriert.«

»Danke für den Hinweis. Ich hab das Deo vergessen.«

Petzold verscheuchte mit einer Handbewegung die beiden Jungs, die sich mit langen Hälsen von der Türschwelle aus das Zimmer angeschaut hatten, und schloss die Tür.

»Wir sprachen gerade über Frau Weber«, übernahm Homeyer, »Herr Bernau ging die Möglichkeiten ihres plötzlichen Verschwindens durch.«

»Sie war nicht spießig?«, fragte Julia.

Der Projektleiter musste lachen. »Ich würde mir nicht anmaßen, in diesem Punkt eine Einschätzung abzugeben. Nein, das Land, die Menschen, sie haben keine Probleme mit einer gelegentlich eher offenen Sexualität, solange niemand in Mitleidenschaft gezogen wird. Bei Kindern zum Beispiel hört hier jeder Spaß auf, das versichere ich Ihnen. Haben Sie schon Bilder gemacht?« Er zeigte auf Julias Kamera.

»Nein, ich wollte mich erst ein wenig umschauen, der Herr Pfarrer war so freundlich, mir etwas von der Geschichte des Projekts und der Gemeinde zu erzählen.«

»Ja, wir unterstützen seit vielen Jahren die hiesige evangelische Gemeinde. Im Moment nehmen die Schwierigkeiten leider zu, deswegen freue ich mich umso mehr über Menschen wie Martina Weber, die ihren Urlaub opfern, um sich hier einzubringen.«

»Wann hat man Frau Weber zuletzt gesehen?«

»Vor sechs Tagen. Nach knapp drei Tagen hatten die Damen aus Kelkheim bei uns nachgehakt. Zu dem Zeitpunkt suchte Patrick bereits die umliegenden Dörfer ab, Herr Homeyer erstattete eine Vermisstenanzeige bei der Polizei. Europäer verschwinden hier nicht so einfach.«

»Fehlt irgendetwas, Wertgegenstände oder was auch immer auffälliger sein könnte?«

Die beiden Männer sahen sich um, Petzold schob mit dem Fuß eine Tasche vor dem Tisch zur Seite, zuckte mit den Schultern.

»Keine Ahnung, ich war noch nicht im Gästehaus, seitdem Frau Weber hier zu Gast ist.«

»Wo wohnen Sie, wenn ich fragen darf?«

»Wir teilen uns das Haus neben dem Gemeindesaal, Herr Homeyer wohnt oben, meine beiden Zimmer sind unten.«

»Die Kamera fehlt«, meinte Homeyer.

»Was fotografiert sie hier?«, fragte ich.

»Alles Mögliche, Menschen, die Landschaft oder schöne Pflanzen. Der Sonnenuntergang ist klasse, kommt auch immer zur gleichen Zeit, mit weitem Blick ins Land und dauert nicht lang.«

»Ja, das geht hier ruck zuck«, bemerkte Petzold, »der Äquator ist nicht weit weg.«

»Wer hat sie wo zuletzt gesehen?«, wollte ich wissen.

»In der Stadtmitte«, begann Homeyer, »zwischen den paar Läden, die Betioky zu bieten hat. Mit der Uhrzeit nimmt es niemand so genau, die Leute tragen auch nicht unbedingt eine Armbanduhr. Wir gehen von ungefähr sechs oder sieben Uhr abends aus. Die Kellnerin in der Bar an der Kreuzung hatte sie bemerkt. Es war schon dunkel, Frau Weber spazierte dort vorbei, grüßte und ging weiter. Sonst nichts besonders Auffälliges, wenn ich das so sagen darf. Ich bin kein Polizist, hatte nur kurz mit der Bedienung gesprochen.«

Julia mischte sich ein. »Wie schätzen Sie Frau Weber als Mensch ein? Eher der lustige Typ? Ernsthaft? Wie würden Sie sie beschreiben?«

»Von allem etwas«, sagte Petzold. »Sie besitzt durchaus Humor, in der Grundtendenz hat sie trotzdem einen relativ ernsten Charakter. Sie kann resolut wirken, aber ich meine, das entsteht durch ihr Engagement, sie will was erreichen, für die Menschen Gutes bewirken. Dabei arbeitete sie rund um die Uhr, wahrlich kein Urlaub.«

Er sprach als Erster von ihr in der Vergangenheit. Nach meinem Gefühl sank die Wahrscheinlichkeit, sie lebend zu finden, nun doch stärker, als ich in Deutschland angenommen hatte. Wenn ich meinen Auftrag erfüllen wollte, musste ich mich beeilen.

Man quartierte uns neben dem Zimmer von Martina Weber ein. Wir setzten uns vor dem Zubettgehen auf die Bank unter dem Vordach und ließen die fremde Umgebung auf uns wirken. Endlich mal wieder draußen sitzen, einfach nichts tun. Frau Knauf hatte uns zum Glück ihren kalten Eistee hingestellt. Julia lehnte den Kopf an meine Schulter und gähnte. Richtig frisch war ich auch nicht mehr.

»Wollen wir nicht lieber reingehen?«, fragte ich. »Das Bett sah ganz bequem aus.«

»Es reicht leider nur für einen Kuss vor dem Einschlafen. Ich bin so unglaublich platt.«

Selbst in der Nacht empfand ich die Temperaturen als zu hoch, um vernünftig schlafen zu können. Julia wälzte sich von einer auf die andere Seite, stieß mir wiederum mehrmals gegen die Schulter, weil ich angeblich schnarchte. Fremdes Bett, fremdes Land, nach einem langen Flug.

Das Frühstück bot eine echte Entschädigung für die unruhige Nacht, Frau Knauf tischte für uns im Gemeindesaal ordentlich auf. Mit Blick durch das Fenster auf die flach über das Land scheinende Sonne ließen wir es uns schmecken. Wir sprachen nicht allzu viel, freuten uns einfach über das gute Essen und den Sonnenaufgang. Julia wollte beim Projekt bleiben und für die Zeitschrift die einheimischen Frauen bei der Feldarbeit fotografieren. Allerdings drohte ihr Auftrag zu scheitern, ohne Martina Weber, der einzigen Europäerin weit und breit, konnte sie keinen Eindruck vom Engagement westlicher Frauen in Afrika vermitteln. In der Hoffnung, dass die Kelkheimerin wieder auftauchte, entschied Julia sich, Bilder vom Arbeitsalltag der Madagassinnen zu sammeln. Ich fuhr mit Patrick in die Ortsmitte, es war am besten, zuerst auf dem Polizeirevier nachzuhaken. Patrick freute sich, mich durch den Ort zu kutschieren. Den Leuten am Straßenrand fiel der Weiße auf dem Beifahrersitz auf, manche blieben stehen und schauten uns hinterher.

»Wie viel Einwohner hat Betioky?«

»Rund 40.000, Monsieur.«

»Oh, deutlich mehr, als ich dachte.«

»Ja, das geht den meisten Europäern so, sie sehen nur die Hütten, die staubigen Straßen und denken, es wäre ein Dorf. Betioky ist sogar der Sitz des Distrikts, sonst hätten wir hier keine größere Polizeistation.«

Ich spürte den Stolz auf seine Heimatstadt. Das Minenfeld der weißen Arroganz öffnete sich für mich lang und breit, mit der beliebten deutschen Überheblichkeit würde ich keinen Blumentopf gewinnen. Ohne brauchbare Hinweise von Polizisten oder Anwohnern konnte ich die Ermittlungen gleich beenden.

»Das hat der Zyklon im letzten Jahr angerichtet.« Patrick hatte meinen Blick auf einige notdürftig geflickte Häuser bemerkt. »Alle paar Jahre trifft es uns. Leider kann man sich nur sehr schwer in Sicherheit bringen, der Sturm reißt alles mit. Immerhin wachsen bei uns kaum Kokospalmen, an der Küste fliegen die Kokosnüsse wie Kanonenkugeln durch die Gegend. Der Orkan deckt Wellblechdächer ab, drückt viele Fenster ein und hinterlässt eine Spur der Verwüstung.«

»Klingt gefährlich.«

»Diesmal nicht so, vor einigen Jahren konnten fast alle mit Blick auf den Sternenhimmel ins Bett gehen. So sie noch eins hatten.«

Er lachte. Patrick besaß Humor.

Wir stoppten an einer Kreuzung, bogen in eine Straße mit Häusern aus der Kolonialzeit ein. Die handgemalten Schilder an deren bunten Fassaden warben für Stoffe, Getränke und Edelsteine. In Anbetracht der Armut der Bevölkerung erschien mir dieses

Geschäftsmodell wenig erfolgversprechend. Patrick parkte vor einem Lebensmittelhändler. Leider gab es im Wagen keine Klimaanlage, mein Hemd klebte nach der Fahrt noch stärker an mir. Ich war froh, endlich auszusteigen. Vor dem Laden drängten sich Frauen um die Tische voller Obst und Gemüse. Kochbananen, riesige Papaya und eine merkwürdig aussehende Mischung aus Gurke und Kaktus.

»Wie heißt diese Frucht?«, fragte ich Patrick.

»Corossol.«

»Nie gehört.«

»Kennen die Europäer sowieso nicht, sie wächst nur in den Tropen, bei langen Transporten zermatscht sie schnell. Die Frauen kochen daraus Marmelade oder pressen Saft. Eins der wenigen Dinge, die wir hierbehalten dürfen und nicht exportieren müssen.«

»Oh, ich verstehe.«

»Vielleicht, vielleicht auch nicht. Sehen Sie die Männer da vorne, diese abgerissenen Gestalten?«

Er hob sein Kinn in Richtung einer Gruppe, ihre Kleidung fiel durch den braunroten Farbton auf, Gesichter und Hände trugen zum Teil dieselbe Farbe. Sie bildeten eine Reihe vor dem Juwelenhändler.

»Sind das Minenarbeiter?«

»Manche arbeiten im Tagebau, andere schaufeln immer tiefere Löcher. Ein äußerst gefährlicher Beruf, sie glauben an den einen Fund, der sie mit einem Schlag zu reichen Männern macht. Ich habe noch keinen kennengelernt, der es geschafft hat. Im Norden soll es jemanden geben.«

Ich hatte den Händler für einen Juwelier gehalten, das Schild vollkommen missverstanden. Dort saß der Ankäufer für die Edelsteine, ein Zwischenhändler, dessen Geschäft mit den Steinen wahrscheinlich deutlich mehr abwarf als die harte Arbeit der geschundenen Gestalten.

»Diamanten?«

»So gut wie nie, obwohl es hier welche geben soll. Wir sind nicht nur das Land, wo Pfeffer und Vanille wachsen, im Boden warten Smaragde auf die Arbeiter. Meistens sind es nur winzige Steinchen. Besser als nichts, es reicht gerade so für das Essen.«

Wir schoben uns am Pulk vorbei. Die Männer blickten mich aus geröteten Augen an, in ihren Händen hielten sie Beutel, an manchen Armen klebten Krusten aus rotem Lehm. Gleich neben dem Edelsteinhändler residierte die Polizei. Vor der Tür ließ ein Uniformierter den Blick über die Straße streifen, die Daumen steckten im breiten Gürtel. Patrick hob eine Hand und grüßte ihn.

»Bonsoir, Marcel.«

Der Polizist reagierte, indem er schweigend zwei Finger an das schwarze Barett legte. Die Wache unterschied sich kaum von Revieren in Deutschland, ein Tresen aus dunklem Holz, dahinter Schreibtische, an einem tippte ein Beamter auf die Tastatur seines Computers. Er bemerkte uns nach einem Moment.

»Ah, Patrick, comment ça va, lange nicht gesehen.«

»Ça va comme ci, comme ça.«

Der Polizist stand auf, strich über sein strahlendweißes, perfekt gebügeltes Uniformhemd und schlenderte zum Tresen. Er reichte Patrick und anschließend mir die Hand.

»Wo drückt der Schuh, hat jemand dein schönes Auto geklaut?«

»Zum Glück nicht. Das ist Monsieur Bernau, er sucht die verschwundene Frau aus Deutschland, du weißt schon. Gibt es irgendwelche neuen Infos?«

Er sah mich an.

»Schwierig, sehr schwierig.«

»Also eher nichts Neues?«

»Der Lieutenant quält sich mit einem wichtigeren Fall, die beiden Sergeants helfen ihm, mehr geht nicht. Wir wissen ja gar nicht, ob überhaupt ein Verbrechen vorliegt. Was ist, wenn die Frau wieder nach Deutschland zurückgeflogen ist?«

Bevor ich lange nachdenken musste, war mir klar, dass man hier in Richtung Weber nichts mehr unternahm. Gar nichts. Patrick schwieg für einen Moment, er schien den Ärger zu spüren, der sich in mir aufbaute. Es wäre vollkommen falsch, jetzt auf dicke Hose zu machen und Druck aufzubauen, um Bewegung in die Nachforschungen zu bringen. Mehr Arbeit für mich, weniger Chancen für Martina Weber. Wir baten um eine zeitnahe Kontaktaufnahme, falls sich etwas Neues ergeben würde, und verabschiedeten uns.

»Das lief nicht so gut«, bemerkte Patrick.

»Sehr fein beschrieben. Europäer kommen und gehen, Urlauber auf der Durchreise, Entwicklungshelfer, wie soll die Polizei den Überblick behalten.«

»Na ja, so viele sind es nicht, weiße Frauen bereisen das Land selten allein, meistens kommen die Touristen in kleinen Reisegruppen. Was unternehmen wir nun?«

»Hat Homeyer von diesem Café gesprochen?«

Ich zeigte auf das Bistro an der Kreuzungsecke. Ein LKW röhrte an uns vorbei, auf seiner Ladefläche drängte sich ein gutes Dutzend Männer, sie hielten sich an den Seiten des alten Kippladers fest.

»Café Paris, ja, die Bedienung heißt Espérance.«

»Ein schöner Name. Schauen wir mal, ob sie arbeitet.«

Kaum hatte ich einen Fuß auf die Straße gesetzt, hupte mich ein Motorrad an. Zu dritt auf der Sitzbank verzichtete der Fahrer auf den Einsatz seiner Bremsen und fegte an mir vorbei. Die Lebenserwartung lag in diesem Land aus mehreren Gründen deutlich niedriger als in Deutschland. Vor dem Bistro, innen wie außen ganz in lindgrün gestrichen, saßen die Gäste in der Morgensonne und genossen ihren Kaffee. Zwei Chinesen unterhielten sich ziemlich laut, wohlwissend, dass niemand ihre Sprache verstand. Im Innenraum, an dessen Dunkelheit sich meine Augen erst gewöhnen mussten, rotierten an der Decke die Flügel eines Ventilators. Der Kühlschrank, in dem jede Menge Bierflaschen auf durstige Kehlen warteten, surrte mit der elektrischen Moskitofalle um die Wette. Violettes Licht zog die niedlichen Tierchen an, das feinmaschige Drahtnetz verpasste ihnen knisternd den finalen Stromschlag. Hinter dem Tresen sortierte der Barmann Gläser ins Regal, er sah uns im Spiegel zwischen den Regalböden und drehte sich um.

»Bonjour, was kann ich Ihnen anbieten?«

»Um diese Uhrzeit lieber einen Kaffee«, sagte ich mit Blick auf die Glastür des Kühlschranks, »wozu darf ich Sie einladen, Patrick?«

»Nehme ich auch, Dankeschön.«

»Zweimal, bitte.«

Der Barkeeper ließ aus der chromglänzenden Maschine zwei Kaffees laufen und stellte die Tassen auf die Theke.

»Möchten Sie was essen?«

»Nein, im Moment nicht, danke«, antwortete Patrick. »Aber können Sie mir sagen, wann Espérance Dienst hat?«

Die Bedienung schaute ihn an, beugte sich vor, schob den Zuckerstreuer herüber und legte Löffel auf die Untertassen. Aus einer Blechdose fischte er zwei verpackte Kekse.

»Sie ist kurz im Lager, kommt gleich wieder.«

Wir nahmen unseren Kaffee und setzten uns nach draußen. Der Tisch neben den Chinesen war noch frei.

»Der LKW vorhin, die Arbeiter, waren das Smaragdsucher?«

»Nein, die besitzen nicht so viel Geld, um sich Geräte, geschweige denn einen LKW zu kaufen. Mehr als Schaufel und Spitzhacke sind nicht drin. Der Laster gehört der Firma, die in der ganzen Region neue Straßen baut. Wir brauchen dringend bessere Verbindungen, für die Bauern vor allem. Den überwiegenden Teil finanzieren zum Glück die europäischen Entwicklungshilfegesellschaften, sonst würde das Geld nie ausreichen. Ihre ist auch dabei.«

»Meine?«

»Na, der deutsche Staat.«

»Ach so, ja, garantiert steht dieses Projekt auf der Liste, die Julia abarbeitet.«

Beim Blick auf die Menschen, den eigenwilligen Verkehr mit Fahrzeugen aller Art, stellte sich unwillkürlich das Gefühl von Urlaub ein. Die langsam ansteigende Hitze tat ein Übriges. Der Lebensmittelhändler auf der anderen Straßenseite belud eine kleine Karre aus Holz, die zwei Jungs anschließend die Straße entlang schoben. Sie freuten sich über den Job, und obwohl sie keine Schuhe trugen, legten sie sich mächtig ins Zeug, um die gewichtige Last heil durch den Verkehr zu bugsieren. Vermutlich war es noch gefährlicher, als es aussah. An der schräg gegenüber liegenden Ecke der Kreuzung reihten sich Autos ein, um an die einzige Zapfsäule der Tankstelle zu gelangen. Manche Fahrer hatten sich auf eine längere Wartezeit eingestellt, sie schoben ihren Wagen. Richtig schwere PKW entdeckte ich nicht, überwiegend kleine Japaner oder ältere Franzosen, die bei uns schon wieder einen Handelswert als Youngtimer hätten. Ein Taxi glänzte golden in der Sonne, ein R4, wie am Flughafen in Tulear. Von einem Holzmast hingen über die gesamte Kreuzung dicke Stromkabel, sie versorgten die anliegenden Häuser mit Energie. Weder Autos noch die elektrische Versorgung wirkten besonders vertrauenerweckend, hier galten andere Maßstäbe als beim deutschen TÜV. Hauptsache, es lief. Die Lautstärke der Chinesen am Nachbartisch nahm zu und endete abrupt. Einer der Asiaten winkte die Bedienung heran. Das musste Espérance sein. Ziemlich klein, mit der hier üblichen, fast schwarzen Hautfarbe, aber den mandelförmigen Augen, wie ich sie bereits am Flughafen der Hauptstadt gesehen hatte. Patrick wartete, bis sie bei den Chinesen kassiert hatte.

»Bonjour, Mademoiselle, haben Sie einen Moment Zeit für uns?«

Sie steckte das längliche Portemonnaie in die Tasche ihrer Schürze, zögerte, bevor sie zu uns kam.

»Ja, bitte, was kann ich Ihnen bringen?«

»Wir haben nur eine kurze Frage«, begann Patrick. »Nehmen Sie doch kurz Platz.«

Ihr war anzusehen, dass sie nicht so recht wusste, was sie von uns halten sollte. Unsicher zog sie einen dritten Stuhl heran und setzte sich, ohne was zu sagen.

»Das ist Monsieur Bernau, er sucht die deutsche Frau. Sie wissen, die Dame, die vor einer Woche verschwunden ist. Sie haben sie als Letzte gesehen, sagte uns die Polizei.«

»Ich möchte keinen Ärger mit den Gendarmen.«

»Dafür gibt es auch gar keinen Grund«, übernahm ich. »Die Freundinnen von Frau Weber, so heißt sie, machen sich sehr große Sorgen. In einem fremden Land, eine Woche ohne jedes Lebenszeichen, das ist doch verständlich. Ich würde mich freuen, wenn Sie mir etwas sagen könnten.«

Beiläufig legte ich einen größeren Geldschein zwischen die Kaffeetassen.

»Die Frau lief wie eine Touristin die Straße entlang, sie schaute durch ihre Kamera, fotografierte, obwohl es dunkel war, links und rechts, und ging weiter. Mehr kann ich Ihnen nicht sagen.«

Ich schob den Schein in ihre Richtung.

»Was hat sie fotografiert?«

»Das Übliche. Die Tankstelle, die Jungs, das viele Obst beim Händler. Schöne bunte Bilder.«

Sie nahm zögerlich das Geld und steckte es schnell in die Hosentasche.

»Wohin ist sie dann gegangen?«

»Schwierig, ich hab sie nicht so lange gesehen, es wurde zu dunkel. Einfach hier weiter auf dem Trottoir, in Richtung der nächsten Bar, würde ich sagen.«

»Sie haben miteinander gesprochen, hat man uns gesagt.«

»Nur gegrüßt, mehr nicht.«

»Dankeschön. Falls Ihnen noch etwas einfällt, egal was, sagen Sie es uns bitte, es könnte sehr wichtig sein. Sie erreichen mich bei der evangelischen Gemeinde.«

Sie nickte kurz, nahm die leeren Tassen und ging zu ihrem Kollegen an den Tresen.

»Wollen wir auch einfach mal die Straße weiter entlang gehen?«, fragte ich Patrick. »Vielleicht fällt uns ja was auf. Ermittlungen leben vom Zufall. Wissen Sie eigentlich von Etienne?«

Meine Frage ließ Patrick für einen Moment schmunzeln.

»Ja, na klar, die Freundinnen von Frau Weber haben dem Pfarrer jede Menge E-Mails geschickt. Ich bin deswegen extra in dieses Dorf am Ende der Welt gefahren. Etienne lebt dort mit seiner Familie, ganz normale Bauern. Eine Deutsche hat sich dort noch nie hin verirrt, das können Sie mir glauben.«

»Das Land ist weit, wer weiß?«

»Nein, die Leute reden gerne, speziell, wenn ihnen etwas nicht passt. Eine hellhäutige Frau für einen der Männer in der Gegend, das wäre ein großes Thema für jeden Kaffeekranz im Umkreis von 30 Kilometern.«

»Sicher?«

»Ich bin kein Kommissar, ich habe mir Zeit gelassen und mich dort umgehört. Außerdem bin ich mit zwei ziemlich alten Frauen verwandt, die alles, aber auch wirklich alles mitbekommen.«

»Das klingt absolut glaubwürdig.«

Wir mussten beide lachen, obwohl es einen negativen Hintergrund hatte. In der Stadt sah die Sache anders aus als auf dem flachen Land, hier lebten die Menschen anonymer, allerdings galt das nicht für Auswärtige mit einer anderen Hautfarbe. Die nächste Bar, von der die Kellnerin gesprochen hatte, lag drei Häuserblöcke entfernt. Ich tauchte unter den wehenden Tüchern eines Stoffhändlers hindurch, staunte mit Kindern und italienischen Touristen über das selbstgebaute Blechspielzeug in einer Auslage. Der Laden hatte sich auf Andenken aus der Dritten Welt spezialisiert, die Zahlen auf den Preisschildern entsprachen wohl nicht dem Budget der Schüler, falls sie überhaupt Geld besaßen. Wir stoppten vor der Bar. Außen wartete eine grobe Holzbank auf Kundschaft, wir gingen zum Tresen. Abgenutzte Barhocker, vom Personal nichts zu sehen. Im Regal hinter der Theke standen drei Flaschen, nur auf einer der Aufkleber einer Marke, der Inhalt der beiden anderen sah selbstgebrannt aus. Trübe Substanzen, eine eher weißlich, die andere mit einem fiesen Grünstich. Martina Weber würde ich nicht zu den Kunden dieses Etablissements zählen. Patrick rutschte auf einen Hocker und klopfte mit den Knöcheln auf die Bar. Aus dem Raum dahinter, abgetrennt mit einem Fliegenvorhang aus Plastikperlen, hörten wir ein Geräusch.

»Hallo!«, rief Patrick.

Keine Reaktion. Sekunden später huschte eine Katze durch die Perlenschnüre und verschwand durch den Gastraum nach draußen. Irgendetwas hatte sie im Maul.

»Hier müssen wir nicht nachhaken. Kommen Sie, ich möchte einen besseren Eindruck von der Stadt gewinnen und einfach die Straße entlang schauen, um einige Ecken gehen, die ungewohnte Umgebung auf mich wirken lassen.«

Jenseits der Stadtmitte lockerte sich die Bauweise, die Häuser standen nicht mehr direkt aneinander, hinter ihnen begann bereits das Feld. Am Ende einer der Gassen arbeiteten Frauen auf dem Acker, sie nutzten die etwas kühleren Morgenstunden. Ich zeigte dorthin und wir bogen von der Hauptstraße ab. Die Hacken flogen über die Erde, schnell zogen die Arbeiterinnen das Unkraut den Boden entlang zu Haufen, bevor sie es hochhoben und in Bastkörbe warfen. Die jüngeren Frauen trugen T-Shirts und Baseballkappen, die Älteren hatten sich in Tücher mit leuchtenden Farben gewickelt. Ihre Arme zeugten von der schweren Arbeit in der Sonne. Sehnig, dünne Haut, die, wenn sich ihre Muskeln nicht anspannten, viele Fältchen bildete. Sie hackten durch die hellrote Erde, beugten sich runter, zogen die Körbe weiter. Ich schätzte, dass die Länge des Ackers einem Arbeitstag entsprach, ein Morgen hieß das früher bei uns. Hinter den Feldern zeichnete sich im Dunst des Horizonts eine Bergkette ab, einzelne grüne Tupfen an den Hängen, die auf Wasser hindeuteten. In einem Pferch neben dem Feld weideten Zebus. Ihre enormen Hörner, mal recht lang, manche gingen mehr in die Breite, andere bildeten nahezu einen Kreis, flößten mir Respekt ein. Die Frauen trugen ihre Körbe zu den Tieren und schütteten das Grünzeug auf den trockenen Boden. Sofort trotteten die Rinder los, um die Pflanzen gierig zu fressen. Bei einem älteren Tier konnte man die Rippen zählen.

»Wie soll ich hier die Weber finden?«, dachte ich laut vor mich hin.

»Schwierig, die Polizei interessiert das nicht wirklich. Wir können unmöglich in jedes Haus schauen.«

Patrick hatte natürlich Recht, ohne mehr Leute würde sich die Suche als unrealistisch herausstellen. Wir kehrten zurück auf die Hauptstraße. Die fremden Gerüche und der stete Lärmpegel, obwohl gar nicht so viel Verkehr durch die Stadt floss, ließen mich im Moment nicht klar denken.

»Wir sollten wieder zum Projekt fahren, oder haben Sie eine Idee?«, fragte ich.

»Es gibt bald Mittagessen, Frau Knauf mag es gar nicht, wenn man unpünktlich erscheint.«

»Na ja, ich bin nicht zum Essen hier. Aber solange mir nichts Schlaues einfällt, folgen wir den Anweisungen von Frau Knauf. Gehen wir zum Auto.«

Die Sonne schien für die Uhrzeit erstaunlich steil. Es würde noch dauern, bis ich mich an den allzu schnellen Ortswechsel gewöhnte. Ich litt nicht unter Jetlag, der Zeitunterschied zu Deutschland betrug schließlich nur eine Stunde, die Nähe zum Äquator beschleunigte die Natur allerdings auf eine besondere Art. Lachende Kinder umkreisten uns auf dem Bürgersteig, eins von ihnen streckte kurz die Hand aus, um etwas Geld hingelegt zu bekommen. Den anderen war das nicht geheuer, sie hielten sich zurück und beäugten mich.

»Geben Sie bitte nichts, sonst betteln bald alle.« Patrick verscheuchte den Kleinen mit einer Handbewegung. Johlend stürmten die Kinder davon. Vor einem Laden warteten Zeitungen in einem Holzgestell auf Leser, fettgedruckte Schlagzeilen sollten die Käufer anlocken. Ich zog eine hervor. Das Foto auf dem Titelblatt zeigte einen Polizisten vor einem großen japanischen Geländewagen, die Überschrift sprach vom brutalen Mord an einem Entwicklungshelfer hier in Betioky. Der Fall, von dem ich im Flugzeug gelesen hatte. Arnold Walter hieß der Mann, die Zeitung hatte ein kleines Foto von ihm abgedruckt.

»Wann ist das passiert?«, fragte ich Patrick.

»Vor einer Woche. Deswegen hat der Lieutenant auch keine Zeit, sich um andere Fälle zu kümmern. Das Ministerium in Tana sitzt ihm im Nacken. Tote Ausländer sind nicht so gut für die Region, speziell, wenn sie uns helfen wollten.«

»Gibt es einen Verdacht?«

»Die Zeitung spricht von Raubmord, man hat ihn in seinem eigenen Auto gefunden. Erwürgt. Die Polizei verdächtigt eine marodierende Bande von Straßenräubern. Der Deutsche hatte sicher mehr Geld dabei, als man hier in einem halben Jahr verdient.«

»Bargeld kann gefährlich sein. Wo genau ist der Tatort?«

Patrick drehte sich um und zeigte die Straße runter.

»Wir sind vorhin dran vorbeigelaufen, ein Restaurant in der Seitenstraße.«

Suche

Auf dem Tisch lag das Besteck neben tiefen Tellern, rote Blüten steckten in einem Glas. Aus der offenen Durchreiche zur Küche strömte Essensduft, Frau Knauf kreiste mit einem Gewürzstreuer über dem Kochtopf. Eingerahmt von Homeyer und Petzold saß Julia in der Mitte der Tafel.

»Guten Tag, die Herren. Es duftet ja ganz wunderbar.«

Letzteres sagte ich etwas lauter, damit Frau Knauf es in der Küche hören konnte. Ihr Lächeln verriet mir, dass mein Kompliment angekommen war.

»Herr Bernau, guten Tag. Haben Sie in der Stadt neue Erkenntnisse gewonnen? Nehmen Sie doch bitte Platz, Sie möchten bestimmt gegenüber von Frau Zeiss sitzen.« Frank Petzold gab den Charmeur.

»Natürlich.«

Erst einmal ging ich zu Julia und drückte ihr einen Kuss auf die Stirn. Zu mehr konnte ich mich vor den Männern nicht hinreißen.

»Hallo, mein Schatz, wie war dein Vormittag?«

»Interessant, ich habe viele schöne Landschaftsbilder aufgenommen. So ganz ohne Frau Weber wird es allerdings schwierig bis unmöglich, für die Zeitschrift eine Geschichte auf die Beine zu stellen.«

Frau Knauf stieß mit den Ellbogen die Klapptür auf und stellte den dampfenden Kochtopf auf den Tisch. »Bitte Platz zu nehmen. Chili con Carne, scharf, aber nicht übermäßig. Wer es schärfer liebt, darf gerne nachwürzen.« Dabei blickte sie Fabian Homeyer an.

»Bezog sich Ihr *natürlich* gerade auf den Sitzplatz oder auf Ihre Suche in der Stadtmitte?«, hakte Petzold nach.

»Eher auf den Platz. Trotzdem sehe ich unseren Gang durch die Stadt als nicht erfolglos an.«

Patrick setzte sich neben mich. Er legte die Zeitung mit der Schlagzeile nach oben auf den Tisch.

»Sie wollen doch wohl nicht beim Essen lesen?«, ermahnte ihn Frau Knauf, die mit einer Suppenkelle das Chili auf die Teller füllte. Er zeigte seine strahlendweißen Zähne, zog es aber vor, nicht zu antworten. Homeyer warf einen Blick auf das Foto in der Zeitung.

»Denken Sie, Frau Weber könnte Ähnliches passiert sein?«

»Definitiv nicht. Sonst hätte man sie bereits gefunden.«

»Wer spricht das Gebet?«, unterbrach uns Frau Knauf, die sich an meine andere Seite setzte. Petzold hob die Hand, senkte den Kopf und sprach ein kurzes Tischgebet, in das er eine Fürbitte für Martina Weber einschloss. Für den Moment aßen wir schweigend den heißen Eintopf. Kein tolles Thema am Mittagstisch, trotzdem musste ich die Zeit nutzen, die Runde nach ihrem Wissen zu befragen, solange wir zusammensaßen.

»Tut mir leid, dass ich jetzt darauf zu sprechen komme, kannten Sie das Opfer, diesen Mann?«

Nur Homeyer reagierte, die anderen schauten auf ihre Teller.

»Ab und zu bin ich Arnold Walter begegnet. Manchmal in der Bar oder im Restaurant. Zweimal im Jahr sowieso, wenn die beiden Chefs, Diehl und Roth, aus Eschborn anreisten und sich mit allen Mitarbeitern der Deutschen Entwicklungshilfe in Antanarivo trafen. Zwischendurch finden regionale Treffen statt, in Tulear oder Fort Dauphin zum Beispiel. Die Eschborner wollen nicht nur per Mail erfahren, wie sich die Projekte entwickeln, sie schauen sich den Fortschritt gerne selbst an. Bestimmt eine willkommene Unterbrechung ihres Büroalltags in Deutschland. So etwas könnte mir später auch gefallen. Vor einem Jahr hatte Arnold gekündigt, oder sein Vertrag lief aus, so genau weiß ich es nicht. Er arbeitete seitdem als selbständiger Berater, auch für andere Länder. Alle, die ihre Hilfsgelder hier wirklich sinnvoll einsetzen wollen, schätzten seine Erfahrung. Amerikaner, Italiener und ganz besonders die Schweizer beauftragten ihn regelmäßig. Und jetzt das.«

»Woraus bestand seine Tätigkeit?«

Homeyer legte den Löffel in den Teller.

»Arnold kam als Bauingenieur, etliche Straßenbauprojekte tragen seinen Stempel. In diesem Land tauchen ständig neue Probleme auf, Brücken halten nicht ewig, die Natur und viele Bauunternehmer sind, sagen wir, robust. Nach einigen Jahren wandelte sich sein Job, wenn ich es richtig verstanden habe, immer mehr vom normalen Ingenieur zum Projektleiter. Dabei nahm das Controlling einen wesentlichen Teil ein. Geld, Geld, Geld. Sein guter Ruf basierte auf Hartnäckigkeit. Ein echter Sturschädel, er ließ sich nie auf größere Toleranzen ein, sei es bei der Bauqualität oder der Kostenplanung. So straff organisiert läuft es in Afrika selten. Als Sympath kam Arnold nicht rüber, höchstens beim Feierabendbier. Aber das war durchaus in Ordnung, finde ich.«

Homeyer kannte sich in diesem Land aus. So viele Infos hatte ich nicht erwartet.

»Wie lange sind Sie schon hier?«, wollte ich von ihm wissen.

»Manche sagen, zu lange. Sechs Jahren in Betioky, zwei Jahre in Mahajanga und ein Jahr auf Nosy Be. Da war es etwas lustiger, aber auch rauer.«

»Inwiefern rauer?«

»Nosy Be ist das einzige echte Tourismusgebiet im Land. Die Versorgung klappt dort einfach besser, die Ausländer sorgen für Devisen. Da toben sich seit einigen Jahren ältere Herren aus Europa aus, nicht so heftig wie in Thailand, dafür ist die Insel zu klein. Außerdem hat die Regierung die Gesetze gegen Prostitution verschärft. Die Polizei setzt sie zwar nur zum Teil um, beim Thema Kindesmissbrauch greifen sie dennoch hart durch. Mahajanga ist eine Hafenstadt, da läuft sowieso mehr, Seeleute aus der ganzen Welt.«

»Alles auf Kosten der Frauen.« Petzold sprach es mit Verachtung aus. »Sie werden vom Geld der weißen Männer angelockt, weil es nicht genug Arbeit gibt, um die Familien zu ernähren, sonst verhungern ihre Kinder.«

Homeyer antwortete nicht darauf, auch Frau Knauf verkniff sich jede Reaktion.

»Wie gestaltet sich nun Ihre Suche, ohne jede erkennbare Spur?«, fragte der Pastor.

»Ich bin auf die Hilfe von Zeugen angewiesen. Wir müssen uns solange durchfragen, bis wir was Brauchbares finden, bis uns jemand etwas sagen kann.«

So sah der Nachmittag dann auch aus. Zusammen mit Patrick klapperte ich Ladenbesitzer und Bewohner der Hauptstraße ab. Die Leute hörten geduldig zu, wirkten interessiert, manche luden uns sogar ein, in ihr Haus zu kommen und Platz zu nehmen. Zwei Tassen Tee und einen Kaffee später waren wir trotz vieler Gespräche so schlau wie zuvor. Die Anwohner versicherten uns, nichts gesehen oder gehört zu haben. Außerdem hatte die Polizei bereits alle abgefragt, wenn auch nicht zu Martina Weber, sondern zum tödlichen Raubüberfall an Arnold Walter. Allmählich baute sich Frust in mir auf, ich bat Patrick, einfach durch die kleinen Gassen zu fahren. Jenseits der Hauptstraße kamen wir nur langsam voran, ständig stoppten uns schwerbeladene Holzkarren oder Kinder, die auf der Straße spielten. Bürgersteige existierten hier nicht. Idyllischer als diese Gassen wirkte ein staubiger Platz, überragt von einem Baum, der den Menschen Schatten spendete. Die Häuser wandelten sich, je mehr wir uns von der quirligen Stadtmitte entfernten. Zuerst kleinere Bauten aus groben Steinen, schließlich Holzhütten. In einem Viertel hausten die Menschen in Bretterverschlägen. Wie sollte ich hier Martina Weber finden?

Lebte sie überhaupt noch, hatte man sie entführt und wer weiß wohin verschleppt? Kaum einen Tag hier, zweifelte ich bereits an der Sinnhaftigkeit meiner Suche, zumindest an der Fahrerei durch den Ort.

»Ich möchte einmal um die Stadt fahren, um die Ränder zu sehen, und wie es dahinter weitergeht.«

Patrick lenkte den Wagen auf die Hauptstraße, bog kurz darauf in einen holprigen Feldweg.

»Tut mir leid, hier gibt es nur um die größeren Städte so was wie Umgehungsstraßen.«

Auf der einen Seite nur rotbraune Felder, gelegentlich ein Gatter mit Zebus, vereinzelt klapprige Hütten. Auf der anderen Seite zuerst ärmliche Häuser, erst später hier und da eine Villa, ein Überbleibsel der Kolonialzeit. So kurvten wir eine Stunde um den zerfaserten Rand Betiokys. Auf der harten Lehmpiste ächzte der Wagen. Patrick litt mit seinem Auto, die Zähne aufeinander gebissen, die Hände umklammerten das Lenkrad mit festem Griff.

»Möchten Sie noch mehr sehen?«, fragte er.

»Wir können gerne zurückfahren.«

Der Tag hatte nichts gebracht. Ich war zu locker an die Sache rangegangen. Frau mit Liebeskummer flüchtet nach Afrika. Null Problemo für den tollen deutschen Ermittler. Keine Spur, kein Lebenszeichen, keine Zeugen. Es begann zu dämmern, als wir vor dem Gemeindesaal hielten. Petzold und Homeyer saßen unter dem Dach der Veranda auf einer Bank, jeder eine Flasche Bier in der Hand. Gute Idee. Vor dem Haus spielten die Kinder mit Blechautos, zwei Hunde rangelten, um sie herum stieg eine kleine Staubwolke auf.

»Wie lief es? Etwas Neues?«, fragte Petzold.

»Nichts, die Anwohner konnten mir nicht weiterhelfen, ich muss mir was anderes überlegen.«

In einiger Entfernung erkannte ich Julia, zusammen mit Frau Knauf kam sie zu Fuß die Straße hoch. Ich spazierte den Frauen entgegen, auf dem Asphalt spürte ich die Hitze des Tages durch die Schuhsohlen, die dunkle Masse speicherte die Energie der Sonne. An Julias Seite baumelte die Spiegelreflexkamera. Frau Knauf nickte mir zu, ging weiter, Julia stoppte direkt vor mir.

»Na, hattest du einen schönen Tag in der Stadt?«, neckte sie mich.

»Wir haben viele nette Leute kennengelernt, die uns sogar zu Tee oder Kaffee eingeladen haben. Es war ein bezaubernder Nachmittag. Nur hat es mich keinen Schritt vorwärtsgebracht. Allmählich sorge ich mich um die Gesundheit von Frau Weber.«

»Schlecht.« Julia beugte sich nach vorne und klaute sich einen Kuss. »Du schmeckst staubig.«

»Danke, ich brauch was Anständiges zu trinken.«

»Frau Knauf hat Früchtetee im Kühlschrank.«

»Das ist sehr schön. Jetzt verstehe ich, warum die beiden Chefs mit Bier auf den Sonnenuntergang warten.«

Julia lachte und legte ihren Arm um meinen. Ganz langsam gingen wir zum Haus.

»Wollen wir zwei Hübschen heute Abend auswärts essen?«, fragte sie.

»Hast du das mit Frau Knauf abgesprochen oder müssen wir mit einem bösen Blick rechnen, wenn wir ihr Abendbrot so herzlos verschmähen?«

»Selbstverständlich habe ich das bereits angedeutet. Die Erkundung des sozialen Umfelds der Menschen, wie sollte ich sonst einen Einblick in das Land bekommen?«

»Ah, sehr elegant. Ich befürchte aber, dass sich die Auswahl an Restaurants in engen Grenzen hält.«

»Nicht schlimm, du kennst dich ja schon aus, oder?«

»Natürlich, wer, wenn nicht ich.«

Am Abend brachte Patrick uns freundlicherweise mit dem Auto in die Stadtmitte. Es war zwar keine große Entfernung zum Gästehaus, aber die Straßen lagen in nahezu vollkommener Dunkelheit. Nur das spärliche Licht aus manchen Fenstern erhellte die Wege, es reichte allerdings nicht, um Unebenheiten und Schlaglöcher rechtzeitig zu erkennen, die sich tief in den Straßenbelag gegraben hatten. Erst in der Ortsmitte brannten Laternen, hier herrschte deutlich mehr Betrieb. Wir parkten neben der Tankstelle, die immer noch geöffnet hatte. Die Menschen trafen sich, vor der Bar hielten alle ein Bier oder einen Longdrink in der Hand. Patrick empfahl uns ein Restaurant, das im ersten Stock des gegenüberliegenden Geschäftshauses madagassische Küche anbot. Keine Selbstverständlichkeit, wie er meinte, oft würden Inder die Lokale führen und dementsprechend ihre typischen Speisen kochen. Wir vereinbarten mit Patrick eine Uhrzeit, wann er uns wieder abholen würde. Mir schien, dass er gar nicht nach Hause, sondern selbst in eine Bar wollte. Unter dem Restaurant befand sich ein Textilgeschäft, dessen Schaufenster Tücher, Stoffe und Kleider in allen Farben zeigte. Aus dem seitlichen Treppenhaus strahlte warmes Licht, die rotgestrichenen Stufen knarrten. Artig hielt ich Julia die Tür zum Restaurant auf. Die Bedienung freute sich über die neuen Gäste, sie deutete eine Verbeugung an.

»Salama«, sagte Julia, was mich und ebenso die Kellnerin überraschte.

»Salama«, antwortete sie mit einem Lächeln und einer weiten Geste, die uns eine Reihe von Tischen anbot, alle mit Blick nach draußen. Diese Seite des Raums bestand fast nur aus Fenstern und vermittelte das Gefühl, man wäre auf einer Veranda. Drei einheimische Pärchen saßen über ihrem Essen, sie schauten uns an. Allzu viele Touristen oder Angestellte der Entwicklungshilfe hatte ich in der Stadt bislang nicht gesehen, dementsprechend fielen wir auf.

»Möchten Sie gerne auf dem Balkon Platz nehmen? Dort sind Sie ungestört.«

Die Bedienung wartete unsere Reaktion ab und öffnete uns nach Julias Nicken die Tür nach draußen. Alle Tische frei, ein leichter Wind zog vorbei, herrlich am Ende eines heißen Tages. Wir setzen uns in die Korbstühle, die Kellnerin reichte die Speisekarten.

»Wissen Sie schon, was Sie trinken möchten?«

Ich musste nicht lange überlegen.

»Bitte ein Bier.«

»Für mich bitte auch.«

Die Bedienung bedankte sich, rückte die Stühle hinter uns zurecht und verschwand in Richtung Küche.

»Hast du heimlich Madagassisch gelernt?«, fragte ich Julia.

»Ein Minimum ist das Mindeste, das gebietet schon die Höflichkeit, findest du nicht?«

»Natürlich, leider kam unser kleiner Ausflug ins Land der Vanille zu spontan, da blieb kaum Zeit für Sprachübungen.«

»Du bist nur zu bequem, dafür reicht doch ein Blick in den Reiseführer.«

»Willst du diskutieren oder essen?«

»Männer.«

Zum Glück standen auf der Karte die Gerichte auf Malagasy und auf Französisch. Das Angebot uferte nicht gerade aus, was die Wahl einfacher gestaltete. Ein Steak Madagascar erschien mir passend, die Beilage Reis reichte man zu fast allen Hauptgerichten. Julia entschied sich für einen Spieß aus Paprika und Hähnchenfleisch. Kaum hatten wir ausgewählt, servierte uns die Kellnerin das Bier, in Gläsern, die vor Kälte beschlagen waren.

»Zum Wohl«, sagte ich. Bevor Julia reagierte, war ich so unhöflich, die kalte Flüssigkeit durch meinen trockenen Hals laufen zu lassen. Einfach herrlich. Julia beugte sich über die Brüstung.

»Schau mal, die Kinder.«

Obwohl inzwischen Nacht herrschte, rannte eine Horde von gutgelaunten Gören laut kreischend durch die Straße. Die Männer vor der gegenüberliegenden Bar lachten über den Pulk, der lautstark den Bürgersteig entlang drängte. Die Kinder hatten alles

Mögliche an Zeug dabei, lange Stöcke, einen selbstgezimmerten Bollerwagen, zwei Mädchen warfen sich immer wieder einen Hula-Hoop-Reifen zu, die Kleinsten drückte ihre Kuscheltiere. Der Verkehr hatte nachgelassen, ab und zu kam ein Auto vorbei. Die größeren Geschäftshäuser in der Straße stammten von den Franzosen, typische Bauten der Kolonialzeit, alle leicht verschnörkelt. Sie erinnerten mich an amerikanischen Filme, die in New Orleans spielten.

»Du kennst dich doch so gut aus, seit wann ist das Land unabhängig?«

»Die Franzosen sind 1960 abgezogen. Sie sind mit den Menschen äußerst brutal umgegangen, nix l`amour und savoir vivre. Laut Reiseführer haben sie schrecklich viele Madagassen umgebracht.«

Julia zog ein Büchlein aus ihrer Handtasche, blätterte kurz und las vor.

»In der Zeit vom Zweiten Weltkrieg bis zur Unabhängigkeit herrschte hier der Ausnahmezustand, Aufstände erschütterten das Land. Die Zahl der Opfer konnte nie genau festgestellt werden, die Schätzungen schwanken erheblich, zwischen 10.000 und 90.000 Menschen ließen ihr Leben für die Befreiung.«

»Soweit zu den Erfindern der modernen Demokratie. Nicht schön.«

»Nein, die Kolonialzeit verklären Franzosen rückblickend natürlich gerne. Deutschland kann drei Kreuze machen, dass wir die Nummer nur für ein paar Jahre durchgezogen haben.«

»Na ja, über deutsche Geschichte denke ich lieber nicht nach. Wie ist dein Plan für die nächsten Tage, hier kannst du ja ohne Frau Weber nicht so recht loslegen.«

»Deswegen möchte ich morgen zum zweiten Projekt meiner Liste fahren, beziehungsweise von Patrick fahren lassen, wenn es für dich in Ordnung wäre.«

»Welches und wo ist es?«

»Straßenbau, hier immer nur die Hauptstraße entlang, auf der Hälfte der Strecke nach Fort Dauphin. Laut Karte sind es achtzig Kilometer.«

»Das ist hier ja nur eine kleine Weltreise. Solange mir nichts Besseres einfällt, wie ich die Weber finde, fahre ich mit.«

»Steak Madagascar, pour vous.«

Mit Schwung servierte mir die Kellnerin das Steak. Ein mächtiges Stück Fleisch, ein wenig Gemüse, den Reistopf für beide Gerichte stellte sie zwischen uns.

»Mein Spieß sieht gut aus, aber das Steak ist der Hammer. Mit Erbsen? Finde ich ungewöhnlich.«

»Bitte? Das ist grüner Pfeffer. So viel habe ich noch nie auf einem Teller gesehen, unglaublich.«

»Oh, wenn du den verputzt hast, ist der Getränkeumsatz für das Lokal gesichert. Guten Appetit!«

»Den wünsche ich dir auch.«

Das Steak schmeckte einfach lecker, perfekt gegrillt, in der Mitte schön rosa, außen etwas kross. Der Reis kam leider trocken rüber, zumal der Klecks Sauce nicht ausreichte. Neben der sich langsam ansammelnden Schärfe durch die Menge an grünem Pfeffer ein Grund mehr, das nächste Bier zu bestellen.

»Wie schmeckt dir das Hähnchen? Ist es auch so scharf?«

»Nein, bestens, passt alles. Ich finde die vielen Zutaten echt lecker. Keine Ahnung, womit der Koch gewürzt hat, mir schmeckt es hervorragend.«

»Ich werde es demnächst auch nehmen.«

»Komm her, probier es.«

Julia streckte mir ihre beladene Gabel entgegen.

»Mhm, ja«, sagte ich mit zu vollem Mund, »ausgezeichnet, hier können wir öfters herkommen.«

Wir ließen es uns an diesem Abend richtig gut gehen. Die Probleme der Arbeit fielen von uns ab, beim flackernden Licht der Kerze unter dem schönen Nachthimmel erschien mir alles unwichtiger als noch vor ein paar Stunden. Julia erzählte von früheren Reisen nach Afrika und Asien. Ich beließ es diesmal dabei zuzuhören und in wunderschöne hellbraune Augen zu schauen, nur vom Dessert unterbrochen. Die junge Frau brachte uns einen schönen Obstteller mit Früchten des Landes. Die Papaya, ein süßer Traum.

Tagebau

Patrick hatte uns pünktlich abgeholt, zumindest wollte er das. Wir fühlten uns im Restaurant aber so wohl, dass ich ihn bat, Platz zu nehmen und etwas zu bestellen. Da er uns dieses Lokal empfohlen hatte, kam er der Aufforderung gerne nach. Julia nutzte die Gelegenheit und besprach mit ihm ihre Pläne für den nächsten Tag. Es dauerte eine gute Stunde, bis wir allmählich aufbrachen. Wir bedankten uns vor dem Gemeindesaal für die Fahrt bei Patrick und stapften in der Dunkelheit über das Feld vor dem Gästehaus, nur von den Sternen des Südens beleuchtet. Außer leisen Tiergeräuschen aus der Ferne hörte ich um diese Uhrzeit nichts. Mit dem Licht ihres Handys strahlte Julia das Türschloss an, bis ich es endlich geöffnet hatte. Eine Katzenwäsche später ließ ich mich aufs Bett fallen.

»Wehe du schnarchst«, sprach Julia mehr in ihr Kopfkissen als zu mir.

Irgendjemand hatte das Radio eingeschaltet. Klang nach der Welle für ältere Madagassen. hr4 in einer mir fremden Sprache. Zu früh um aufzustehen und nachzuschauen, wer diese Songs liebte. Der große Haarwuschel neben mir zeigte keinerlei Reaktionen auf die Musik, ließ sich auch nicht von den ersten Sonnenstrahlen stören, die durch die Vorhänge schienen. Langsam drehte ich mich um. Die Armbanduhr meinte, es wäre sieben Uhr. Ganz schlechte Uhrzeit. Ich schmeckte das Bier, mein Kopf war sogar der Ansicht, es hätte mehr Umdrehungen als deutsches. Drei Flaschen, okay, sie waren etwas größer, aber trotzdem. Ich wurde alt.

»Was ist los, willst du aufstehen?«

»Ich wollte dich nicht wecken.«

»Zu spät. Außerdem schnarchst du ordentlich, kneifen hat nichts genützt.«

»Du hast bestimmt nur geträumt, ich und schnarchen.«

»Komiker.«

Ich überlegte, ob ich ihr einen Kuss geben sollte, sicherheitshalber wartete ich damit noch. Ein Bierkuss wäre stimmungsschädigend. Ich erhob mich, trabte zum Fenster, schob die Vorhänge ein Stück zur Seite. Auf dem Feld bewegte sich eine Reihe von Frauen und Männern mit Hacken durch die Furchen. Am Rand des Ackers hockten alte Frauen, um sie herum viele Kinder. Von dort wogte der Gesang herüber, den ich für Musik aus dem Radio gehalten hatte. Die Alten passten auf die Kleinen auf, damit die Eltern arbeiten konnten. Kam mir bekannt vor, ich hatte auch nie einen Kindergarten von innen gesehen.

»Willst du mitsingen?«, lästerte Julia aus den Federn.

»Wenn ich ein Bier frühstücke, kein Problem.«

»Lass gut sein, die können das besser.«

»Wann wollen wir losfahren?«

»Um acht.«

Wortlos schlappte ich ins winzige Badezimmer.

Ein schnelles Frühstück später, Frau Knauf hatte etwas aufgetischt, was eher westfälisch denn afrikanisch aussah, begrüßten wir Patrick. Er wischte die Windschutzscheibe des Autos, kratzte ein paar Moskitoreste mit dem Fingernagel ab.

»Falls Sie unterwegs keine Gaststätte finden.« Frau Knauf kam die Stufen der Veranda herunter. »Ich habe was für Sie geschmiert.«

Die Hauswirtschafterin drückte Julia ein ordentliches Fresspaket in die Hand.

»Das wäre doch nicht nötig gewesen. Dankeschön!«

»Wer weiß, vielleicht zieht sich die Fahrt. Ist ja keine deutsche Autobahn hier.«

Die Frau schaffte es, mich zu verunsichern. Wir stiegen ein, Julia winkte ihr tatsächlich bei der Abfahrt. Zum Abendbrot wollten wir wieder hier sein.

Außerhalb der Stadt beschleunigte Patrick deutlich. Die Landstraße zog sich schnurgerade bis zum Horizont, stetig leicht abwärts gen Süden. Es kam in mir ein Gefühl von Weite auf, eine Landschaft in Cinemascope. Immer weniger Bäume, nur vereinzelt Büsche. Nach rund einer halben Stunde Fahrt kam uns kaum noch Verkehr entgegen. Weit und breit keine Siedlung, nicht mal Hütten lagen an der Strecke.

»Ist es okay, wenn ich das Radio einschalte?«, fragte Patrick.

»Natürlich, Musik ist doch schön«, antwortet Julia, die wieder vorne saß. Aus den Lautsprechern ertönte ein Redeschwall auf Malagasy. Der Moderator klang nach erhöhtem Blutdruck, was auch immer sein Gemüt erhitzte, er war mit ganzem Herzen dabei. Zum Glück befreite uns Musik von dieser Wortflut. Patrick wippte auf seinem Sitz im Rhythmus, bei Julia löste der Song ähnliche Bewegungen aus. Mir war einfach nur warm, da änderte der madagassische Superhit auch nichts dran. Die Straße wechselte von rau zu holprig, ein Nickerchen während der Fahrt konnte ich diesmal vergessen. Patrick verlangsamte etwas das Tempo, immer häufiger umfuhr er Schlaglöcher, bei manchen klappte das nicht, sie nahmen die gesamte Straßenbreite ein. Ich traute mich nicht, auf den Tacho zu schauen oder zu fragen, wie viel Kilometer wir zurückgelegt hatten. Eine Stunde nach der Abfahrt erreichten wir eine Siedlung, gelegen an einem trockenen Flussbett. Am Ortseingang fiel uns eine hohe, frisch getünchte weiße Mauer auf, über die merkwürdige Skulpturen ragten.

»Könnten wir bitte kurz anhalten?«, bat Julia.

»Eine Pause kann nie schaden«, meinte Patrick und stoppte am Straßenrand.

Julia zog ihre Kamera aus der Tasche, nahm den Deckel vom Objektiv und schaltete sie ein.

»So ein tolles Motiv.«

Wir folgten ihr. Sie bewegte sich mit dem Auge am Sucher auf den Eingang zu, drückte ständig auf den Auslöser.

»Was ist das für ein Ort?«, fragte ich Patrick.

»Ein typischer Friedhof der Mahafaly.«

»Und diese Stelen? Sind das eine Art Grabsteine?«

»Ja, wir betreiben einen speziellen Kult um die Toten.«

Die Holzskulpturen hatte man aus Baumstämmen geschnitzt. Manche zeigten schlichtere Verzierungen, die meisten besaßen aufwendige Ornamente über die gesamte Länge, die bei allen gleich war, rund vier Meter. An der Spitze trug jeder Stamm die Figur eines Zebus. Das Gräberfeld war mit weißgetünchten Feldsteinen übersät, einzelne Gräber erkannte ich nicht. Eine gruselige Atmosphäre. Hinter der Mauer ragten Zebuhörner aus dem Boden, nebeneinander, wie ein zweiter Wall zum Schutz der Toten.

»Julia, würde Sie bitte nicht so nah an die Grabstellen gehen!«, rief Patrick.

Julia drehte sich kurz um, winkte und fotografierte.

»Darf man das nicht?«, fragte ich ihn.

»Na ja, es ist nicht *fady*, aber für Ausländer mit Kameras keine gute Idee. Wenn jemand aus dem Dorf das sieht, wäre das mehr als unangenehm.«

»*Fady*, was bedeutet das?«, hakte ich nach.

»Das ist ein Tabu. Wir haben vieles, was *fady* ist. Zum Beispiel bestimmte Handlungen, oder Dinge, die man nicht Berühren darf. Orte, die niemand betritt, verbotene Lebewesen, die Unglück oder sogar den Tod bringen.«

»Wieso liegen hier überall Rinderhörner?«

»Sobald ein Mann stirbt, schlachtet man alle seine Zebus. Die Anzahl der Hörner beweist in unserer Gesellschaft den Erfolg und den Status des Eigentümers. Das fängt schon bei den jungen

Männern an, ohne Zebus ist man hier ein Nichts. In Ihrem Land ist das wohl eher ein großes Auto oder ein schickes Haus.«

»Wenn man die Tiere tötet, wovon leben die Familien der Bauern nach der Beisetzung?«

»Sie haben eins der Hauptprobleme in Madagaskar erkannt. Unmengen von Fleisch bei der Beerdigung, danach geht es abwärts. Die Kinder des Züchters müssen wieder von vorne anfangen.«

»Unterstützt die Kirche dieses Ritual?«.

»Die Madagassen sind zwar rund zur Hälfte in der Kirche, die meisten davon evangelisch, aber der Totenkult überragt alles. Die Ahnen begleiten uns durch das ganze Leben. Wir sollten jetzt lieber weiterfahren.«

Letzteres sagte er laut, damit Julia es hören konnte. Er schaute an mir vorbei, ich drehte mich in die Blickrichtung. Aus dem Ort kamen ein paar Leute auf uns zu, noch hundert Meter entfernt, sie hatten es nicht eilig, ein anderes Ziel als den Friedhof sah ich hier allerdings nicht.

»Ich habe fantastische Bilder aufgenommen, meinetwegen können wir fahren«, sagte Julia, die bislang nichts von den Dorfbewohnern bemerkt hatte. Wir stiegen schnell ein, Patrick kurbelte die Seitenscheibe nach oben, ich tat es ihm gleich. Auf Höhe der Gruppe beschleunigte er, obwohl wir den Ortseingang erreichten. Zwei Frauen beugten sich vor, sie drohten uns mit den Fäusten, etwas knallte gegen die Windschutzscheibe. Ein Mistfladen rutschte am Glas herunter. Glück gehabt.

»Unser Besuch war wohl *fady* für die Damen, nehme ich an«, sagte ich.

»Wovon sprichst du? Warum beschmeißen die uns mit Dung?«, fragte Julia, die unser Gespräch über Tabus vor lauter Fotografieren nicht mitbekommen hatte. Patrick klärte sie auf. Natürlich wusste sie bereits allerhand über die Themen Religion und Kultur des Landes, aber solche Details, geschweige denn, dass sie gerade selbst ein ordentliches Fettnäpfchen betreten hatte, waren ihr verborgen geblieben. Die Tabus überraschten sie, vor allem, dass man sie tatsächlich im täglichen Leben befolgte.

»Finde ich ein bisschen eigenartig. Derartige Traditionen sollten heutzutage ihre Bedeutung verlieren«, meinte sie.

Patrick schüttelte den Kopf.

»Wie sieht es in Europa mit Freitag dem 13. aus? Ich habe auch was von schwarzen Katzen gehört und angeblich bringen Schornsteinfeger Glück, genauso vierblättrige Kleeblätter.«

»Ein Spaß, niemand nimmt das wirklich ernst.« Julia überlegte einen Moment. »Sagen wir, fast niemand.«

Beide mussten lachen.

»Kein Mensch schüttelt Traditionen einfach ab«, sagte Patrick. Er hatte Recht.

Die Landstraße drehte sich in östliche Richtung ein. Zum Glück blendete die Sonne nicht mehr so stark wie beim Aufbruch, sie stand jetzt deutlich höher, gleichzeitig stiegen die Temperaturen. Mein Hemd klebte, Schweißtropfen flossen mir in die Augen. Frau Knauf hatte freundlicherweise an drei Wasserflaschen gedacht. Immer seltener entdeckte ich Bäume an der Strecke, geschweige denn Wälder. In der sanft hügeligen Landschaft boten nur die Felsrücken einen Halt für den Blick, rote Brocken, die hoch aus dem Sand ragten. Seit der Pause am Friedhof war rund eine Stunde vergangen, das monotone Motorengeräusch trug nicht zur Abwechslung bei. In der Sekunde schoss ein riesiger LKW hinter einer Felskette hervor. Er raste aus einem Feldweg, vollkommen rücksichtslos nahm er uns die Vorfahrt. Patrick trat mit aller Kraft auf die Bremse. Wir knallten in die Gurte, die Lebensmittel flogen nach vorne.

»Merde, dieser Vollidiot! Will der uns umbringen?«, fluchte Patrick. »Wo hat der sein Hirn gelassen, verdammt!?«

In einer Staubwolke, die uns die Sicht verdeckte, kam der Wagen zum Stehen.

»Das war knapp«, sagte Julia trocken, sichtbar schockiert. Der rote Staub quoll ins Wageninnere wie ein Sandsturm, zu spät, um die Fenster hochzukurbeln.

»Diese blöden Chinesen, so gnadenlos, ich hasse es!« Patrick schlug auf das Lenkrad.

»Wieso Chinesen?«, fragte ich.

»Die kurven ohne jede Rücksicht mit ihren Monstern über die Straßen, obwohl die Wege sowieso schon viel zu schmal sind. Braucht kein Mensch!«

Der LKW zog in einiger Entfernung eine Staubfahne hinter sich her. Er hatte tatsächlich deutliche Überbreite, ein Kipper, der auf einen Tagebau in der Nähe hindeutete.

»Was wird hier abgebaut?«, wollte ich wissen.

»Keine Ahnung, eigentlich sind die Minen gut eine Stunde entfernt. Aber sobald die Gesellschaften woanders Rohstoffe entdecken, schicken sie einen Trupp los, um nachzusehen, ob es sich lohnt, eine neue Grube aufzumachen.«

»Das sind immer Chinesen?«, fragte Julia.

»In letzter Zeit ja. Früher kamen auch Australier oder Engländer. Bei denen geht es noch zivilisiert zu, die Schlitzaugen sind nicht zimperlich. Vor allem treten sie nur in Horden auf. Da ist der Ärger vorprogrammiert.«

Die Asiaten schienen auf der Beliebtheitsskala nicht sehr weit oben zu stehen. Patrick zog am Scheibenwischerhebel, um Wasser auf die Windschutzscheibe zu sprühen. Der Wischer kratzte über die Scheibe, rote Schlieren bildeten sich. Gute Sicht ging anders.

»Moment«, sagte ich, stieg aus und kippte Wasser aus der Flasche auf den Dreck, der nun besser ablief. Mit meinem Taschentuch, sowieso von Schweiß durchtränkt, wischte ich den Rest weg. Patricks Lächeln nach zu urteilen, war sein Zorn auf den LKW-Fahrer inzwischen verraucht.

Es brauchte eine Weile, bis wir die restliche Strecke bewältigt hatten. Hinter einer Ansammlung von Hütten, überragt von mächtigen Bäumen, die Schatten spendeten, stoppte Patrick. Eine Planierraupe und ein angerosteter VW-Bus vor einem Holzhaus mit der Aufschrift *Berger Straßenbau*, zwischen den Türpfosten zwei Madagassen, die in aller Ruhe rauchten und uns dabei gelangweilt anschauten.

»Voilà, wir haben es geschafft. Ihr Straßenbauprojekt, deutsche Straßen für Madagaskar.«

Patrick strahlte, Julias Gesicht sah ausdruckslos aus. Sie atmete tief, bevor sie die Wagentür aufstieß. Wir grüßten die Männer, beide im Blaumann, mit Handwerkergürteln, an denen Schlüssel und Ledertaschen für Werkzeug baumelten, und traten ins Haus. Im Flur klopfte Julia an die offenstehende Tür. Hinter dem Schreibtisch hob ein Mann den Kopf. Typ Vorabeiter, kariertes Hemd, Stifte in der Brusttasche, ein breites Kreuz. Seine Pranken lagen auf einer technischen Zeichnung, auf der Fensterbank wartete ein Bauarbeiterhelm. Er lehnte sich zurück, sagte nichts.

»Bonjour«, begann Julia, »mein Name ist Zeiss, wir kommen im Auftrag der Deutschen Entwicklungshilfe, um einen Blick auf den aktuellen Stand der Baumaßnahmen zu werfen.«

Er blieb weiter stumm. Julia schwang ihre Kamera nach vorne.

»Wir sind keine Kontrolleure, ich arbeite nur für die Pressestelle in Deutschland. Deswegen würde ich gerne ein paar Fotos machen, Maschinen im Einsatz, schöne neue Straßen und so.«

Wenigstens nickte der Mann. Er faltete den Plan zusammen, erhob sich, kam um den Schreibtisch herum und reichte Julia die Hand.

»Guten Tag, ich bin Jean-Pierre Tolojanahary. Solange der Ingenieur unterwegs ist, vertrete ich ihn und leite für die Zeit das Büro. Nehmen Sie bitte Platz.«

Er wies auf zwei klapprige Holzstühle. Immerhin lächelte Julia nun. Eigentlich verspürte ich nach der langen Fahrt keinen Bedarf, wieder zu sitzen, aber Herumstehen wäre zu unhöflich. Julia reichte ihm ein Papier, das den Briefkopf der Entwicklungshilfe trug und ihren Auftrag bestätigte. Etwas Amtliches half immer.

»Wie groß ist der Bautrupp, und wo würden wir ihn finden?«

»Die Zahl der Arbeiter beim Straßenbau schwankt stark, je nachdem, ob das Wetter mitspielt. Hier in der Gegend regnet es selten, meistens arbeiten rund 50 Männer für uns.«

»Das klingt nach viel Action. Ihre Baustelle ist sicher nicht weit entfernt, oder?«

»Doch, die Leute sind heute länger unterwegs, sie bessern Schäden aus, Schlaglöcher, nichts Wichtiges.«

»Welche Maschinen kommen zum Einsatz? Große Geräte machen sich im Bild immer gut.«

»Bei den kleinen Arbeiten fährt die Kolonne nur mit einem LKW. Da reichen der Presslufthammer, einige Schaufeln und die Rüttelplatte.«

»Ah, okay. Wo sind die Asphaltiermaschinen, vor dem Haus steht nur eine Planierraupe?«

»Die musste in die Werkstatt, die Achsenaufhängung ist angebrochen.«

»Das heißt, Sie setzen heute gar keine großen Maschinen ein? Erst morgen oder übermorgen?«

»So schnell klappt das nicht. Es dauert leider, bis die Ersatzteile bei uns ankommen.«

»Schlecht.« Julia legte ihre Kamera auf den Schreibtisch. »Die Pressestelle benötigt vernünftige Bilder. Arbeiter mit einer Schippe in der Hand sehen nicht nach einem Großprojekt aus, das dringend mehr Geld aus Deutschland braucht.«

Der Mann hob beide Hände. »Tut mir wirklich leid. Wir leben ja von den deutschen Geldern, der Hersteller schickt uns die Achsaufhängung per Luftfracht, das dauert seine Zeit.«

Julia sah zu mir rüber.

»Schlaglöcher ausbessern, Frau Bobic lacht mich aus, wenn ich mit solchen Bildern komme.«

»Wo genau finden wir Ihren Bautrupp?«, fragte ich ihn.

»Ich schätzte, im Moment sind sie rund eine halbe Stunde von hier entfernt, auf der Hauptstraße nach Tolagnaro.«

Er stand auf, ging zu einer Landkarte, die an der Wand hing, und tippte auf einen Punkt.

»Tolagnaro, das ist der madagassische Name für Fort Dauphin«, erklärte Patrick.

»Was machen wir nun?« In Julias Stimme klang Wut durch. »Das Projekt mit Frau Weber lief bereits nicht wie geplant. Jetzt sollen die nächsten Bilder genauso platzen? Wir fahren dahin. Auf diese halbe Stunde kommt es nach der Strecke doch nicht drauf an. Vielleicht ergibt sich die eine oder andere gute Bildszene.«

Niemand widersprach ihr. Tolojanahary griff zum Handy und kündigte uns beim Bautrupp an. Patrick sprach ein paar Worte auf Madagassisch mit ihm, bevor wir uns für die Kooperation bedankten und verabschiedeten.

Nach einer Weile wechselte die rote, staubige Landschaft in grünere Flächen. Hinter einer Hügelkette säumten die ersten Wälder seit unserer Abfahrt in Betioky die Straße. An manchen Stellen erwuchs daraus ein regelrechter Dschungel. Die Blätter der Palmen hingen über den Fahrtweg, ab und zu schlugen Büsche gegen das Auto, sie engten von beiden Seiten die Fahrbahn ein. Rund eine halbe Stunde entfernt, hatte er gesagt, eine massive Untertreibung. Der Weg wand sich über Anhöhen, vorbei an Dörfern, zwischendurch ausgebremst von Zebukarren, die allein durch ihre Zuladung die gesamte Breite der Straße einnahmen. Auf der Kuppe einer Erhebung bot sich uns ein völlig anderer Anblick. Julia bat Patrick, zu stoppen, was er an der nächsten, breiteren Stelle tat. Wir stiegen aus und schauten ins weite Tal. Eine Armada von LKW und Maschinen sprenkelte die Landschaft. Bagger in erstaunlicher Größe beluden Muldenkipper, Planierraupen schoben Berge von Erde vor sich her. Viele kleinere Geräte, deren Funktion ich aus der Entfernung nicht genau erkannte. Auf der gesamten Fläche baute man Rohstoffe ab. Kein tiefer Tagebau, wie bei den Diamantminen in Südafrika, es ähnelte dem Abbau von Braunkohle in Deutschland. In der Einfahrt zum Gelände reihten sich Kipper aneinander, aus den hohen Auspuffrohren stieg der Ruß ihrer schweren Dieselmotoren auf.

»Gegen diese Industrie haben die kleinen Smaragdschürfer doch keine Chance«, sagte ich vor mich hin.

»Titan, die Chinesen bauen hier Titan ab«, reagierte Patrick.

»Ist das nicht ein Erz?«, fragte Julia.

»Ja und nein«, antwortete er. »Bei uns kommt es im Sand vor, deswegen tragen sie ganz einfach alles ab. Alles.«

Eine Mondlandschaft, kleine Krater dicht an dicht, Bäume standen nur noch an den Begrenzungen oberhalb des Abbaus. Innerhalb des Geländes existierte kein Grün. Das untere Ende der sandigen Fläche konnte ich nicht erkennen. Schwerbeladen schwankten die Kipper mit ihren enormen Rädern auf die schmale Straße.

»Wofür braucht man Titan?«, wollte Julia wissen.

Patrick sah mich an, ohne was zu sagen.

»Werkzeug, Maschinenbau, Fahrzeuge, was weiß ich. Schicke Armbanduhren bestehen neuerdings auch aus Titan«, erklärte ich ihr. »Hier kommt es her.«

Patricks Augen verengten sich. »Sie rauben uns die Erde unter den Füßen. Selbst den Sand nehmen sie mit.«

Ein äußerst sensibles Thema in Madagaskar. Ich hatte nur einen kurzen Blick in Julias Reiseführer geworfen, aber das Thema Raubbau an der Natur tauchte in verschiedenen Kapiteln auf, ob bei Wirtschaft, Öko-Reservaten oder den Problemen des Landes. Das an Rohstoffen reiche Land litt offenbar mehr unter der Bergbauindustrie, als dass es davon profitierte.

»Deutsche Politiker weisen in solchen Fällen meistens auf die Arbeitsplätze hin, die man dadurch sichert«, sagte ich.

Patrick lachte hart.

»Schöner Gedanke. Kaum hatte unsere Regierung zugestimmt, dass die Bergbaufirma in großem Stil baggern darf, landeten in wenigen Wochen 20.000 Chinesen im Land. Das ist ja nicht die einzige Stelle, wo sie die Erde planieren. Außerdem hat man ihnen das Land für kleinste Summen verkauft, es gehört gar nicht mehr uns. Eigentlich sind wir hier in China.«

Ich verstand seine Verbitterung. Ähnliches hatte ich in Reportagen über die Situation in anderen ostafrikanischen Ländern gesehen. In Äthiopien saßen hungrige Menschen vor den umzäunten Feldern, auf denen das Gemüse für Asien und Europa wuchs.

»Ich sehe Baumaschinen!«, rief Julia. Sie hatte das lange Teleobjektiv an ihrer Kamera.

»Wenigstens ein Lichtblick«, sagte ich und stieg wieder ins Auto. Patrick schwieg.

Unten angekommen staunten wir nicht schlecht. Endlich hatte Julia ihren Bautrupp gefunden, aber entgegen den Beteuerungen des Vorarbeiters bestand die Kolonne nicht nur aus einem LKW und einfachen Gerätschaften. Patrick hielt mit einigem Abstand zu den Arbeitern. Die Kamera und sämtliche Objektive in ihrer schweren Fototasche, marschierte Julia auf den Tross zu. Lautstark ratterte in dessen Mitte eine Asphaltiermaschine. Vor ihr rollte eine kleinere, hinter ihr eine große Walze. Der üble Geruch von heißem Bitumen stieg in meine Nase. Am Ende der Kolonne wartete ein Kipper auf den Einsatz, trotz der hohen Temperaturen dampfte der Asphalt auf seiner Ladefläche. Mit Schaufeln drückten die Arbeiter an den Seiten den Rand der neuentstandenen Fläche zurecht und warfen überschüssiges Material zurück in den Vorratsbehälter der Maschine. Ihnen folgten Rüttelplatten, die ihren Anteil zum lärmenden Inferno beitrugen.

Gut, dass Fotos keinen Ton aufnahmen. Auf den Fahrzeugen prangte der Firmenname *Berger Straßenbau*. Julia schaute sich um, bevor sie einen Mann ansprach, der sich mit zwei anderen abseits vom Geschehen unterhielt. Er trug als einziger keine Arbeitskleidung. Sie zog ihr Schreiben aus der Tasche, dass ihren Auftrag und die damit verbundene Fotoerlaubnis bestätigte, um es dem Mann vor die Nase zu halten. Zuerst schüttelte er nur den Kopf, was in ein leichtes Nicken und eine wegwerfende Handbewegung überging. Bevor wir bei dem Grüppchen ankamen, reichte Julia allen dreien die Hand. Sie wandte sich der Straße zu, griff ihre Kamera und begann, die Situation zu fotografieren. Julia verlor keine Zeit. Die Asphaltierungsarbeiten waren ein dankbares Motiv. Sie hockte sich vor die langsam kriechende Maschine, im Vordergrund einen muskulösen, jungen Mann, der die Ärmel des Blaumanns hochgekrempelt hatte. Nach ein paar Gesten mit dem Fahrer kletterte sie zu ihm auf das Fahrzeug. Ich musste aufpassen, dass wir nicht mit auf das Bild kamen.

»Komm, wir gehen zum Auto. Auf uns warten noch die Brote von Frau Knauf«, schlug ich Patrick vor.

Es dauerte geschlagene anderthalb Stunden, bis Julia mit den Bildern endlich zufrieden war. Zwischendurch schaute ich ihr über die Schulter, gab meine Meinung zu einigen Fotos zum Besten, was sie nicht wirklich interessierte. Die Asphaltfläche wuchs im Schneckentempo, der frische Belag verbreiterte die Straße in diesem Abschnitt um knapp drei Meter. Angesichts der riesigen Muldenkipper erschien mir das für die eher schmale Fahrbahn mehr als angebracht zu sein. Der Gegenverkehr lebte hier gefährlich. Julia verabschiedete sich vom Chef der Kolonne, packte die Kameraausrüstung in den Kofferraum und trank fast einen halben Liter Wasser auf einen Zug.

»Jetzt können wir zurückfahren«, sagte sie grinsend.

Mit nur einer kurzen Pause zwischendurch fuhr uns Patrick gen Betioky. Trotz einsetzender Dunkelheit verringerte er kaum das Tempo, knapp drei Stunden Fahrt auf dieser Strecke setzten mir ordentlich zu. Julia schlief, mich nervte das ewige Geschaukel zu sehr, um einzunicken. Im letzten Dorf vor Betioky kam mir eine Idee.

Der Frühstückstisch spiegelte die Gastfreundschaft von Frau Knauf wider, sie hatte wieder ordentlich aufgedeckt. Julia zog es vor, noch ein Weilchen im Bett zu bleiben, der gestrige Abend hatte zu spät geendet. Der Appetit auf frischgebackenes Brot und duftenden Kaffee trieb mich in den Gemeindesaal. Mein Rücken meldete mir, dass er nicht bereit war, lange Fahrten auf durchgesessenen Rückbänken alter, japanischer Autos klaglos zu akzeptieren, speziell, wenn sie durch die afrikanische Savanne führten. Die gymnastischen Übungen meiner fabelhaften Kelkheimer Physiotherapeutin wollte ich mir hier in der Öffentlichkeit verkneifen, wären allerdings angebracht, um die Mobilität meiner Lendenwirbel zu steigern. Sie zwickten den Ischiasnerv ganz ordentlich.

»Möchten Sie noch etwas Kaffee?« Frau Knauf lehnte sich bereits über mich und die leere Tasse.

»Nichts lieber als das. Er schmeckt hervorragend, sogar ohne Milch. Das findet man selten.«

»Sie Schmeichler.«

»Guten Morgen, Herr Bernau. Ausgeschlafen?«

Fabian Homeyer versprühte für die Uhrzeit eindeutig zu viel Energie.

»Abgebrochen. Mein Magen wollte frühstücken, der Kopf weiterschlafen.«

»Ha, nicht schlecht. Bei mir scheint die Sonne direkt auf das Bett, keine Chance, das schöne Morgenlicht zu verpassen. Wie lief es gestern bei Ihnen?«

»Für Frau Zeiss gut, sie hat ihre Bilder vom Straßenbau. In Sachen Martina Weber hatte ich mir eine kurze Denkpause gegönnt.«

»Ist dabei was rausgekommen?«

»Haben Sie in der Gemeinde einen Fotokopierer?«

»Im Prinzip ja. Er druckt im Moment leider nicht. Keine Ahnung, woran es liegt.«

»Aber für Ihren Computer gibt es einen normalen Drucker, der funktioniert?«

»Natürlich.«

»Sehr gut, den bräuchte ich.«

Nachdem mein Körper sich ausreichend gesättigt fühlte, ging ich zurück in unser Gästezimmer, nahm Julias Kamera aus der Tasche und fotografierte auf der Fensterbank das Bild von Martina Weber.

»Guten Morgen.« Erste Lebenszeichen von Julia. »Warum machst du ein Foto von einem Foto?«

»Wenn in Kelkheim eine Katze entläuft, wie suchen die Leute nach dem Tier?«

»Zuerst die Lieblingsplätze, dann die Freunde der Katze, Nachbarn, am Waldrand. So ungefähr, oder?«

»Und falls das nicht funktioniert?«

»Bitte kein Quiz am frühen Morgen. Außerdem war der Wein gestern irgendwie schlecht.«

»Ja, wie immer. Was ich meine, die Frauchen kleben an die Straßenlaternen im Umkreis von einem Kilometer Zettel mit dem Foto vom kleinen Liebling und winken mit einer dicken Belohnung.«

»Frau Weber ist keine streunende Katze.«

»Ich empfehle dir das Frühstück von Frau Knauf. Woher sie hier die frische Leberwurst kriegt, ist mir ein Rätsel.«

»Wie kommst du auf die Idee mit den Zetteln?«

»Gestern, in einem Dorf hingen Plakate, Werbung für ein Konzert.«

»Schlaues Kerlchen. Wenn es hilft. Hier kümmert man sich wahrscheinlich nicht um entlaufene Katzen. Insofern kennen die Leute solche Suchanzeigen bestimmt nicht.«

»Einen Versuch ist es wert.«

Der Laptop besaß zum Glück einen Schlitz für die SD-Karte aus der Kamera. Homeyer fragte ich nach einer angemessenen Belohnung für Hinweise, er hielt einen Gegenwert von 100 Euro für passend, rund das dreifache Monatseinkommen der meisten Madagassen. Den Kontrast hochgedreht, ein bisschen aufgehellt, druckte ich zusammen mit einem kurzen Text das erste Blatt aus. Passte. Der Tintenstrahldrucker brauchte eine Weile, bis er die 70 Kopien ausgedruckt hatte. Ich legte einen Geldschein auf die Tastatur. Wer weiß, wie teuer Druckertinte in Betioky war. Gemeinsam mit Patrick klebte ich die Blätter an Laternen, Verkehrsschilder und die einzige Ampel in der Stadtmitte. Die übrigen Zettel verteilten wir auf Tresen und Tischen der Bistros. Ich bat Patrick, in der Stadt zu bleiben und die Augen offen zu halten. Ich ging zu Fuß zurück in die Gemeinde und versuchte, von den Arbeitern auf dem Feld was zu erfahren, schließlich hatten sie jeden Tag mit der Weber zu tun gehabt. Sie erzählten mir alles Mögliche, leider nur nichts, was mich auch nur ansatzweise weiterbrachte. Am Nachmittag wollte Julia durch den Ort bummeln um zu fotografieren. Zu meinem Glück störte sie es nicht, von einem Privatdetektiv begleitet zu werden.

»Lebt sie noch?«, fragte Julia.

»Keine Ahnung. Ich will es glauben. Du hast gestern selbst gesehen, wie wenig Verkehr auf der Landstraße rollt. Eine deutsche Frau fällt hier auf wie ein rosa Elefant. Niemals wäre sie unbemerkt in ein Taxi gestiegen oder per Anhalter in die nächste Stadt getrampt. Vorhin habe ich mit Patrick die Taxen abgeklappert. Fehlanzeige. Busse fahren hier nicht, es gibt weder Eisenbahn noch einen Flughafen. Nur die eigenen Füße.«

Julias Stirn legte sich in Falten.

»Falls Sie nicht auf einem spontanen Ausflug ist, den Ort womöglich gar nicht verlassen hat …«

»Ja?«

»Sind in Betioky schon Menschen verschwunden?«

»Ganz bestimmt. Europäer gehören jedoch nicht dazu.«

Für eine Weile schoben wir das Thema zur Seite. Julia zückte sofort ihre Kamera, wenn ihr ein Motiv halbwegs gefiel. Bei manchen schoss sie eine Serie, bei anderen setzte sie den Apparat wieder ab, ohne den Auslöser gedrückt zu haben. Kinder gehörten zu ihren Lieblingsmotiven. Sobald die Kleinen uns bemerkten, stürmten sie auf uns zu. Deswegen setze Julia eine längere Brennweite an das Gehäuse, so gelang es ihr, aus größerer Entfernung unauffällig ihre Bilder zu schießen. Wir näherten uns in weiten Runden der Stadtmitte. Patrick saß an einem Tisch vor dem Bistro, in dem Espérance bediente. Sie wusste, wie Martina Weber aussah, hatte aber in den letzten Tagen nichts Neues gehört, geschweige denn sie gesehen. Wir setzten uns, bestellten einen erfrischenden Eistee und zwei Croissants.

»Was uns fehlt, sind einfach mehr Leute«, dachte ich vor mich hin.

Patrick schmunzelte. »Ich habe jetzt Hilfssheriffs. Einen kleinen Trupp.«

»Bitte?«

»Na ja, Sie sehen doch die Straßenjungs. Die freuen sich über ein paar Ariary. Außerdem kennen sie jedes Loch in der Stadt, jede Bretterbude und jeden Strolch.«

»Gute Idee, danke.«

Auf die Zettel hatte ich als Ansprechpartner Pfarrer Petzold geschrieben, die Telefonnummer der Gemeinde und die Möglichkeit der anonymen Kontaktaufnahme per Brief. Internet und Mailanschrift konnte man bei den Menschen nicht unbedingt voraussetzen. Wir betrachteten eine Weile das geschäftige Treiben. Händler, die ihre Stoffe anpriesen, Minenarbeiter, die lieber schüchtern auf ihre Füße schauten als frei in die Umgebung. Sie warteten, vom Smaragdankäufer endlich ein Angebot zu hören. Hielten sie größere Edelsteine in ihren Händen oder war es ihnen einfach unangenehm, in der schmutzigen Arbeitskluft von anderen gesehen zu werden? Nach gut einer Stunde zahlten wir und verabschiedeten uns von Patrick. Ich vereinbarte mit ihm für den Abend eine kurze Besprechung, um zu schauen, wie wir weiter vorgehen würden.

Im Gegensatz zu den Rändern der Stadt, in denen staubiges Braun vorherrschte, leuchteten in den Auslagen der Geschäfte die angebotenen Waren in kräftigen Farben. Blaue Tücher, rosa Blusen und gelbe Kleider. Wenn ich diese Sachen an den Menschen sah, gefiel es mir, die satten Farbtöne standen ihnen deutlich besser als blassen Europäern. Immer wieder klickte Julias Kamera. Ihre Bilder von den Arbeitern auf dem Feld hatte sie mir gezeigt, starke Fotos, die bezeugten, wie hart die Leute schufteten, um sich zu ernähren. Nun sammelte sie Situationen, die mehr Lebensfreude ausdrückten. Frauen, die sich ein schönes Kleid anhielten, lachten; Männer, die vor einer Bar bei einem kalten Bier Karten spielten. Ich freute mich, dass Julia Spaß an der Arbeit empfand. Beinahe hätte sie keinen ihrer Aufträge erfüllen können, ohne die Weber, ohne Baufahrzeuge. Nun kam eine gute Auswahl zustande. Julia schaute mich an.

»Ist irgendwas?«

»Es gefällt mir, dass wir gemeinsam hier sind, und dass es dir gut geht.«

»Komm mal her, Großer.«

Sie legte eine Hand an meinen Kopf, zog mich heran und küsste mich. Wir spazierten in Richtung Gemeinde. Zugleich schaute ich jede Gasse entlang. Wie sollten die Spuren einer verschwundenen Frau aussehen? Kleidungsfetzen, ein einzelner Schuh? Unrealistisch, mitten in einer Stadt. Am Ende der Ausfallstraße sahen wir den Gemeindesaal. Plötzlich stieß quer vor uns ein Auto auf den Randstreifen. Ich brauchte einen Moment, um zu realisieren, dass es Patrick war. Er stieg aus, kam auf uns zu, zeigte auf seinen Beifahrer.

»Der Junge hat was gesehen!«

Ein Knirps schaute aus dem Seitenfenster.

»Frau Weber?«, fragte ich ihn.

»Nein«, Patrick wischte sich über die Stirn, »einen anderen Jungen.«

»Bitte?«

»Der hat einen unserer Zettel abgerissen und ist damit durch die halbe Stadt zu seinen Eltern gelaufen.«

Das klang interessant. Mehr aber auch nicht.

»Findet er das Haus der Familie wieder?«

»Bestimmt.«

»Dann los.«

Ich öffnete die hintere Tür. Julia blieb stehen.

»Ich sichte lieber meine Fotos, Räuber und Gendarm überlasse ich euch. Viel Erfolg!«

»Was soll ich machen, irgendwer muss doch wissen, wo die Frau sich aufhält. Bis später!«

Ich beugte mich bei der Fahrt nach vorne, um den Jungen zu betrachten. Ein strubbeliges Kerlchen mit einem dunklen Lockenkopf, ich schätzte ihn auf zehn Jahre. Sein kariertes Hemd, das schon bessere Zeiten gesehen hatte, schlackerte am Körper. Bestimmt vom großen Bruder übernommen. Er zeigte immer wieder in kleinere Straßen, in die wir daraufhin abbogen. Einmal klappte es nicht, der Fahrweg bestand fast nur aus Löchern, die Patrick dem Auto nicht zumuten wollte. Er kurvte sicherheitshalber um das gesamte Karree.

»Wie heißt der Junge?«, fragte ich.

»Er möchte seinen Namen nicht sagen. Ich hab eine Gruppe von Kindern angesprochen, die den ganzen Tag in der Stadtmitte rumhängt. Er läuft denen immer hinterher, die anderen mögen ihn nicht so richtig, keine Ahnung, warum. Er ist nicht auf den Kopf gefallen, aber sehr schweigsam.«

Der Kleine stieß mit der Hand nach vorne, Patrick fragte ihn etwas, was ich nicht verstand. Er antwortete kurz und streckte erneut die Hand aus. Patrick drehte sich zu mir um.

»Er möchte die Belohnung.«

»Wir wissen doch gar nicht, ob der Tipp uns hilft.«

»Klar, es muss ja nicht die Summe vom Suchzettel sein, er braucht ein vernünftiges Essen, würde ich sagen.«

Ich zog das unvermeidliche Bündel an Geldscheinen aus der Hosentasche, rollte drei Scheine heraus und legte sie dem Kind in die Hand.

»Wenn wir die Frau finden, gibt es deutlich mehr.«

Kaum lag das Geld zwischen seinen Fingern, öffnete er die Beifahrertür, stieg aus und verschwand in einer Seitengasse. Der Junge hatte auf ein Haus kurz vor dem Ende der Straße gezeigt. Ein paar Kinder spielten in der Nähe, keine Ahnung, ob sie zu diesem Haus gehörten. Wir ließen den Wagen an der Ecke stehen. Ich blieb lieber im Auto sitzen und schickte Patrick vor. Ein Weißer, der wie zufällig durch die Straße bummeln würde, wäre eine Warnung an mögliche Täter.

»Schau bitte nach, ob das Kind oder die Eltern im Haus sind. Ja nicht reingehen oder auffällig durch die Fenster gucken. Unauffällig vorbeispazieren, kurzer Blick zur Seite. Wenn die Kinder vor genau dem Haus spielen, reagierst du auf ihr Spiel, falls das nicht zu unüblich ist. Sonst einfach weitergehen, und erst ein paar Minuten später wieder zurückkommen. Solltest du gleich Erwachsene im Haus sehen, geh bitte durch die Parallelstraße zurück.«

Es dauerte gerade mal fünf Minuten, bis Patrick zurückkam und sich ins Auto setzte.

»Seitlich vor dem Haus sitzt eine Frau, zusammen mit drei kleinen Kindern. Wahrscheinlich ist sie die Mutter von dem Jungen, der den Zettel mitgenommen hat. Gegenüber steht ein leerer Schuppen, dort können wir reingehen, um die Familie zu beobachten. Falls sie überhaupt irgendwas mit der Weber zu tun haben. Bislang wissen wir nur, dass ein Kind den Zettel abgerissen und der Mutter gebracht hat.«

»Warum sollte der Junge das sonst machen? Der hat doch was gesehen. Ich finde deine Idee mit dem Schuppen gut.«

Patrick schien mir etwas sehr unschlüssig zu sein. Er hörte nicht auf, seinen Oberkörper von einer zur anderen Seite zu wiegen.

»Wir haben nichts zu verlieren. Komm, los!«

»Was ist, wenn sie uns entdecken? Sie denken womöglich, dass wir ein Kind entführen wollen.«

»Was kann man von diesen Leuten erpressen? Das verstehe ich nicht.«

»Nein, keine Erpressung. Einfach die Kinder klauen.«

»Ah, jetzt kapier ich es. Wir sind im Auftrag deiner Kirchengemeinde unterwegs, im Zweifelsfall zeige ich ihnen den Zettel, der Junge hat schließlich den gleichen nach Hause gebracht.«

»Okay, das klingt vernünftig.«

»Gut. Wir gehen durch die Seitenstraße, steigen in diesen Schuppen und warten.«

Patrick lachte verlegen. Sein erster Einsatz als Fahnder. In der Parallelstraße saßen Kleinkinder vor den Eingängen der Häuser, größere Jungs spielten Fußball. Aus den Fenstern drangen Musik und Kindergeschrei. Eine Frau schimpfte lautstark, kurz darauf rannte eine Horde von Zwergen aus dem Haus. Manche Dinge glichen sich überall auf der Welt. Patrick legte die Hand auf meinen Arm, hob den Kopf zu einer Bretterbude. Ein bemüht unauffälliger Blick nach hinten, niemand schaute uns hinterher. Wir zogen die Reste einer Holztür zur Seite und verschwanden in der dunklen Hütte.

»Schließ einfach kurz die Augen, damit sie sich besser an die Dunkelheit gewöhnen«, riet ich Patrick.

Zwischen den unregelmäßigen Holzlatten, aus denen jemand die Behausung grob zusammengezimmert hatte, schien Licht ins Innere. Durch unsere vorsichtigen Schritte stieg Staub auf, der die Lichtstrahlen einfing.

»Merde!«

»Was ist?«

Patrick senkte den Kopf. »Ich bin gegen irgendein Ding gestoßen, so was Dämliches! Mein Zeh wird garantiert blau.«

Ich verkniff mir eine dumme Bemerkung. Berufsrisiko auf niedrigem Niveau. Die Spalten in der gegenüberliegenden Wand boten einigermaßen Sicht auf unser Haus, wenn man ein Auge nahe genug davor hielt. Auf der Eingangsstufe saß eine Frau, deren Alter ich nur schwer einschätzen konnte. Drei kleine Kinder, eins spielte vor ihren Füßen im Sand, eins lag auf ihren Knien, das dritte wiegte sie im Arm. Ein Junge, circa acht Jahre alt, malte etwas auf den Boden. Gesund wirkten die Kleinen nicht. Die Beine mit üblen Stellen überzogen, keine Ahnung, ob sie von aufgekratzten Insektenstichen oder von einer Krankheit stammten. Rein gar nichts wies auf irgendetwas Dramatisches im Inneren des Hauses hin, stattdessen sah ich vor mir eine Situation, wie man sie bei den meisten kinderreichen Familien erleben konnte. Ich hockte mich in den Staub. So genau wollte ich gar nicht wissen, was im Dunkeln alles herumlag. Ich war unsicher, auf was wir eigentlich warteten. Mit Sicherheit würde Martina Weber hier nicht gleich herausspazieren. Diese Familie bewahrte auch keine Leiche in ihrem Haus auf. Wahrscheinlich bestand es aus zwei oder drei Zimmern, in denen es bei so vielen Kindern ausreichend eng zuging. Warum hatte der Junge den Zettel abgerissen und nach Hause gebracht? Kam ihm das Gesicht der Frau bekannt vor? War sie bei der Familie zu Besuch gewesen oder pflegte den Kontakt zu ihnen? Die Weber fotografierte gerne, vielleicht hatte sie einen der Kleinen aufgenommen. Keine Ahnung. Es passierte nichts. Die Kinder spielten, ab und zu stand die Frau auf, ging ins Haus und kam mit einem Glas Wasser oder einem Stück Obst wieder raus. Inzwischen hatten sich meine Augen an die Dunkelheit gewöhnt, ich erkannte eine breite, weiße Zahnreihe, Patrick gähnte vor sich hin. Bestimmt hatte er sich die Arbeit eines Detektivs spannender vorgestellt. Die Straße lag am Rand der Stadt, sie endete an einem Feld. Noch schien die Sonne flach über den Acker, nur ein paar Minuten, und es würde dunkel werden, zu dunkel, um etwas zu erkennen. In dieser Gegend sparte man sich teure Straßenlaternen. Ein Mann trat auf die Frau zu, küsste sie, hob das kleinste Kind hoch, das laut zu lachen begann. Er ging ins Haus, kurz darauf schien Licht durch das Fenster auf der Seite. Die beiden anderen kleinen Kinder krabbelten dem Vater hinterher. Die Mutter sprach mit dem älteren Jungen, zu leise, um sie zu verstehen. Patrick drückte sein Ohr an die Lücken in der Bretterwand. Nur ein Kopfschütteln. Wahrscheinlich sollte sich der Junge auch langsam Richtung Bett bewegen. Um welche Uhrzeit begann hier eigentlich die Schule? Gingen überhaupt alle Kinder zur Schule? Die Frau verschwand im Haus. Lange würde ich mir das nicht mehr anschauen, der Tipp hatte sich als wertlos erwiesen. Das letzte Tageslicht zog sich zurück.

»Was hältst du davon, heute Abend wieder in dieses Restaurant zu gehen?«, fragte ich Patrick. »Ich fand es dort nicht schlecht.«

»Sehr gerne. Wenn ich nicht störe.«

Nur eine schemenhafte Bewegung. Ein Schatten bewegte sich vor dem Haus auf das Feld zu.

»Scheiße, schnell!«, fluchte ich. Meine Füße knallten mit voller Wucht gegen irgendwas Schweres, beim nächsten Schritt splitterte Glas unter den Schuhen. Den rechten Arm vorgestreckt, versuchte ich, in der Dunkelheit die Tür des Schuppens heil zu erreichen. Im Rücken spürte ich Patricks Hand. Vorsichtig schob ich die Finger durch den Spalt, griff das Türblatt und drehte es zur Seite. Mit einem Knall landete es auf dem Boden. Zügig, aber ohne zu Laufen, um nicht mehr als nötig aufzufallen, bewegten wir uns an den Feldrand. Die Mutter und ihr Sohn, inzwischen fast hundert Meter von uns entfernt, gingen einen Weg am Acker entlang. Mit schnellen Schritten verkürzten wir den Abstand auf knapp die Hälfte. Vor dem schwarzblauen Himmel erkannte ich einen Korb in ihrer Hand. Gleich würde die Dunkelheit alles verschlucken. Nur nicht zu nah heranlaufen, wir durften sie jetzt auf keinen Fall verlieren. Selbst wenn sie sich umdrehen würden, konnte sie uns in der Finsternis vermutlich nicht mehr sehen. Warum ging sie nachts mit ihrem Kind über die Felder? Der Weg zog sich, ein Ziel konnte ich nicht ausmachen.

»Gibt es ein Dorf, zu dem sie eventuell wollen?«, fragte ich Patrick leise. Nachts hörte man viel besser, das galt genauso für die zwei vor uns.

»Wenn ich es richtig in Erinnerung habe, steht dahinten nicht mal ein Haus. Keine Ahnung, wohin wir gehen, bald sehen die auch nichts mehr.«

Vorsichtig setzte ich die Schritte, nur mit Mühe erkannte ich den Pfad vor uns, andauernd trat ich auf Steine. Die Schemen der beiden lösten sich in der Nacht auf. Wir mussten näher ran. Nur nicht stolpern und womöglich laut fluchen. Wir marschierten vorwärts, auf eigentümliche Weise spürte ich sie. Die Finsternis hatte Mutter und Sohn verschluckt. Unter den Füßen nahm ich eine Veränderung in der Struktur des Weges wahr, wie Spurrillen, die den Pfad kreuzten. Ich streckte meinen Arm rüber zu Patrick, stoppte ihn. Ganz leise hörte ich sie, links, rund zwanzig Meter. Ein anderes Geräusch. Das Knarren einer Tür. Für einen kurzen Moment ein Lichtschein. Vorsichtig bogen wir in diese Richtung. Feine Streifen warmen Lichts vor uns. Nur langsam erkannte ich, dass es durch ein Holzbrett fiel. Eine winzige Hütte zeichnete sich ab. Am Nachthimmel schienen viele Pünktchen, sie umrahmten die dunklen Konturen eines Daches. Schritt für Schritt, nur kein Geräusch verursachen. Ein Häuschen aus Lehm, das Fenster mit Latten verschlossen. Ich hörte die Stimmen von zwei Erwachsenen.

Angst

Meine Pistole lag im Tresor, weit weg in Deutschland. In der Dunkelheit sah ich keinen Knüppel, den ich hätte nutzen können. Patrick ahnte wohl meine Gedanken, er stieß mich an und zeigte auf den schwachen Lichtschein neben der Tür. Ein Steinhaufen. Lautlos hob ich zwei auf, so groß, dass sie gerade in die Hand passten, einen reichte ich ihm. Vorsichtig machte ich den letzten Schritt an die Tür. Nichts zu hören. Sollten wir warten? Was passierte da drin? Das war jetzt egal. Ich hielt Patrick drei Finger meiner freien Hand vor das Gesicht, zog sie ein, zählte sie mit einem Nicken langsam hoch. Auf Drei brachen wir durch die Tür. Das Holz donnerte gegen ein Hindernis. Ein Moment Stille. Ein unglaublicher Schrei. Die Frau umschlang mit den Armen ihren Sohn. Aus riesigen Augen sahen sie uns an. Ihre Münder vor Schreck geöffnet, aber sie schrien nicht. Der kurz endende und enorm hohe Ton setzte wieder ein. In einer Ecke der winzigen Lehmhütte hockte jemand und schrie sich die Seele aus dem Leib. Ein vom Schreien völlig verzerrtes, hellhäutiges Gesicht, überzogen von Schmutz. Der Junge klammerte sich heftig an die Mutter, sie senkte ihren Blick, schaute auf unsere Hände, sagte kein Wort. Ganz langsam legte ich den schweren Stein auf den Boden, stieß Patrick an, dasselbe zu tun. Im verschmierten Gesicht der Frau am Fußboden erkannte ich nicht, ob sie tatsächlich Martina Weber war. Sie quetschte sich immer weiter in die Ecke und hörte nicht auf, aus vollem Hals zu schreien.

»Frau Weber, ich bin hier, um Sie nach Hause zu bringen.« Verstand sich mich überhaupt, solange sie derartig schrie? Es endete einfach nicht. Sie holte kurz Luft, um wieder zu beginnen. Welche Rolle spielte die Frau mit ihrem Sohn? Auf dem klapprigen Tisch stand der flache Bastkorb, den die Frau gebracht hatte.

Eine Wasserflasche, zwei braune Bananen und ein Stückchen Brot. Die Frau hatte Martina Weber sicher nicht verschleppt und hier eingesperrt. An Webers Armen und Beinen entdeckte ich keinerlei Fesseln. Sie vegetierte freiwillig hier drin. Das Schreien ließ etwas nach. Ich zeigte erst auf die Frau, dann auf die Weber und den Korb. Sie verstand mich, versuchte, sich von ihrem Sohn halbwegs zu lösen, zog die Flasche aus dem Korb, hockte sich hin und hielt der Weber vorsichtig das Wasser vor den Mund. Nur zögerlich, immer noch mit einem vollkommen panischen Blick, stockte ihr Schreien, endete schließlich. Sie senkte den Kopf zur Flasche, legte die Finger darum und trank gierig. Patrick musste lachen. Alle schauten ihn an. So absurd. Wir wollten sie befreien und lösten eine ungeheure Panikattacke aus. Hoffentlich fing sie nicht nochmal an. Der Junge nahm eine der Bananen, öffnete sie zur Hälfte und reichte sie der Weber. Tatsächlich, nach einem schnellen Blick zu mir griff sie zu und verschlang die Banane. Ihr Gesicht war deutlich eingefallener als auf den Fotos, die mir ihre Freundinnen mitgegeben hatten. Die Haare verfilzt, ihre Kleidung hatte das Rotbraun des Hüttenbodens angenommen. Sie saß vermutlich seit ihrem Verschwinden in diesem winzigen Loch. Sie sagte nichts. Ich ging in die Hocke. Die Annäherung verunsicherte sie sichtlich.

»Frau Weber, entschuldigen Sie bitte unseren brachialen Auftritt. Wir waren davon ausgegangen, dass man Sie entführt hat. Mein Name ist Roland Bernau, ich komme aus Kelkheim, Ihre Freundinnen haben mich geschickt, um Sie zu finden. Die Landeskirche unterstützt uns dabei, deswegen begleitet mich Patrick. Ihn kennen Sie ja bereits.«

Erst jetzt schaute sie ihn an. Eine Kerze und eine kleine Taschenlampe erhellten den Raum nur allzu spärlich. Er trat etwas in den Lichtschein.

»Hallo, Martina. Ich bin so froh, dass wir Sie gefunden haben. Ich hoffe, es geht Ihnen gesundheitlich einigermaßen gut.«

Bei seinen letzten Worten geriet er wohl angesichts ihres Zustandes ins Stocken. Sie lehnte sich, immer noch auf dem Boden sitzend, gegen die Lehmwand, zeigte auf den Korb. Der Junge gab ihn ihr. Sie griff nach dem Brotstück und biss kräftig ab. So standen wir um sie herum, und schauten zu, wie sie aß und trank. Sie sprach kein Wort, ihr Blick geradeaus. Es dauerte einige Zeit, bis sie zu Ende gegessen hatte. Vorsichtig erhob sie sich, stützte die Hände am Tisch ab, sah mich an. Nur ein Nicken. Patrick hakte sie an der einen, ich an der anderen Seite unter. Wir führten sie den Weg entlang, der Junge lief mit der Taschenlampe vor uns her.

»Ihre Sachen!«, rief die Frau.

Sie griff sich die Lampe ihres Sohnes, ging wieder in die Hütte, um mit einer Handtasche und einem alten Fotoapparat zurückzukommen, beides reichte sie Martina Weber. Sie reagierte nicht, wirkte abwesend. Ich nahm die Dinge an mich. Der Mond schien in einer dünnen Sichel, die Sterne zeichneten sich dafür umso deutlicher ab. Kein Licht aus der Siedlung störte den Himmel. Vor dem Haus der Familie angekommen, realisierte Martina Weber, dass sie sich von den beiden verabschieden musste. Sie nahm deren Hände in ihre, hielt sie fest.

»Ich danke Ihnen von ganzem Herzen.«

Bevor wir weitergingen, zog ich aus meinem Portemonnaie einige größere Geldscheine und reichte sie der Mutter.

»Sie hatten Ausgaben für das Essen.«

Sie nahm das Geld entgegen und verschwand mit dem Kind im Haus. Frau Weber hatte ihre Sprache zurückgewonnen, ich war mehr als gespannt, warum sie hier gehaust hatte. Nach Liebeskummer sah das nicht aus. Ich setzte mich mit ihr auf die Rückbank, Patrick fuhr deutlich behutsamer als sonst durch die nächtlichen Straßen von Betioky. Nur im Ortskern herrschte noch reger Betrieb, vor den Bars unterhielten sich vorwiegend Männer, die meisten mit einer Flasche Bier in der Hand. Am Gemeindesaal angekommen, lief Patrick zum Haus nebenan, in dem

Homeyer und Petzold wohnten. Ich blieb mit Martina auf der Treppe zur Veranda sitzen.

»Frau Weber, ich bin echt froh, dass ich Sie gefunden habe. Ihre Freundinnen machen sich große Sorgen, sonst hätten die mich nicht um die halbe Erde geschickt. Warum haben Sie sich in der Hütte versteckt?«

Die Leuchte über dem Eingang zum Gemeindesaal legte mehr Schatten als Licht auf ihr Gesicht. Ihre Augen sahen mich an, dennoch kein Wort von ihr. Wahrscheinlich war ich ihr zu fremd. Bestimmt würde sie in der Gegenwart von Menschen, die sie kannte, etwas sagen. Am Nachbarhaus ging das Licht an. Homeyer und Petzold traten vor die Tür, Patrick sprach kurz mit ihnen. Sie schauten herüber und liefen sofort los, beide mit einem Lachen.

»Frau Weber!«, rief der Pfarrer. »So ein Glück, dass Sie wieder bei uns sind! Meine Güte, wo haben Sie bloß gesteckt? Ich konnte vor Sorge nicht mehr schlafen! Mein Gott, so ein Segen, dass Sie leben!«

Sie lächelte, sagte nichts, hockte sich auf die Stufen. Homeyer blickte mich mit zusammengekniffenen Augen an. Er ging in die Hocke, legte seine Hände auf ihre.

»Martina, toll, wir freuen uns!«

Ihre Finger umgriffen seine Hände. Es war ihr anzusehen, wie sie sich freute, allerdings weiterhin auf diese stille Art, was die Männer irritierte. Deren Lächeln wechselte zu einem besorgten Blick.

»Ist alles in Ordnung?«, fragte Homeyer. Nachdem sie darauf nicht antwortete, schaute er mich an.

»Frau Weber braucht erst mal Ruhe«, sagte ich. »Falls sie Appetit hat, würde ein schönes Abendbrot nicht schaden, und auf alle Fälle benötigt sie eine Menge Wasser, um sich den Staub abzuwaschen. Neue Kleidung wäre auch nicht schlecht.«

So begann nun eine rege Geschäftigkeit. Petzold lief in den Gemeindesaal, Homeyer in sein Haus und Frau Weber ging zusammen mit Patrick und mir zum Gästehaus, in deren anderer Hälfte sich Julia aufhielt, wenn ich den Lichtschein aus dem Fenster richtig deutete. Die letzten Meter dorthin dauerten, Martina Weber schien irgendwas zu widerstreben. Vielleicht der Weg am Feldrand, wieder zu einer Hütte in der Nacht, obwohl diese deutlich luxuriöser ausgestattet war. Sie sagte nichts. Ich öffnete die Tür zu ihrem Zimmer, schaltete das Licht ein. Eine merkwürdige Abwesenheit hatte von ihr Besitz ergriffen. Sie setzte sich auf den Stuhl. Ich ließ die beiden alleine, um Julia auf den neuesten Stand zu bringen.

Schweigen

Ihr Gesicht zur Hälfte im Kopfkissen versunken, in der rechten Hand ein Buch, das vom Bett zu fallen drohte, die linke umfasste einen Zipfel des dünnen Bettlakens, den sie bis zur Nase gezogen hatte. Trotz der hellen Deckenlampe schlummerte Julia tief und fest, sie ließ sich auch nicht vom Quietschen der Tür stören. Ich schaltete das Licht aus und schloss die Tür so leise wie möglich. Nebenan herrschte inzwischen deutlich mehr Trubel. Petzold deckte den Tisch mit Brot, Wurst und Käse. Aus dem kleinen Badezimmer hörte ich die Stimme von Frau Knauf. Ihre Anweisungen klangen wie für ein Kleinkind, sie wusch Martina Weber. Vor der Badtür lag ein Haufen schmutziger Wäsche. Patrick war nicht dabei, er hatte endlich Feierabend.

»Herr Bernau, essen Sie mit?«, wollte Petzold wissen.

»Nein, vielen Dank. Frau Weber hat heute genug durchgemacht. Es würde nicht ausbleiben, dass ich sie sonst mit meinen Fragen löchere. Morgen ist auch noch ein Tag.«

»Sie haben sicherlich Recht. Es ist schon spät.«

»Stimmt. Ich wünsche Ihnen eine gute Nacht.«

»Dankeschön, schlafen Sie gut.«

Knauf und Petzold würden sich sorgsam um Martina Weber kümmern. Ich war der Mann mit dem riesigen Stein in der Hand, der die Tür zu ihrem Versteck eingetreten hatte, meine Anwesenheit könnte sie verunsichern. Sie brauchte nun gutes Essen und viel Schlaf. Ich allmählich auch. Vorsichtig tappte ich durch unser dunkles Gästezimmer, mit dem Smartphone als Taschenlampe auf der Suche nach Essbarem. Auf der Fensterbank entdeckte ich eine Packung mit Keksen. Genug Kalorien, leider nicht gerade sättigend, es sei denn, ich würde alle essen. Ich füllte mir ein Glas Wasser ein und begann, einen Keks nach dem anderen zu knabbern. Julia störte das alles nicht, sie atmete leise und gleichmäßig.

»Was ist passiert?«

Sie schreckte hoch, stieß mich an die Schulter.

»Bitte? Was ist los?«, fragte ich, vollkommen benommen, mitten aus dem schönsten Schlaf herausgerissen.

»Eine Frau hat geschrien. Ein kurzer, durchdringender Schrei. Es klang so, als ob sie hier im Zimmer steht. Kann doch nicht sein!«

»Du hast geträumt.«

»Quatsch. Hör mal genau hin, da redet jemand.«

Jetzt hörte ich es auch. Die Stimme von Frau Knauf.

»Ja, die Köchin.«

»Frau Knauf? Wieso schläft die nebenan, die wohnt doch vorne neben dem Haupthaus?«

»Ja, normalerweise schon. Ich nehme an, sie passt auf Frau Weber auf.«

»Bitte?«

Natürlich konnte Julia von den Geschehnissen des letzten Abends nichts wissen. Umso größer die Verwirrung.

»Patrick hatte gestern was bemerkt, eine neue Spur. Seine Idee brachte uns tatsächlich zu ihr. Sie ist nur, wie soll ich es sagen, etwas daneben. Ist ja auch nicht einfach, aus der Nummer wieder raus zu kommen, egal, was der Auslöser war.«

»Ich verstehe dich nicht wirklich.«

»Darf ich dir das morgen früh erklären? Ich bin so müde.«

»Männer.«

Sagte es und drückte sich in ihr Kopfkissen.

Nach meinem Gefühl hatte ich höchstens eine halbe Stunde weitergeschlafen. Das Sonnenlicht fand unbarmherzig seinen Weg auf meine geschlossenen Augen. Zu hell. Julia störte das natürlich nicht. Sie hatte sich im Schlaf zu mir eingedreht, ihr Atem glitt sanft über meine Haut. Es reizte mich, sie zu streicheln. Ihr Gesicht, ihren Arm. Oder etwas mehr. Die Arbeit war beendet, bis zu unserem Rückflug wäre jetzt ein wenig Entspannung angesagt. Drei Tage Zeit, um zu faulenzen, sich das Land anzuschauen oder mit Martina Weber zu reden. Zum Auftrag gehörte nicht die Aufklärung der Umstände ihres Untertauchens. Trotzdem drehte sich nun alles um diese Frage. Spätestens beim Frühstück würden sich die anderen dem Thema nähern.

»Möchtest du meinen Po aufwärmen oder warum kreist deine Hand dort?«

Julia drückte ihren warmen Körper an mich.

»Das ist vollkommen unterbewusst passiert. Tut mir leid, ist es sehr unangenehm?«

»Ja, ganz schlimm.«

»Dann hör ich lieber auf.«

»Wag dich.«

Mit einem breiten Lächeln setzte sie sich auf mich. Die Zimmernachbarn hatte sie eindeutig aus ihrem Bewusstsein verdrängt.

Wir erschienen als Letzte im Saal. Die beiden Männer saßen Martina Weber gegenüber, niemand sprach. Aus der Küche hörte ich Geschirr klappern. Petzold legte sein Brot ab, schaute uns an, hob die Hand in unsere Richtung, um die Aufmerksamkeit von Martina Weber auf uns zu lenken.

»Sie kennen Frau Zeiss noch gar nicht, sie begleitet Herrn Bernau und berichtet über die deutschen Projekte in der Umgebung.«

Die Weber nickte, ein zaghaftes Lächeln, das sofort wieder verschwand. Sie griff in den Brotkorb, nahm sich eine Scheibe und schmierte dick die Butter darauf.

»Guten Morgen, auch schon wach?«, tönte Frau Knauf hinter uns. »Setzen Sie sich bitte, wir brauchen den Saal in einer dreiviertel Stunde für den Gottesdienst.«

Sie zog sich den Stuhl neben der Weber zurecht. Heute bog sich der Tisch regelrecht vor Leckereien. Ein Obstsalat aus Mango, Ananas, Papaya und Banane lachte mich genauso an wie

Roastbeef, Käse und, wohl eher illegal importiert, ein Ring grober Leberwurst. Der Kaffee dampfte aus der großen Kanne, die Eier fühlten sich auch noch ganz heiß an.

»Toll, was Sie alles auftischen, Frau Knauf, wirklich lecker. Vielen Dank für Ihre Mühe«, lobte Julia unsere Gastgeberin.

»Das ist doch selbstverständlich. Außerdem freue ich mich so über die Rückkehr von Martina, da darf es gerne üppiger ausfallen.«

Sie legte die Hand auf Webers Arm. Der Blick zwischen den beiden Frauen wirkte vertraut. In dieser halben Stunde sagte niemand etwas Tiefschürfendes, geschweige, dass jemand die entscheidende Frage stellte. Homeyer verabschiedete sich, Frau Knauf begann abzuräumen. In der ganzen Zeit kein Wort von der Weber.

»Ich muss den Gottesdienst vorbereiten, wir sehen uns später.«

Petzold trat die Flucht aus der schweigenden Runde an. Bestimmt würde sie ihr Herz nicht mir ausschütten, weswegen ich mich dezent zurückzog und Julia das Feld überließ. Mit dem Kaffeebecher in der Hand setzte ich mich draußen auf die Stufen der Veranda. Kinder spielten vor dem Haus, ältere Damen passten auf, dass sie von der Straße gingen, wenn ab und zu ein Auto vorbeifuhr. Stärker als sonst gestikulierte Fabian Homeyer im Gespräch mit einer Gruppe von Arbeitern am anderen Ende des Ackers. Einer der Männer schüttelte die ganze Zeit den Kopf. Entwicklungshelfer hatten es mit ihren Ansprüchen und Vorstellungen wohl auch nicht immer leicht. Engagiert und gut ausgebildet, die Ziele des Projekts und ihrer Chefs im Nacken, prallten hier Wunsch und Wirklichkeit aufeinander. Die Tür hinter mir quietschte.

»Sie sagt nichts. Schweigen und Lächeln, wobei Letzteres sehr aufgesetzt wirkt.«

Julia hockte sich neben mich auf die Stufen.

»Was glaubst du«, fragte ich sie, »was passiert ist?«

»Sie hat so schrecklich geschrien, als sie dich gesehen hat. Vor der Frau und dem Jungen hatte sie keine Angst. Okay, du bist da reingeplatzt, aber nach meiner Meinung ist es die Angst vor einem Mann. Sonst hätte sie doch jetzt was gesagt. In einer fast ausschließlichen Männerrunde wird sie ihr Schweigen nicht brechen, falls sie es überhaupt noch tut.«

»Angst vor einem Mann, verstehe ich. Meinst du, jemand hat sie vergewaltigt?«

»Eine weiße Frau alleine in Afrika. Keine Ahnung, wie die Typen hier drauf sind. Ein paar Bierchen zu viel, in der Bar nur Männer, wie wir sie dort gesehen haben, plumpe Anmache, Ablehnung, Gegenreaktion. Könnte sein.«

»Gerichtsfest klingt das nicht.«

»In drei Tagen geht sowieso ihr Rückflug. Denkst du, sie will eine Anzeige erstatten und auf Verhöre und den Prozess warten?«

»Falls es so gewesen sein sollte, würde sie sich zuhause deutlich sicherer fühlen.«

»Ganz bestimmt.«

»Was fangen wir mit der restlichen Zeit an?«

»Wie wäre es erst mal mit einem kleinen Spaziergang?«

»Deine kleinen Spaziergänge kenne ich. Meinetwegen.«

»Schön!« Sie verpasste mir einen Kuss. »Ich hol nur noch schnell meine Kamera aus dem Zimmer.«

So ein kurzer Bummel mit Fotoapparat entpuppte sich bei Julia gerne als eine Fotosafari, die mehrere Stunden dauern konnte. Auch heute gab es keine Ausnahme von der Regel. Zu vielfältig die Motive, zu entgegenkommend die Menschen, die sich bereitwillig fotografieren ließen. Der Schuster, ein Stuhl und ein Tisch auf der Gasse bildeten dessen Werkstatt, Frauen, die im dünnen Rinnsal des Bachs Wäsche wuschen, oder die Auslagen eines Konditors mit ungewöhnlichem Gebäck. Dort legten wir eine kurze Pause ein. Erst jenseits der Mittagszeit kreuzten wir wieder vor dem Gemeindesaal auf. Direkt an der Veranda parkte ein schwäbischer Geländewagen, der hier vollkommen deplatziert wirkte. Ein großgewachsener Madagasse lehnte sich gegen die Motorhaube und rauchte.

Botschaft

»Darf ich Sie miteinander bekanntmachen, Herr Bernau?« Petzold stellte die Kaffeetasse ab, erhob sich vom gedeckten Tisch, ebenso die junge Frau, die ihm gegenüber saß. Er strahlte über das ganze Gesicht. »Frau von Estorff, aus der Botschaft in Tana. Sie hat extra den weiten Weg auf sich genommen, um Ihnen zu danken.«

»Hallo, Herr Bernau, eine tolle Leistung, Glückwunsch.«

Sie streckte mir die Hand entgegen, die ich, überrascht von der Situation, für den ersten Moment schweigend annahm und schüttelte. Im Gegensatz zu uns allen trug sie formelle Kleidung, was nach meinem Gefühl nicht in diese Gegend passte. Ein marineblauer Hosenanzug, der im Schnitt einem Herrenanzug glich, darunter eine weiße, hochgeschlossene Bluse. Die dunkelblonden Haare hatte sie zu einem kurzen Zopf geflochten. Irgendetwas Schlaues wollte gesagt werden.

»Vielen Dank. Zufall und gute kreative Mitarbeiter haben den überwiegenden Teil dazu beigesteuert.«

»Nur nicht so bescheiden. Der Zufall will gelegentlich gezwungen werden. Sie sind bestimmt Frau Zeiss, nehme ich an.«

Julia, bislang noch hinter mir, trat vor.

»Ja, stimmt.«

Die Frauen reichten sich die Hand.

»Auch Ihnen meinen herzlichen Dank. Der Botschafter hatte schon das Schlimmste befürchtet. Um etwaige Komplikationen bei der Rückreise von Frau Weber auszuschließen, hat er mich beauftragt, sie auf ihrem Weg nach Antanarivo zu begleiten, sie quasi ins Flugzeug gen Heimat zu setzen.«

»Der Flug geht aber erst in drei Tagen«, bemerkte ich.

»Ich habe das Ticket umbuchen lassen, sie fliegt morgen.«

Die Dame wusste, was sie wollte, und sprach es deutlich aus. Wahrscheinlich handelte sie auf Anweisung, sie brachte es nur ziemlich straff rüber.

»Sie ist«, begann ich, mit Blick auf Petzold, »von der letzten Woche sehr mitgenommen. Die lange Fahrt, ich weiß nicht, ob das gut wäre.«

»Herr Bernau, Sie haben natürlich vollkommen Recht, wir fliegen deshalb auch ab Betioky. Auf dem Flugfeld wartet eine Cessna. Abflug in drei Stunden nach Tulear, von dort mit dem Airbus, wie gehabt.«

In Anbetracht unserer Anfahrt mit dem Auto, hätte ich vorher wissen müssen, dass es hier einen Flugplatz gab. In den letzten Tagen hatte ich kein Flugzeug gesehen, nicht mal eins gehört. Die Frau aus der Botschaft hatte alles perfekt organisiert. Ihr resolutes Auftreten hinterließ einen preußischen Eindruck.

»Frau Weber packt bereits ihre Sachen. Ich denke, es ist auch in ihrem Interesse, dass sie das Land zeitnah verlässt. Da sie zu den Umständen, die zu ihrem Verschwinden führten, gar nichts sagen möchte, sehe ich aktuell keine Möglichkeit, den Ursachen auf den Grund zu gehen.«

Damit war eigentlich alles gesagt.

»Okay, dann endet mein Auftrag hier.«

»Noch nicht ganz. Ich würde Sie bitten, uns nach Tulear zu begleiten. Bis Frau Weber ihren Heimflug antritt, trage ich die Verantwortung für ihre Sicherheit. Hier verfügen wir über keinen dezidierten Personenschutz, den halte ich aber angesichts des ungeklärten Hintergrunds für angebracht. Wir zahlen selbstverständlich für Ihren Mehraufwand.«

»Das klingt gut, aber wie Sie bestimmt ahnen, bin ich natürlich ohne meine Pistole eingereist. Ein Bodyguard mit blanken Fäusten, das könnte ins Auge gehen.«

Sie machte einen Schritt auf mich zu, sprach mit deutlich gedämpfter Stimme. »In unserem Wagen liegen zwei Pistolen, die

Sie nutzen können. Mit deutschen Dienstwaffen kennen Sie sich ja aus.«

Die Frau hatte an alles gedacht. Ich willigte ein. Julia sah nicht sehr glücklich aus.

»Uns bleibt also nur noch, die Koffer zu packen«, sagte ich, »eigentlich schade, allzu viel haben wir nicht vom Land gesehen.«

Bevor Julia antwortete, ergriff Frau von Estorff wieder das Wort. »Ich würde gerne mit Ihnen etwas besprechen, Herr Bernau. Draußen.«

Sie setzte ein freundliches Lächeln auf, senkte kurz die Augen, bevor wir unter den erstaunten Blicken von Julia und Petzold raus gingen.

»Was gibt es denn Spannendes, das die beiden nicht hören dürfen?«

»Ich möchte Ihnen etwas zeigen. Dazu müssten wir ein paar Minuten fahren.«

Sie wies auf ihren Dienstwagen. Der Fahrer, immer noch lässig gegen den Wagen gelehnt, verstand ihre Geste, warf den Zigarettenstummel in den Sand und stieg ein. Sie setzte sich auf den Beifahrersitz, ich kletterte hinter den Fahrer.

»Wohin geht es und warum?«, wollte ich wissen.

»Sie haben wahrscheinlich vom Überfall auf den ehemaligen Entwicklungshelfer gehört, oder?«

»Ja, er hieß ... Moment, gleich fällt es mir ein ...«

»Herr Walter, Arnold Walter«, half sie mir.

»Genau, die Polizei hatte alle Kräfte auf diesen Fall konzentriert. Deswegen hatten sie nicht genug Leute, um Frau Weber zu finden.«

Die von Estorff schaute mich im Rückspiegel an, ohne etwas zu sagen. Wir fuhren durch den Ortskern, bogen zweimal ab, um vor einem größeren Laden zu halten. Auf dem breiten Schild über dem Fenster stand in weißen Buchstaben auf blauem Grund *Alimentation - en gros et en détail.* Sie stieg aus, ich folgte ihr, der

Fahrer blieb sitzen. Eine Türglocke kündigte uns an. Lange, alte Holzregale voller Lebensmittel reihten sich nebeneinander auf, eine Kasse, zwischen retro und antik, kein Kunde im Geschäft. Weiter hinten öffnete sich eine Tür. Eine Frau sah uns und verschwand sofort wieder.

»Kommen Sie.«

Frau von Estorff war allem Anschein nach nicht zum ersten Mal hier. Sie zog die Tür auf und ging zum nächsten Raum. In dessen Rahmen fehlte das Türblatt. Ein Polizist drehte sich zu uns um, er saß auf einem Schemel, eine Zeitung in der Hand, die er zur Seite legte, als er bemerkte, dass wir nicht zur Kundschaft gehörten. Er stand auf und hob zwei Finger an sein schwarzes Barett.

»Bonjour, Madame.«

»Bonjour, Sergeant, mein Kollege möchte kurz einen Blick auf die Leiche werfen.«

Dessen war ich mir zwar nicht bewusst, aber wenn es der Wahrheitsfindung diente, wollte ich nicht widersprechen. Der Uniformierte stand auf, zog an der Metallkette, die an seinem Gürtel befestigt war, und fischte so aus der Hosentasche einen Schlüsselbund. Er sah die Schlüssel durch, nahm einen, den er ins Schloss der Stahltür steckte, die dieses Zimmer am anderen Ende begrenzte. Die Tür öffnete sich in unsere Richtung. Er zog sie auf, ohne sich selbst in den Raum zu bewegen. Schlagartig stieg mir ein fieser Geruch in die Nase. Mein Magen krampfte, unwillkürlich hielt ich eine Hand vor das Gesicht. Der Gestank übertraf all meine bisherigen Sinneseindrücke von Tatorten. Man konnte wegschauen, wegriechen funktionierte nicht. Ein grober Holztisch, überdeckt mit einer festen Plastikplane. Die Form eines Menschen zeichnete sich ab. Frau von Estorff trat in den Raum, wartete, bis ich neben ihr stand, ehe sie die Stahltür schloss. Sie nahm eine Ecke der Plane, sah mich kurz an, ich nickte. Vorsichtig faltete sie die Abdeckung nach vorne. Die Haut des Toten schimmerte grünlich, vielleicht lag das nur an der flackernden Leuchtstoffröhre an der Decke. Blasen hatten sich auf der Haut gebildet, nach einer Woche in der Hitze hatte der Verwesungsprozess bereits deutlich eingesetzt.

»Warum zeigen Sie mir das?«

»Sehen Sie hier?« Sie deutete auf Spuren am Hals. »Die Polizei geht von Raubmord aus. Die Linie stammt von einem Seil, das man ihm um den Hals gelegt und zugezogen hat.«

Es fiel mir schwer, mich zu nähern. Der Gestank löste bei mir einen Würgereflex aus. Wie abgebrüht war diese Frau? Mit der Hand auf Mund und Nase beugte ich mich über den Leichnam. Eine offene Wunde neben der Kehle, eine raue Linie, zu den Ohren hinlaufend. Im Nacken, soweit ich das beurteilen konnte, ohne den Kopf anzuheben, Spuren eines Anpressdrucks, von den aufgeworfenen Hautblasen nahezu überdeckt. Schnell richtete ich mich wieder auf, traute mich trotzdem nicht, ordentlich durchzuatmen.

»Schlinge und Raubmord sind kein Widerspruch«, sagte ich.

»Erstens«, begann sie aufzuzählen, »wollten die Täter nur rauben oder von vornherein töten? Der Einsatz eines Seils erscheint mir ungewöhnlich für einen Räuber. Zweitens: In der Gesäßtasche steckte noch das Portemonnaie, als die Polizei eintraf. Also kein Raub. Die hiesige Kripo wischt dieses Argument allerdings einfach zur Seite, der oder die Täter könnten ja schließlich gestört worden sein. Drittens: Um die Uhrzeit in einer Seitenstraße der Stadtmitte, das Risiko entdeckt zu werden, war nach meiner Meinung ungewöhnlich hoch. Agieren Straßenräuber so?«

»Das Argument der Polizei verstehe ich. Täter fühlen sich ziemlich schnell bei ihrer Arbeit gestört. Das Diebesgut wäre ein Beweis für ihre Tat. Sobald sie glauben, jemand würde sie beobachten, lassen sie das Zeug lieber liegen, statt in den Knast zu wandern. Stadtmitte, okay, Europäer mit gut gefülltem Geldbeutel spazieren nun mal nicht die ärmlichen Randbezirke entlang.

Er kam ja aus dem Restaurant, sein Auto parkte in der Nähe, was blieb dem Täter anderes übrig? Was die Schlinge angeht, ich kenn mich nicht mit den üblichen Gepflogenheiten der heimischen Raubmörder aus, ein Messer oder eine Machete wäre hier die gängige Alternative, nehme ich an. Im Endergebnis auch nicht viel schöner.«

»Ich dachte, ich würde meine Mitmenschen mit Zynismus quälen. Sie toppen das.«

»Wollen Sie mir noch was zeigen, oder können wir nach draußen gehen?«

Wortlos deckte sie den Leichnam zu.

Die Hitze vor dem Laden störte mich nicht im Mindesten. Meine Lungen pumpten sich voll mit frischer Luft.

»Auf Wunsch des Botschafters wird der Körper in zwei Tagen nach Frankfurt überführt und von der Gerichtsmedizin dort untersucht.«

»Das ist unüblich. Würde man das mit jedem im Ausland verstorbenen Deutschen machen, könnten die Pathologen daheim deutlich mehr Überstunden schieben.«

»Herr Walter ist weder an Altersschwäche noch an einer Seuche gestorben.«

»Was kann ich jetzt für Sie tun? Dieser Besuch hatte doch einen Zweck.«

»Herr Bernau, so messerscharf, wie Sie kombinieren, sind Sie der geborene Ermittler. Aufgrund der von mir vorhin dargelegten Gründe, hegt der Botschafter einen begründeten Zweifel an den Ergebnissen der Polizei. Deswegen bittet er Sie, Nachforschungen aufzunehmen. Die Rechnung schicken Sie bitte nach Abschluss Ihrer Tätigkeit an das Außenministerium in Berlin.«

Sie reichte mir ihre Visitenkarte. Sabrina von Estorff, Legationsrätin an der deutschen Botschaft in Madagaskar. Ein schöner Titel, was immer er bedeutete. Aus ihrer Handtasche zog sie einen Briefumschlag und reichte ihn mir.

»Eine Bestätigung des Botschafters, dass Sie für uns arbeiten. Darin bittet er die staatlichen Behörden, Sie bei Ihren Nachforschungen nach Kräften zu unterstützen. Außerdem die Daten zu Walters drei Mitarbeitern hier vor Ort.«

Auf dem Briefkopf prangte der bundesdeutsche Adler, neben der Unterschrift trug er das Amtssiegel der Botschaft. Stempel kamen überall auf der Welt gut an.

»Ach, eins noch, bevor ich es vergesse: Halten Sie die Madagassen nicht für blöd, nur weil die meisten Menschen sehr arm sind. Sie und Ihre Freundin sind lediglich mit einem Touristenvisum eingereist, obwohl Sie hier arbeiten. Der Geheimdienst hat uns das bereits gemeldet. Man duldet diesen Verstoß, behält Sie dennoch im Blick.«

»Die Jungs sind nicht schlecht.«

»Das stimmt, die alten Schlapphüte haben ihre Ausbildung noch bei der Staatssicherheit genossen, immer mit einer speziellen Sichtweise auf uns Westdeutsche.«

Zwischenlandung

»Das ist nicht fair!« Julia war sauer. »Die Tussi aus der Botschaft klaut mir zwei ganze Tage. Ich möchte auch noch hierbleiben.«

»Sieh mal, Schatz, unser Flug wäre eigentlich in drei Tagen gegangen. Einer davon alleine für die Rückreise nach Tana, inklusive der schrecklichen Fahrt mit dem Auto nach Tulear. Sechs Stunden Holperpiste, das braucht kein Mensch. Insofern fällt nur ein Tag für dich weg.«

»Ich fand die Fahrt interessant, eine tolle Landschaft.«

»Ja, klar, aber jetzt kennst du sie ja schon. Die Hitze im Auto, stundenlang geradeaus, mit dem Flieger geht das in einer Stunde. Außerdem gewinnst du einen vollen Tag in der Hauptstadt hinzu. Ist doch auch nicht schlecht, dort sieht man mehr als in diesem großen Dorf. Viele gute Fotomotive.«

»Begleitet sie dich bei deinen Nachforschungen?«

Ein schräger Blick traf mich.

»Nein, sie fliegt mit nach Tana, ich fliege von Tulear alleine zurück nach Betioky. Aber ich freue mich über deine Eifersucht.«

»Ich bin nicht eifersüchtig. Ich denke gar nicht daran.«

Julia drehte mir ihren schönen Rücken zu und schmiss die Klamotten in den Koffer. Aus dem Zimmer nebenan hörte ich die Stimmen von Frau Knauf und Martina Weber. Immerhin sprach sie inzwischen. Nur nicht über die letzte Woche. Noch eine Stunde bis zum Abflug nach Tulear. Sabrina von Estorff hatte mir aus dem Kofferraum des Geländewagens eine Box mit zwei Pistolen gegeben, es erinnerte mich an die Wahl der Waffen vor einem Duell in der vermeintlich guten, alten Zeit. Ein Schulterholster lag auch dabei, ebenso für die Wade ein Holster mit Klettverschluss. Die kleinere Pistole passte perfekt hinein. Erstaunlich, was deutsche Botschaften in Reserve hielten. Trotz der Temperatur zog ich meine Jacke an, um mit dem angelegten Holster nicht aufzufallen. Julia stellte mir ihren Koffer vor die Füße.

»Wie lange willst du hierbleiben?«, fragte sie schon etwas weniger trotzig.

»Ich komme so schnell wie möglich nach, ist doch klar. Eine Woche sollte das Maximum sein.«

»Das kenne ich. Bei dir artet so was immer aus.«

Es war schlauer, nicht zu antworten. Lieber hielt ich sie im Arm, drückte und küsste sie.

Der Fahrer hatte den Geländewagen heruntergekühlt, bevor wir losfuhren. Martina Weber nahmen wir in unsere Mitte auf der Rückbank, die von Estorff setzte sich vorne hin, Homeyer und Patrick folgten mit ihrem Wagen. Niemand sagte etwas. Zehn Minuten später bogen wir von der Landstraße ab, nach einigen Metern stoppten wir im Halbschatten eines Baobabbaums. Mit den beiden Pistolen an mir, aber keiner Menschenseele in der Nähe, empfand ich die Sorgen um die Sicherheit von Martina Weber als übertrieben. Nicht ein einziges Gebäude an diesem Flugplatz, immerhin eine asphaltierte Landebahn, auf der eine Cessna wartete. Sechs Sitzplätze, ein Motor. Bei der Kombination kroch ein ungutes Gefühl meinen Magen hoch. Die Maschine sah alles andere als neu aus. Ich trug Julias Koffer zur offenen Heckklappe. Der Pilot begrüßte jeden mit Handschlag, bevor er das Gepäck einlud. Diesmal stieg Frau von Estorff in die hinterste der drei Sitzreihen, die Weber neben ihr, Julia und ich nahmen die mittlere Reihe. Homeyer kletterte vorne zum Piloten.

»Ich wusste nicht, dass Sie mitgekommen. Fliegen Sie bis nach Tana?«, fragte ich ihn.

Er wandte mir den Kopf zu. »Nein, wir haben morgen das halbjährliche Meeting der Mitarbeiter aus dem südlichen Teil des Landes. Diesmal treffen wir uns in Tulear. Der Flug ist einfach viel angenehmer, vor allem, wenn man die Strecke schon in- und auswendig kennt.«

»Ja, das verstehe ich gut.«

Diese Bemerkung brachte mir einen abschätzigen Blick von Julia ein. Der Pilot stieg wieder aus, lief einmal um das Flugzeug, überprüfte, ob die Türen verriegelt waren, klopfte hier und da gegen das Blech, bevor er erneut einstieg. »Alles klar«, bemerkte er mit einem fröhlichen Lächeln. Er drückte auf den roten Anlasserknopf. Außer einem Pfeifen passierte nichts. Er zog an mehreren kleinen Hebeln, legte zwei Schalter um, wartete einen Augenblick. Zweiter Versuch. Ein kurzes Surren, der Motor sprang an. Er klang im ersten Moment ziemlich unrund, fing sich aber. Julia nahm meine Hand, drückte sie vielleicht etwas zu fest. Die beiden Fahrer winkten uns zum Abschied zu und gingen zu den Autos. Wir fuhren an das Ende der Piste, die Maschine wankte von einer zur anderen Seite. Der Straßenbautrupp hätte seine helle Freude an den Schlaglöchern und Unebenheiten der Bahn gehabt. Nach einer Drehung um die eigene Achse in Startrichtung dröhnte der Motor immer lauter, die Vibration erfasste alle. Die Drehzahl stieg weiter, mit einem Ruck ging es los. Wir rollten endlos, das Gerüttel steigerte sich deutlich, bis die Kiste endlich abhob. Wir flogen einen Halbkreis über Betioky. Von hier oben schien das Land nur aus Rottönen zu bestehen. Die Hütten vermischten sich mit den Straßen und Feldern, nur von wenigen, grünen Flecken unterbrochen. Gelegentlich das helle Braun eines ausgetrockneten Flussbetts, seltener graue Linien aus Felsen. In engen Tälern sammelten sich Büsche, versorgt durch dünne Rinnsale. Nach einiger Zeit tauchte am Horizont eine gigantische, unwirkliche Fläche auf, sie leuchtete in einem strahlenden Türkis. Kein Wasser, das den Himmel reflektierte, etwas anderes bildete diese Farbe. Unmengen von rosa Tupfen bewegten sich darauf. Ich tippte Homeyer an die Schulter und zeigte nach unten.

»Was ist das?«

Er beugte sich zur Seite.

»Ein Salzsee, einer der letzten intakten Nationalparks im Land. Die Flamingos sind eine wahre Pracht. Wir unterstützen die Erhaltung des Reservats. Wenn Sie noch Zeit haben, ein Abstecher dorthin lohnt sich wirklich.«

Gut fünf Minuten flogen wir den See entlang. Nichts als Natur, keine Straße, kein Haus, kein Mensch.

Die Landung in Tulear hätte sanfter sein können, nach dem robusten Start war ich froh, festen Boden unter den Füßen zu spüren. Martina Weber hatte während des Flugs kein einziges Wort gesprochen, uns nur gelegentlich angeschaut. Dieser Flughafen hatte andere Ausmaße als die Piste in Betioky, am Ende des Empfangsgebäudes wartete ein Airbus auf die Passagiere.

»Wir liegen perfekt in der Zeit«, sagte die von Estorff zu mir. »Gut eine Stunde bis zum Anschlussflug. Würden Sie uns bitte zur Sicherheitskontrolle begleiten? Danach wäre aus meiner Sicht Ihr Auftrag für die Botschaft beendet. Zumindest dieser Teil.«

»Klar. Ich bin mir nicht sicher, ob ich neue Spuren zum Tod von Arnold Walter finde, ich werde mich umschauen.«

»Falls Sie Unterstützung von der Botschaft benötigen, Sie haben meine Karte. Die Pistolen können Sie bis zu Ihrem Flug nach Frankfurt behalten. Entweder sehen wir uns in ein paar Tagen oder jemand anderes wird die Waffen übernehmen.«

Die Personenkontrolle vor dem Airbus entsprach nicht den Normen, die man inzwischen in Europa gewohnt war. Die Angst vor Terrorismus schien hier nicht im selben Maß vorhanden zu sein. Die Koffer von Julia und der Weber checkten wir ein, das Handgepäck, beide Frauen hatte eine Handtasche und eine Tasche für ihre Fotoausrüstung, sollte mit an Bord. Der Sicherheitsbeamte klebte eine breite Plastikbanderole um die Fototaschen. Julia legte ihre Hand an meine Brust, erschrak, weil sie die Pistole spürte.

»Hatte ich ganz vergessen. Pass bitte auf dich auf. Mach keinen Quatsch, hörst du.«

»Ich möchte auch heil zuhause ankommen. Sonst hätte ich ja nichts mehr von dir.«

»Komm her, gib mir einen Kuss, du Rumtreiber.«

Mit einem Winken verschwand sie zusammen mit den anderen in der Maschine.

»Bernau, kann es sein, dass Sie immer noch sehr verliebt sind?«

Homeyer grinste sich einen hinter mir.

»So lange kennen wir uns noch nicht. Außerdem hatte Langeweile in unserer Beziehung bislang keine Chance.«

»Keine Bange, das wird sich auch mal ändern.« Er lachte über seinen eigenen Scherz. »Wie geht es jetzt bei Ihnen weiter? Sie ermitteln noch?«

»Ja, die Sache ist nicht geklärt.« Die neue Richtung meiner Nachforschungen wollte ich ihm nicht auf die Nase binden. »Ich fliege zurück nach Betioky.«

»Oh, ich glaube, Sie täuschen sich. Die Cessna ist vor ein paar Minuten weitergeflogen. Sie werden mit dem Auto vorliebnehmen müssen.«

Ich drehte mich zum Fenster. Dort, wo vorhin die Cessna parkte, hatte sich ein Tankwagen breitgemacht. Schöne Scheiße.

»Sie könnten mich auch begleiten, bei unseren Treffen ist zumindest die kulinarische Versorgung sichergestellt. Morgen Nachmittag fahren wir gemeinsam zurück.«

»Das klingt gut und gleichzeitig nach einer Bestätigung einiger Vorurteile gegenüber manchen Entwicklungshelfern.«

»Nana, nicht frech werden. Sonst nehmen Sie für Ihren Rückweg das Sammeltaxi.«

»Dann gehe ich lieber mit Ihnen lecker essen. Ich wollte aber noch den Abflug der Maschine abwarten, wie bei einem abfahrenden Zug.«

»Sie sind echt verknallt.«

Vor dem Flughafengebäude stiegen wir in eins der Taxis aus dem vorigen Jahrtausend. Tulear war die kleine Metropole dieser Region. Holzhütten bildeten den Rand der Stadt, in der holprigen Einfallstraße wechselten Betriebe mit Wohnhäusern, in der Stadtmitte bestimmten die typischen Kolonialbauten der Franzosen das Bild. An der von Palmen gesäumten Strandpromenade hielt der Fahrer. Vor uns erhob sich in der Form eines Passagierdampfers das Hotel *Amazone*. Das mit Bullaugen versehene Erdgeschoss stellte den Rumpf dar, die drei Etagen darüber, in unterschiedlich weiten Terrassen abgestuft, erzeugten die Illusion von Schiffsdecks. Ganz oben die Brücke, gefolgt vom Promenadendeck. In Blau die umlaufende Reling, alles andere in Weiß gestrichen. Ein Kreuzfahrtschiff auf dem Trockenen. Meinen bisherigen Eindruck von Madagaskar hatten Not und Armut bestimmt, dieses Bauwerk fiel aus dem Rahmen.

»Ich sehe, Ihnen gefällt unser Hotel. Wir finden sicher noch ein Zimmer für Sie. Nur zu.«

Homeyer hatte gut lachen. Er ging mit seiner Reisetasche voran, ich hatte überhaupt nicht mit einer Übernachtung nach dem kurzen Flug gerechnet, und deswegen kein Gepäck dabei. Vor der Rezeption hörte ich jemanden Deutsch sprechen. Drei braungebrannte Männer, einer redete mit starkem norddeutschen Dialekt auf die Rezeptionistin ein.

»Ein Zimmer im Unterdeck, nee, oben is viel besser. Ich weiß doch, was die Jungs heute Nacht für Lärm machen. Lieber weiter von der Disco wech.«

Die anderen amüsierten sich über ihn. Ein großer Schlanker legte ihm die Hand auf die Schulter.

»Du bist doch der Lauteste. Außerdem hörst du nach einer Flasche Rum sowieso nichts mehr, also mach hier keinen auf Mädchen.«

»Schnack man nich dumm Tüch! Junge Frau, schaun Sie bitte mal nach, mein Name ist Jacobsen, Käpt'n Jacobsen.«

»Moin, ihr Dschungelfischer, ärgert ihr schon wieder das Personal?«, lästerte Homeyer.

Die drei schauten sich um.

»Ach, der Gutsherr aus dem Süden. Kannst du deine Tomaten alleine lassen?«, reagierte der Kapitän.

»Die wachsen auch ohne mich.«

Er schüttelte den Dreien rundum die Hand.

»Darf ich vorstellen? Der Herr Bernau hat sich heute ein wenig verirrt, deswegen habe ich ihn ins Schlepptau genommen. Zum Feiern taugt er, würde ich sagen.«

»Na denn, min Jung, herzlich willkommen auf dem Schiff. Sie müssen nicht alles ernst nehmen, was wir schnacken, ab und zu brauchen wir das.«

»Monsieur Jacobsen, schauen Sie bitte mal.«

Die Hotelangestellte hatte ein Zimmer für das Nordlicht in einem der oberen Stockwerke gefunden, das andere war nun frei für mich.

Ich schaute mir mein Quartier an, schlicht eingerichtet, mit dicken, alten Polstermöbeln, aber sauber, und überlegte, ob ich hier meine Pistolen liegen lassen könnte. Es wäre sehr peinlich, wenn später ausgerechnet mit den Waffen der deutschen Botschaft etwas passieren würde. Ich entschied mich dagegen, die Rezeption besaß sicherlich einen Tresor für Wertgegenstände. Der Nachmittag stand mir zur freien Verfügung, die nächsten Stunden hatten die Entwicklungshelfer ihre erste Sitzung, mit Homeyer hatte ich mich zum Abendessen verabredet. Mein Bullauge ließ nur eine begrenzte Sicht auf das Meer zu. Auf der anderen Seite der Promenade spielten ältere Männern Boule, die Palmen eines Parks boten etwas Schatten. Hinter ihnen ahnte ich die Wellen mehr, als dass ich sie sah. Ich zog einen Kopfkissenbezug aus dem Kleiderschrank und wickelte die Pistolen darin ein, um das Hotelpersonal nicht unnötig zu erschrecken. Bevor ich zum

Empfang ging, schaute ich sicherheitshalber in den Badezimmerspiegel. Ein leichter Sonnenbrand rötete mein Gesicht.

Die Dame an der Rezeption lächelte wie bei jedem Gast, bis ich ihr das Päckchen aus Stoff reichte. Sie spürte das Gewicht und die Form des Inhalts. Ihre Augen vergrößerten sich, aber sie sagte nichts. Vom Tresen nahm ich mir einen Flyer mit, der den Touristen die Schönheit der Stadt näherbrachte.

Im Gegensatz zur heißen Windstille in Betioky zog ein angenehmer Wind vom Wasser auf das Land. Der Geruch von Seetang, das laute Geschrei der Möwen, feiner Sand rieselte zwischen meinen Zehen hindurch. Vor der sanften Dünung tobten Kinder, die Menschen hatten Matten auf dem Strand ausgebreitet. Eine junge Frau legte den Arm um ihren Mann, drückte ihn auf die Bastmatte, um ihn zu küssen. Am Rande der Bucht mäanderte ein Fluss ins Meer, umwuchert von einer grünen Masse. Nicht viele Pflanzen vertrugen Salzwasser, hier wuchs ein ganzer Wald auf nassen Füßen. Ein Surfer versuchte sein Glück, die Wellen spielten nicht richtig mit, der Wind ließ zu wünschen übrig. Auf der Promenade warteten Männer auf Kundschaft, sie hockten vor einer Reihe von Rikschas, für Afrika ungewöhnlich. Der Gedanke, mich durch die Stadt ziehen zu lassen, widerstrebte mir. An der Uferstraße boten fliegende Händler Handarbeiten an, sobald ein Tourist in Sicht war, folgten sie ihm und priesen ihre Ware an. Mein kurzer Spaziergang endete vor dem Restaurant *Blu Bar*. An dieser Stelle war der Strand zu schmal, um trocken an der nächsten Welle vorbeizukommen. Dahinter weitere Hotels und Bars, die ihre Terrassen bis ans Meer gebaut hatten. Eine niedrige Mauer aus rotem Sandstein umfasste die *Blu Bar*, überragt von Palmen, deren Blätter im Wind wogten, der orangefarbene Putz des Hauses leuchtete in der Sonne. Hier bekam man bestimmt ein gutes Bier. Zwei riesige, gebogene Hölzer in der Form von Zebuhörnern bildeten das Eingangstor der Strandseite. Tische, Stühle und Liegen aus dunkelrotem Tropenholz, bei uns verpönt, hier entsprach es der heimischen Holzsorte, warteten auf Kundschaft. Im Schatten der größten Palme rückte ich mir eine Liege zurecht, sicherheitshalber schaute ich nach oben, ob noch Kokosnüsse am Baum hingen. Ein kleines Bündel auf der anderen Seite des Stammes konnte mir nicht gefährlich werden. Eine Kellnerin, ganz in Schwarz gekleidet, auf dem Kopf einen Panamahut, schlenderte in aller Ruhe auf mich zu.

»Bonjour Monsieur, Sie wünschen bitte?«

»Ein schönes Bier hätte ich gerne.«

»Kommt sofort.«

Aus dem Inneren der Bar klang gedämpft Musik nach außen. Madagassische Rhythmen, die dem Salsa der Karibik ähnelten. Wer hatte diesen Musikstil wohl zuerst gespielt, die Kariben oder die Madagassen? Allein dieser Gedanke an musikalische Feinheiten zeigte mir, dass mich der Fall Arnold Walter noch nicht so ganz gefesselt hatte. Hundert Kilometer entfernt vom Tatort, am Strand auf das kühle Bier wartend, hatte ich, obwohl erst ein paar Stunden her, die Bilder vom Toten im Lagerraum verdrängt.

»Voilà, Ihr Bier.«

»Merci. Das ist ja die schönste Bierblume, die ich je in Afrika serviert bekommen habe, toll.«

»Sie sind Deutscher, oder?«

»Das stimmt, hören Sie das so genau an meinem Akzent?«

»Der Besitzer der Bar stammt aus Hamburg, von ihm kenne ich das.«

»Ah, deswegen auch Bier mit Schaum, nicht so wie bei den Franzosen oder Engländern.«

»Falls Sie etwas wünschen, einfach winken, ich bin vorne an der Bar.«

»Eine Frage hätte ich. Die Stadtmitte, ist das hier der Boulevard am Strand oder gibt es da noch was anderes?«

Sie legte ihr Tablett auf dem Tisch ab und wies in die Richtung hinter der Bar.

»Sie gehen auf der Promenade bis zum Hotel Amazone, dort biegen Sie rechts ab, immer geradeaus, nehmen Sie die dritte Straße links, dann sehen Sie bereits den Marktplatz.«

»Mal schauen, ob ich das finde.«

»Oder Sie steigen in ein Pousse-Pousse und lassen sich fahren. Ist bei der Hitze sowieso angenehmer.«

»Sind das diese Rikschas, die nicht per Pedale, sondern von einem Mann zu Fuß gezogen werden?«

»Ja, genau, kostet auch nur ein paar Ariary.«

»Ich möchte mich ungern von einem Menschen durch die Stadt ziehen lassen, das erscheint mir eigenartig.«

»Mag sein, aber davon ernährt der Mann seine Familie.«

Mit einem breiten Lächeln nahm sie ihr Tablett und ging zur Bar. Sonne, Meer und eine frische Hopfenkaltschale, die wunderbar schmeckte. Fehlte nur Julia. Inzwischen dürfte die Maschine zur Landung in Antanarivo ansetzen. Mit jeder Welle fielen mir die Augen weiter zu. Im Gästezimmer hatten wir nicht allzu viel Schlaf bekommen. Die Kieselsteine am Strand folgten hörbar dem Wasser, vor und zurück, immer wieder. Ein kratzendes Geräusch ließ mich hochschrecken. Ein älterer Tourist rückte für seine Gattin einen schweren Holzstuhl über die Pflasterung. Eine Gruppe alternativ aussehender junger Leute setzte sich an einen Tisch vor der Bar. Bevor es Zeit für das Treffen mit Homeyer wurde, winkte ich der Bedienung und bezahlte. Eine Stunde blieb mir für die Stadtbesichtigung. Ich folgte dem Rat der Kellnerin und ging zum Platz, an dem die Pousse-Pousse-Fahrer auf Kundschaft warteten. Vier Stück nebeneinander, große Räder, ein grünes Kunststoffverdeck, dass den Fahrgästen Schatten bot. Die Fahrer sahen mich, zwei sprangen auf und versuchten, mich mit Gesten in ihr Gefährt zu locken. Ich nahm gleich das Erste, unsicher, wie ich überhaupt in dieses Ding einsteigen sollte. Ich drehte mich zuerst rückwärts ein, der Fahrer hob es etwas an, ich ließ mich auf die Sitzbank fallen.

»Richtung Marktplatz, bitte.«

Er freute sich und marschierte los. Nach ein paar Metern kam es mir sogar ziemlich schnell vor, er rannte regelrecht, obwohl er trotz der rauen Straße, zum Teil mehr Schotter als Asphalt, keine Schuhe trug. Die Leute schauten zu uns rüber, der große Weiße lässt sich vom durchtrainierten, vielleicht etwas abgemagerten Madagassen durch die Stadt ziehen. Das äußerst unangenehme Gefühl von schamloser Dekadenz beschlich mich. Hätte die Kellnerin nicht gesagt, dass der Mann auf die Weise seine Familie ernährte, ich wäre ohne Frage sofort wieder ausgestiegen. Die beiden langen Holzstangen fest in den Händen zog er mit Schwung in die Kurve. Das Pousse-Pousse wippte sanft mit jedem seiner großen Schritte. Nur ein paar Minuten später erreichten wir den Marktplatz. Essensstände, an denen Frauen frisch zubereitete Speisen anboten, würzige Düfte, die meine Nase nicht zuordnen konnte. Mein Fahrer lief nun langsamer, stoppte fast, drehte das Vehikel ein, um schließlich rückwärts neben einer Gruppe von Kollegen einzuparken.

»Vielen Dank, was schulde ich Ihnen?«, fragte ich. Er sagte nichts, zuckte mit den sehnigen Schultern. Ich griff in meine Hosentasche, zog das übliche Bündel an Geldscheinen heraus und reichte ihm einige, die ich für passend hielt. Er bedankte sich überschwänglich, deutete mehrfach eine kleine Verbeugung an. Zurück würde ich zu Fuß gehen. Auch wenn das Zusammenspiel von Nase und Magen mich zu einem Grillstand zog, wartete ich lieber auf das Essen mit Homeyer im Hotel. Noch eine halbe Stunde Zeit bis zu unserer Verabredung. In der Mitte des Platzes bot ein Baum mit gigantischen Ausmaßen den Menschen Schatten. Die tiefsten Äste hingen in drei Metern Höhe, sie deckten die Grünfläche darunter gegen die Sonne vollkommen ab. Auf der niedrigen Mauer um diese Anlage saßen Leute, unterhielten sich, schauten auf das Treiben, manche mit einem Bier in der Hand, andere mit einem Stück Grillfleisch zum Abendessen. Die Höhe des Baums schätzte ich auf gut 30 Meter, aber mehr als die Größe beeindruckte mich die schöne Form. Unregelmäßige, weitgreifende Äste, die in sich eine erstaunliche Symmetrie bildeten. Ich wusste nicht, ob in irgendeiner deutschen Innenstadt ein so großer, alter Baum existierte, höchstens in Parks, bestimmt nicht auf Plätzen. Ich spazierte an den Verkaufsständen vorbei. Man bot mir Obst, Suppen und verschiedene Dinge aus Bast an. Sonnenhüte, Schmuckkästchen und Tierfiguren, alles fein verwoben aus dem Rohstoff, der hier wortwörtlich an den Bäumen wuchs. Den Platz begrenzten Hütten, vor denen Händler ihre Ware aufgebaut hatten. Bei den Häusern in der Straße zum Hotel herrschte der französische Kolonialstil vor. Breite Veranden auf beiden Stockwerken, an den Säulen hingen die Speisekarten der Restaurants. Je mehr ich mich dem Strand näherte, umso mehr Kinder streckten mir ihre Hände entgegen. Kurz vor der Promenade hatte ich Mühe, mir den Weg durch die Kinderschar zu bahnen, manche, eher Jugendliche, stellten sich trotzig vor mir auf, um Geld zu erbitten. Sie hatten im Gegensatz zu den anderen Kindern die bessere Kleidung. Würde ich ihnen etwas geben, festigte ich damit diese Art, ihren Lebensunterhalt zu verdienen. Andererseits war die finanzielle Diskrepanz zwischen ihnen und mir überdeutlich. Schwierig. Münzen hatte ich bislang nicht gesehen, mit Geldscheinen zu werfen, auch wenn der kleinste nur knapp den Gegenwert von einem Euro hatte, verkniff ich mir, sonst würden mich die Nervensägen bis auf mein Zimmer verfolgen. Ich drückte mich an den Kindern vorbei und beschleunigte die Schritte zurück ins Hotel. Die beiden Pistolen ließ ich im Tresor an der Rezeption, wählte den direkten Weg ins Zimmer. Für einen Moment lockte mich der Gedanke, die Beine auf dem Bett auszustrecken, aber zu viel Staub klebte unangenehm an meinem Gesicht. Die Reifen der Autos hatten am Marktplatz mit jeder Drehung den trockenen Boden aufgewirbelt, der an meinen Schweiß haften geblieben war. Das Wasser aus dem Hahn musste erst mal laufen, bevor es allmählich kühler wurde. Aus der Kernseife des Hotels konnte ich nur dünnen Schaum gewinnen, der porentief reinigte und zum Glück nicht nach Blumenwiese duftete. Schon im Flur hörte ich laute, deutsche Stimmen. Zum Glück hatten sich die Entwicklungshelfer auf die Terrasse des Restaurants gesetzt, auf der ein angenehmer Wind vom Meer herüber wehte. An den zwei langen Tischen servierten die Kellner gerade das Essen, auf einem Teller entdeckte ich einen Hummer.

»Ah, Herr Bernau, bitte, wir haben noch einen freien Platz, kommen Sie rüber«, winkte Homeyer mich heran. »Das ist Roland Bernau, der Privatdetektiv aus Frankfurt, er hat unsere verschwundene Frau Weber gefunden.«

Die Runde klatschte Beifall, manche johlten sogar. Vor ihnen reihten sich Bier- neben Weinflaschen, die Stimmung war ausgezeichnet. Unter den rund zwanzig Mitarbeitern, drei davon Frauen, erkannte ich die beiden Chefs aus Eschborn. Sie saßen mir schräg gegenüber, ihre Namen fielen mir nicht mehr ein.

»Sie sind natürlich herzlich eingeladen«, meinte der Schmalere, »die Küche ist fabelhaft.«

Der andere nickte nur, ein Stück vom Steak hinderte ihn am Reden. Ich bestellte ein Bier und die Garnelen.

»Eine gute Wahl«, sagte Homeyer, »sehen Sie dahinten die Stöcke im Meer?« Er zeigte auf das dunkle Wasser, wo sich in der untergehenden Sonne die Silhouetten von schwarzen Stäben abzeichneten. »Dort hängen die Reusen. Der Fischer hat die Körbe vor einer Stunde geliefert, frischer geht es nicht. Antibiotika haben die Tierchen auch nie bekommen, anders als im deutschen Supermarkt.«

»Das vergrößert meinen Appetit deutlich.«

Er lachte, griff sein Weinglas und prostete mir zu. Ich wartete eine Weile, bis die Lautstärke am Tisch weiter angestiegen war und fragte ihn nach den Namen der beiden Eschborner.

»Daniel Roth und Philip Diehl. Roth ist der Dicke, Diehl der Schwätzer.«

Die Direktheit überraschte mich. Der Inhalt seiner Weinkaraffe bestand allerdings nur noch aus warmer Luft.

»Ihre Treffen sind ziemlich gesellig, verlief die Gesprächsrunde vorher erfolgreich?«, fragte ich Diehl, dessen Teller die Hüllen von Garnelen zierten.

»Ja, es lief gut. Der Check-up ist für meine Mitarbeiter sehr wichtig. Manche Projekte geraten immer mal wieder ins Stocken, das ist der Situation in diesem Land geschuldet, in anderen Ländern sieht das genauso aus. Unsere Leute brauchen überall Geduld. Mal fehlt Material, mal warten wir auf eine Genehmigung durch das zuständige Ministerium. Wir wollen nur helfen, müssen dabei aber peinlich genau Sitten und Traditionen beachten. Es überrascht uns nicht, wenn einer das ausnutzt, um sich oder Verwandten Vorteile zu verschaffen. Es halten natürlich nicht alle die Hand auf und verlangen Posten für ihre Geschwister, trotzdem ärgere ich mich jedes Mal, wenn sowas passiert.«

So eine ausführliche Antwort hatte ich nicht erwartet.

»Korruption ist nach aller Erfahrung sehr schwierig zu bekämpfen«, antwortete ich.

»Das ist einer der Gründe, warum ich regelmäßig vor Ort kontrolliere, ob die Bestechlichkeit nicht überhandnimmt.«

»Ohne allzu neugierig sein zu wollen, wie schätzen Sie das Thema aktuell bei Ihren Projekten ein?«

Inzwischen hatten sich Roth und Homeyer ihren vorherigen Gesprächspartnern abgewandt und hörten uns zu.

»Unsere Leute«, begann Diehl, »sind weitestgehend unempfänglich für diese Versuchungen. Wir haben nichts gegen Einladungen zu einem schönen Essen oder kleine Geschenke, wie eine Flasche Wein zum Beispiel, das lässt sich gar nicht vermeiden. Darüber hinaus endet meine Toleranz. Das wissen alle und sie halten sich an die Spielregeln. Auf der Ebene der einheimischen

Vorarbeiter steigt das Risiko deutlich, sie besitzen deswegen auch keine finanzielle Verantwortung. Ab und zu ist etwas zu viel Schwund beim Baumaterial, mehr passiert bei uns nicht. Schlussendlich schwebt über allem das Controlling in der Heimat.«

»Die finden sowieso immer alles«, warf Roth ein, was bei den anderen in der Runde Heiterkeit auslöste.

Die Kellner befreiten die Tische vom Geschirr, brachten stets frisches Bier und gut gekühlten Wein. Das letzte Blau am Himmel war vom Schwarz verdrängt. Am Meer flanierten Touristen im schwachen Schein der wenigen Laternen, deren Licht von der Promenade durch die Palmblätter strahlte. Aus den Strandbars dröhnte Musik herüber, einheimische Klänge und Michael Jackson vermischten sich miteinander. Es kühlte ein klein wenig ab, trotzdem fühlte ich mich wie in einer warmen Badewanne. Immerhin klebten die Klamotten jetzt nicht mehr an mir. Die ersten Mitarbeiter verabschiedeten sich, plötzlich schrie jemand auf der Straße. Wir drehten uns alle unwillkürlich in diese Richtung. Zuerst nur ein einzelner Schrei, gefolgt von wirren Rufen, dann einsetzender Lärm, den nur eine große Menschenansammlung verursachen konnte.

Zusammen mit den anderen ging ich zur Hecke, die das Hotel von der Promenade abgrenzte. Ein irrsinniges Geschrei begann, immer lauter. Die Masse drängte vorwärts, vier Männer an der Spitze zogen etwas über den Boden. Die Menschen rissen ständig die Arme in die Luft, schrien dabei ohne Unterlass, viele von ihnen mit Stöcken und Werkzeugen in den Händen. Das sah nicht gut aus. Sie erblickten uns auf der Terrasse, sofort schwoll der Lärm über das erträgliche Maß an. Ein Mann hob einen Stein auf und warf ihn mit aller Kraft. Er traf die Frau neben Homeyer am Kopf. Ohne einen Ton sackte sie zusammen. Unter den Entwicklungshelfern brach Panik aus. Sie rannten auf den Eingang des Hotels zu, Tische und Stühle fielen, Menschen stürzten darüber, andere drückten sich an ihnen ab, um so schnell wie möglich in Sicherheit zu kommen. Neben der getroffenen Frau hockte eine Kollegin, hielt ihren Kopf, aus der Stirn lief Blut. Im Schutz der Hecke kroch ich zu ihnen. Gleichzeitig schaute ich, ob sich irgendwas als Schlagwaffe eignete. Gegen die wütende Horde würde ich wohl keine Chance haben. Durch das Gebüsch stachen ruckartig zwei lange Holzstöcke, die Enden wie Splitter. Sie verfehlten mein Gesicht nur knapp. Die Frau versuchte vergeblich, ihre bewusstlose Kollegin zum Eingang zu ziehen. Ich griff unter die Achseln der Verletzten, traute mich aber nicht, mich aufzurichten, um schneller das schützende Gebäude zu erreichen. Der Lärm ebbte ab, die Masse zog weiter, über die Promenade zum Meer. In der Hoteltür erschien Diehl. Er wartete einen Moment ab, warf einen Blick auf die Straße, lief zu uns rüber.

»Ich habe einen Krankenwagen gerufen, wie geht es ihr?«

»Nicht gut«, antwortete ich. Das Gesicht der Frau war von Blut überzogen. »Sie muss sofort in eine Klinik.«

In der Ferne Polizeisirenen, zuerst nur schwach, bis sich ihr Schalldruck durch die gegenüberliegenden Gebäude in der Nebenstraße vervielfachte, um schließlich jedes andere Geräusch in meinem Kopf auszuschalten. Vier Polizeifahrzeuge donnerten an uns vorbei, hielten auf die Menschenmasse zu und bremsten nur knapp vor ihnen ab. Die Polizisten sprangen aus den Wagen, rissen ihre Pistolen aus den Holstern. Sofort flogen Steine und Holzknüppel durch die Luft, krachten auf die Autos. Schüsse waren die Antwort. Am Strand explodierte etwas, ein Feuerstrahl schoss in den Himmel. Die Menschen in der Bar nebenan schrien, rannten los, stürzten über die flache Mauer auf die Hotelterrasse. Was ging hier eigentlich ab? War das der Beginn eines Bürgerkriegs, der Aufstand der Landarbeiter? Die Polizisten feuerten in die Menge. Alles lief panisch davon. Die zuckenden Blaulichter durchstießen das Dunkel der Nacht, zwischen den Schreien hörte ich das Stöhnen der vielen Verletzten. Die Toten schrien nicht. Wir schafften es endlich ins Hotel. Sanitäter stießen mit ihrer Trage durch den Haupteingang zur Rezeption. Die ohnmächtige Entwicklungshelferin war nur der Anfang ihrer langen Nacht. Die anderen kamen nicht mehr aus ihren Zimmern. Diehl sagte, dass sie sich in kleinen Gruppen eingesperrt und die Türen mit Sesseln verrammelt hätten. Ich bat die Dame am Empfang um mein Päckchen im Tresor, bevor ich mich auf das Zimmer zurückzog und dort vergeblich versuchte, trotz der Geschehnisse einzuschlafen.

Kurz vor Sonnenaufgang steckte ich die Pistolen in die Holster, zog die Jacke darüber und ging nach draußen. Drei Polizisten saßen auf der Terrasse der Bar nebenan, einer trug vor der Brust eine Maschinenpistole. Am menschenleeren Strand die Überreste des Feuers. Zwei Benzinkanister neben einem Aschehaufen, bei dem ich auf den ersten Blick nicht erkannte, was dort gebrannt hatte. Ein Stoß in meinen Magen. Aus der Feuerstelle ragten die Überreste eines Beins.

Spuren

»Wir brechen das Treffen jetzt ab.« Mit beiden Händen umklammerte Diehl seinen Kaffeebecher. »Nach dem Frühstück sollen alle die Stadt verlassen. Ich hoffe, dass Polizei und Militär den Flughafen schützen. Im Radio lief noch nichts über die Vorkommnisse. Daniel und ich fahren mit Homeyer und Ihnen«, er sah mich an, »in einer Stunde nach Betioky.«

Daniel Roths Augenlider, dick und verquollen, zuckten unregelmäßig. »Ich bin abfahrbereit«, sagte er. »Mein Koffer steht an der Rezeption.«

Vor dem Hotel hatten zwei Polizisten Posten bezogen, einer mit Gewehr über der Schulter, der andere spielte mit dem Gummiknüppel. Die wenigen Touristen verließen so schnell wie möglich die Stadt. Anstelle der Pousse-Pousse für eine nette Stadtrundfahrt reihten sich Taxis auf, um die Menschen zu ihrem Flieger zu bringen. Uns erwartete Patrick, mit raschen Handgriffen verstaute er das Gepäck im Kofferraum. Nur die beiden Eschborner hatten Koffer dabei, Homeyer eine Reisetasche. Ich zog meine Jacke aus, nahm die Holster mit den Pistolen und legte sie hinein. Wie so oft strahlte Patrick gute Laune aus. Von den Vorfällen der Nacht schien er nichts gehört zu haben. Diehl setzte sich auf den Beifahrersitz, ich quetsche mich hinten in die Mitte. Keiner von uns war sonderlich schlank. In der Stadt patrouillierte Polizei, an der Kreuzung am Ortsausgang hockten Soldaten auf einem alten, russischen Spähpanzer, an dem ein Wimpel in den madagassischen Farben flatterte: oben rot, unten grün. Zwischen Diehl und Homeyer erschien mir die Fahrt deutlich länger als beim ersten Mal. Diehl hatte heute Morgen eindeutig nicht geduscht. Sein Angstschweiß aus der letzten Nacht zersetzte sich zu einem üblen Geruch. Patricks robuster Fahrstil steigerte sich, mit viel Gottvertrauen überholte er Zebukarren und langsame Autos, mehrmals hupte uns der Gegenverkehr an, weil wir nur knapp an ihm vorbeischrammten. An einer von Schlaglöchern überzogenen Stelle geriet der Nissan ins Schlingern. Die Geschwindigkeit war einfach zu hoch. Zum Glück legten wir wieder bei der guten Köchin im Dorf Tongobory eine Pause ein, mit Blick auf den Fluss, dessen Ausdünstungen im Vergleich zur Luft im Auto dufteten. Kurz nach unserer Weiterfahrt berichteten die Nachrichten im Radio über die brutalen Ereignisse in Tulear. Laut Polizei hatte die Horde zwei Franzosen ermordet und die Leichen am Strand verbrannt. Angeblich hätten die Männer einen achtjährigen Jungen missbraucht, ihm eventuell sogar Organe entnommen. Nach den Angaben der Polizei sollen die Männer den Organhandel vor ihrem Tod zugegeben haben, allerdings erst nach Folter durch die aufgebrachte Menge. Die offizielle Autopsie würde die genauen Todesursachen des Jungen klären. Die Polizei tötete mit ihren Schüssen zwei Menschen, mehrere wurden zum Teil schwer verletzt. Bislang hatte man sechs Personen verhaftet, man warf ihnen eine Beteiligung an den Lynchmorden vor. Die Regierung in der Hauptstadt hatte zusätzliche Sicherheitskräfte nach Tulear geschickt, am Vormittag schien sich die Lage zu beruhigen.

»Da sind wir ja noch gut davongekommen«, meinte Diehl. »Das wäre auch für uns heftiger ins Auge gegangen, wenn sich die Aggressionen der Menschen auf uns übertragen hätten. Der Kollegin geht es übrigens wieder besser, es sah schlimmer aus, als es ist. Das Krankenhaus in Tulear finde ich okay, wir haben es vor ein paar Jahren gut ausgestattet, die Ärzte haben in Frankreich studiert.« Diehl schaute mich im Rückspiegel an, bevor er weiter dozierte. »Im Grunde war es ein Hilfeschrei der Madagassen. Sie haben es satt, von allen immer nur ausgenutzt zu werden. Die Menschen lassen sich ja wirklich viel gefallen, die niedrigsten Löhne der Welt, miese Lebensbedingungen und massiver Raubbau an der Umwelt. Die jungen Frauen bieten ihre Körper den

Touristen an, um etwas zu beißen zu haben, aber wenn es um ihre Kinder geht, verstehen sie nicht mal im Ansatz Spaß. Falls es tatsächlich so war, wie die Nachrichten melden, haben es diese Typen nicht anders verdient. Wie dämlich von den Franzosen.«

Niemand von uns sagte was dazu. Die Fahrt nahm kein Ende. An Schlaf war trotz aller Müdigkeit kaum zu denken, ich verspürte keine Lust, mein müdes Haupt auf Roths Schulter abzulegen. Nur wenige Verkehrsschilder verkündeten die langsam schrumpfende Entfernung nach Betioky.

»Bernau, aufwachen.« Fabian Homeyer rüttelte an meiner Schulter. »Der gute Eistee von Frau Knauf wartet auf Sie, wahlweise ein schönes Bier aus meinem Kühlschrank.«

Ich bevorzugte das Bett im Gästezimmer.

Erst am Abend kam ich einigermaßen zu mir. Die Szenen in Tulear hatten für einen abartigen Albtraum gesorgt. Dabei musste mein Unterbewusstsein überhaupt nichts zuspitzen, die Realität reichte vollkommen aus. Der Geruch von verbranntem Menschenfleisch, der verkohlte Oberschenkel, die schreienden Menschen. Ein irrwitziges Theater. Ich schwang mich vom Bett, schmiss die verschwitzten Klamotten in die Ecke und duschte kalt. Herrlich. Auf dem Handy blinkte das Symbol für neue Nachrichten, eine SMS von Julia: *Bin gut in Frankfurt angekommen. Ich wünsche dir noch viel Spaß und schenke dir tausend Küsse, deine Julia.* Wenn die wüsste. Trotz der späten Stunde beschloss ich, die Beamten auf dem Revier nach dem aktuellen Stand ihrer Ermittlungen zum Mord an Arnold Walter zu befragen. Aus dem Koffer fischte ich mir frische Kleidung, steckte die Kleinere der beiden Pistolen in den Gürtel und verließ das Gästehaus, um erst einmal etwas zu Essen. Am Horizont verschwand die Sonne allmählich, Kinder spielten an der Straße. Inzwischen hatten die anderen das Abendbrot im Gemeindesaal beendet und waren verschwunden. Frau Knauf hatte meinen Platz noch nicht abgedeckt und einiges an Lebensmitteln stehen gelassen. Die Salami schmeckte wie bei einem italienischen Feinkosthändler, an ihren Eistee würde ich mich nicht mehr gewöhnen. Das Bier in der Stadtmitte lief besser. Natürlich hatte Patrick Feierabend, aber mittlerweile kannte ich den Weg ganz gut. Ich schaltete das Licht vom Handy an, um auf der löchrigen Straße nicht zu stolpern. Kläffende Köter rannten mir durch die dunklen Gassen hinterher, einer schnappte ständig nach meiner Hose. Ich musste mich zusammenreißen, nicht nach ihm zu treten. Auf der Hauptstraße herrschte Hochbetrieb, die Händler boten immer noch ihre Waren auf den Brettern vor den Läden an, in den Bars drängten sich die Gäste. Um diese Uhrzeit wachte kein Gendarm mehr vor der Tür des Reviers. Durch das Fenster erkannte ich den Polizisten, der uns vor ein paar Tagen bei Martina Weber auch nicht hatte weiterhelfen können, allerdings ein wenig mit Patrick befreundet war. Leider fiel mir sein Name nicht ein. Ich drückte die schwere Holztür auf. Er war alleine auf der Wache, saß am Schreibtisch hinter dem breiten Holztresen, den Blick vom Computerbildschirm zu mir wendend, ohne etwas zu sagen.

»Bonsoir«, grüßte ich. »Vielleicht erkennen Sie mich, ich hatte neulich mit Patrick nach dem Fall der verschwundenen Deutschen gefragt. Mein Name ist Roland Bernau.«

»Ah, oui, natürlich. Das hat sich zum Glück aufgeklärt. Wie geht es Patrick? Ich bin übrigens Marcel Tazafy, alle sagen nur Marcel.«

»Och, es geht ihm gut, wir sind heute Mittag aus Tulear zurückgekommen, er ist bestimmt froh, zuhause zu sein.«

»Schlimm, die Geschichte. Ich habe es zuerst über Funk gehört, bevor es im Radio lief. Wie kann ich Ihnen helfen? Sie kommen nicht um acht Uhr abends hier her, um mir eine gute Nacht zu wünschen.«

Ich musste lachen.

»Das mach ich gerne, aber erst, nachdem ich meine Fragen losgeworden bin. Es geht diesmal um Arnold Walter, den toten Entwicklungshelfer.«

Sein Gesicht, obwohl schon relativ braun, verdunkelte sich eine Nuance. Lief ein Afrikaner rot an? Er lehnte sich vor, sagte nichts.

»Der deutsche Botschafter hat mich beauftragt, einen Blick auf die Umstände seines Todes zu werfen. Gibt es neue Erkenntnisse, Verdächtige oder Spuren?«

Er stand auf, bewegte sich zum Tresen, legte die Hände darauf.

»Der Lieutenant und die beiden Sergeants kümmern sich, seit es passiert ist, um nichts anderes. Deswegen blieb der Fall Weber ja liegen. Ich bin nicht sicher, ob ich Ihnen überhaupt etwas sagen darf ...«

Ich reichte ihm das Schreiben der Botschaft. Der deutsche Bundesadler und das beeindruckende Dienstsiegel verfehlten ihre Wirkung nicht.

»Bon, das sollte ausreichen. Mein Chef meint, ein Dieb, der uns schon seit Wochen auf der Nase herumtanzt, hätte damit zu tun. Sie beobachten ihn intensiv. Deswegen sitze ich hier auch alleine.«

»Das klingt gut. Wenn ich mich nicht täusche, befindet sich der Geländewagen des Opfers noch unter Verschluss.«

»Sobald er nicht mehr benötigt wird, bekommt ihn ... Nein, der Mann fährt nie wieder. Seine Frau wird ihn erben, nehme ich an.«

Er hatte nicht so ganz verstanden, worauf ich hinaus wollte.

»Der Innenraum des Fahrzeugs ist der Tatort. Ich würde ihn mir gerne anschauen.«

Sein Gesicht legte sich in Falten, der Blick wanderte über die Wände, an denen Landkarten hingen. Ich probierte es positiv.

»Ihr Vorgesetzter wäre bestimmt glücklich, diesen Fall endlich abschließen zu können. Vorausgesetzt, ich könnte zur Aufklärung beitragen, wenn Sie mir dabei helfen.«

Seine Finger versuchten, die Kante des Tresens zu kneten.

»Nun ja, ich sollte ihn vorher fragen.«

»Ich möchte ja gar nichts mitnehmen, nur einen Blick ins Auto werfen. Außerdem«, ich wedelte mit meinem Papier, »hat alles seine Ordnung.«

Obwohl sowieso schon eher schmal, verengten sich seine Augen, sie blieben weiter auf mich gerichtet. Ein Schlag mit der flachen Hand auf das Holz.

»Okay, ich hol die Schlüssel.«

Aus dem Schränkchen an der Wand nahm er einen Bund und wies auf die Tür auf der Rückseite des Büros.

»Kommen Sie bitte durch, der Wagen steht in der Halle.«

Bevor er mir folgte, schloss der Gendarm die Eingangstür der Wache ab. Auf dem engen Hof hinter dem Revier standen zwei Autos, ein ziviler blauer Peugeot und ein weißer Geländewagen, auf der vorderen Tür der Schriftzug *Police* in schwarzen Buchstaben. In den Radkästen des Offroaders steckten grobstollige Reifen, ohne die, wenn man Verbrecher jagte, auf den meisten Wegen in dieser Gegend sicher nichts lief. Marcel öffnete das hohe Hallentor, von dem die rote Rostschutzfarbe abblätterte. Die Halle, aus Betonsteinen gemauert, bot drei Autos und zwei Motorrädern Platz. Der Toyota des Toten trug, im Gegensatz zu anderen Fahrzeugen, grüne statt schwarze Nummernschilder mit weißen Zahlen und Buchstaben.

»Warum hatte er grüne Schilder?«, fragte ich Marcel.

»*Internationale Organisation* bedeutet das.«

»Darf ich kurz die Fahrertür öffnen?«

»Wir brauchen ja nicht lange.«

Er schaute durch das Tor nach draußen. Ganz wohl war ihm anscheinend nicht zu Mute. Das Cockpit leicht überzogen vom typischen roten Staub, der Fahrersitz weit zurückgezogen. Das Handschuhfach aufgeklappt, einige Papiere auf dem Sitz des Beifahrers verteilt.

»Hätten Sie vielleicht eine Taschenlampe für mich?«

»Moment.«

Vom Sims der rückseitigen Fensterfront holte er eine schwarze Stablampe und reichte sie mir.

»Vielen Dank.«

Ihr Licht über die Sitzflächen kreisend suchte ich nach Spuren. Die Oberseite des Fahrersitzes und dessen Kopfstütze waren nahezu frei von Staub, ebenso die Abdeckung der Mittelkonsole. Ich ging um das Auto herum, öffnete die Beifahrertür, legte die verstreuten Papiere zurück in das Handschuhfach und beugte mich mit der Lampe vor. Auf der Seitenfläche des Fahrersitzes eingetrocknetes Blut. Soweit ich den Leichnam in Augenschein nehmen konnte, stammte das Blut wahrscheinlich von der Wunde am Hals. Arnold Walter musste stärker geblutet haben, als die Leiche auf den ersten Blick vermuten ließ. Ich schaute mir die Rückbank an. Auf den Fußmatten Sand und Steinchen, die Rückseiten der beiden Vordersitze wirkten hingegen wie blankgeputzt, kein Staub.

»Irgendetwas Auffälliges?«, fragte Marcel, der zusehends von einem Fuß auf den anderen trat.

»Kamen die Täter bei vergleichbaren Überfällen meistens alleine oder auch zu zweit?«

»Unterschiedlich, im Freien sind es oft mehrere, bei Einbrüchen steht gelegentlich einer Schmiere, während ein zweiter Mann ins Haus geht. Von Angriffen im geschlossenen Auto bei uns in der Gegend habe ich bislang noch nichts gehört, das ist neu.«

Marcel gab mir die Adresse von Walters Büro. Nach seiner Beschreibung war es nur einige Straßen vom Revier entfernt. Er hatte zwei Bauingenieure beschäftigt, Schröder und Reichardt, sowie eine Büroleiterin, Frau Mertens. Bei Dunkelheit unternahm ich nicht mehr den Versuch, einen von ihnen anzutreffen, lieber würde ich mir ein Bier in der Bar an der Kreuzung genehmigen. Heute waren dort deutlich mehr Chinesen unter den Gästen, am Tresen wie an den Tischen vor der Tür. An der Theke sah ich Espérance, die Augenzeugin im Fall Weber. Sie hatte alle Hände voll zu tun, um die Bestellungen abzuarbeiten. Ihr Kollege verschwand immer wieder hinter dem Fliegenvorhang, um kurz darauf Pommes oder Fleischspieße zu servieren. Sie dufteten nach heißem Knoblauchöl. Es dauerte eine Weile, bis Espérance mich an meinem Platz vor der Tür sah. Sie erkannte mich, wirkte aber nicht sehr gesprächig. Ich bestellte einfach nur ein Bier, ohne ihr von Martina Weber zu berichten. Ohnehin war der Lärmpegel dank Alkoholkonsum deutlich angestiegen, speziell den Chinesen schmeckte das Bier besonders gut. Espérance brachte eine Runde nach der anderen an ihre beiden Tische. Dem Äußeren nach zu urteilen, modische Hemden, leichte Sommerhosen und etwas längere Haare, waren es keine Arbeiter aus der Minenindustrie, eher Büromenschen. Erkenntnisse zum Fall Arnold Walter würde ich heute nicht mehr zu Tage fördern. Das dritte, herrlich kühle Bier war mein letztes, ich machte mich auf den Rückweg ins Gästehaus.

Das Kopfkissen auf dem Bett duftete nach Julia. Mit der Nase voller schöner Gedanken und von ausreichend Hopfen sediert, gewann das Reich der Träume schnell überhand.

Die Hitze ließ mich nur kurz schlafen, zumindest fühlte es sich so an, auch wenn die Sonne bereits eine Handbreit über der Ackerfurche strahlte. Die Uhr meinte, ich hätte acht Stunden geschlafen. Wahrscheinlich ging sie falsch. Neben dem Fenster hing regungslos ein Gecko an der Wand und schaute mich an. Eine kalte Dusche rückte die Dinge wieder einigermaßen zurecht. Ich beeilte mich, um im Saal mit den anderen zu frühstücken. Homeyer, Petzold, Diehl und Roth saßen bereits am Tisch. Frau Knauf hatte allerdings deutlich spartanischer eingedeckt, sie wollte anscheinend nicht den Eindruck von Verschwendung der im Projekt investierten Steuergelder erwecken.

»Herr Bernau, lange nicht gesehen«, freute sich immerhin Pfarrer Petzold.

»Ja, die letzten beiden Tage hatten es in sich. An Schlaf war in Tulear nicht zu denken«, antwortete ich.

Daniel Roth machte ein bestätigendes Geräusch, im Mund ein halbes Brötchen. Ich setzte mich neben ihn, zog mir die Bananenmarmelade heran, schnitt ein Stück Baguette der Länge nach auf und schmierte es in aller Ruhe.

»Wie sieht Ihr Plan für heute aus?«, fragte mich Diehl.

Ich wusste nicht, ob die von Estorff ihn darüber informiert hatte, dass ich im Fall Arnold Walter ermittelte. Weil ich für meinen weiteren Aufenthalt eine Erklärung brauchte und die Runde nicht auf den Kopf gefallen war, hielt ich es für das Beste, sie über den Anschlussauftrag zu informieren. Die Männerrunde hörte, bewusst oder unbewusst, allmählich mit dem Essen auf. Die Details aus dem Lagerraum in der Stadt ersparte ich ihnen.

»Wie geht die Polizei damit um, dass die Botschaft deren Arbeit quasi abwertet?«, fragte Homeyer.

»Bislang weiß es nur ein einfacher Polizist, der es den Vorgesetzten auch nicht unbedingt auf die Nase binden wird.«

»Wie wollen Sie vorgehen? Ihnen stehen hier ja nicht die forensischen Möglichkeiten wie zuhause zur Verfügung«, gab Petzold zu bedenken.

»Ich schaue mir zuerst die Motivlage jenseits des Raubes an. Nachher besuche ich sein Büro, man sagte mir, er hatte drei Angestellte.«

»Gute Idee«, meinte Diehl, »wenn Sie mögen, nehme ich Sie am Nachmittag zu einem der Projekte mit, die er als externer Controller betreut hat. Straßenbau, speziell konzipiert für die Bedürfnisse der kleinen Bauern in der Fläche.«

»Sehr gerne.«

Das Büro von Arnold Walter war in der ersten Etage eines zweistöckigen Kolonialbaus untergebracht, an dessen Ecke sich eine riesige Bougainvillea hochrankte, die Blüten in leuchtenden Farben. Neben der Tür hing das Firmenschild: *l'ingénierie pour l'infrastructure*. Keine Klingel, ich klopfte. Keine Reaktion. Ein zweites Mal. Absätze klackten. Eine Frau öffnete die Tür, aber gerade nur so weit, dass sie sehen konnte, wer davor stand.

»Ja, bitte?«

»Mein Name ist Roland Bernau, ich ermittle im Auftrag der deutschen Botschaft die Umstände vom Tod Arnold Walters. Sie sind sicherlich Frau Mertens.«

Die Tür schwang auf. Ziemlich schlank, groß, gewelltes, blondes Haar, ich schätzte ihr Alter auf Anfang Vierzig. Sie trug passend zur hohen Temperatur ein helles Leinenkleid.

»Kommen Sie herein.«

Sie drehte sich um und ging voran.

»Bitte glauben Sie nicht, es würde immer derart chaotisch aussehen, ich war die letzten zwei Wochen im Heimaturlaub und bin heute den ersten Tag hier.«

Auf dem Fußboden stapelten sich Akten, aus den Regalen ragten an mehreren Stellen Mappen und Kisten heraus, auf den drei

Schreibtischen verteilten sich Berge von Papier. Nicht gerade eine geordnete Ablage.

»Meine beiden Kollegen sind sonst eher auf den Baustellen unterwegs. Vor einer Woche war die Abschlussbilanz eines Projekts fällig. Natürlich hatte Arnold die Zahlen und deren Präsentation weitestgehend vorbereitet, aber leider fanden meine Jungs die Zusammenstellung und Hintergrunddaten weder in den Papieren noch in seinem Computer.« Während sie weiter sprach, ohne, dass ich ihr überhaupt eine Frage gestellt hatte, sortierte Frau Mertens Unterlagen und Akten. »Weil er keinen Schlüssel hatte, musste Herr Reichardt sogar die Tür zum Büro des Chefs aufbrechen. Sonst sind unsere Auftraggeber wirklich sehr nett, dennoch verlangten sie trotz des Mordes fristgerecht die Abgabe der Zahlen.«

Das Schließblech der Tür zum Büro nebenan lag noch auf dem Boden, ein breiter Riss zog sich durch das Holz der Zarge, im dünnen Türblatt klaffte ein Loch in der Größe eines Fußes.

»Konnten sie Ihren Investoren ein zufriedenstellendes Ergebnis liefern?«

»Wir begleiten die Bauprojekte als externes Controlling. Insofern sind es für uns keine Investoren, sondern Klienten. Ich habe bislang kein Feedback zur Bilanz erhalten.«

»Wer ist dieser Klient, und um welches Projekt handelt es sich?«

»Förderung der ruralen Infrastruktur durch die bessere Erschließung der Fläche.«

»Und auf Deutsch?«

Sie lachte.

»Straßen für die Kleinbauern.«

Das hatte ich schon mal gehört. Auf Walters Schreibtisch stand kein Computerbildschirm, unter der Arbeitsfläche entdeckte ich dementsprechend auch keinen PC.

»Herr Reichardt musste den Computer mitnehmen«, reagierte Frau Mertens. »Ein IT-Fachmann in Tana hat das Passwort zum

Glück geknackt, damit wir die Powerpointpräsentation zeigen konnten.«

»Wo finde ich Ihre Kollegen?«

»Herr Reichardt ist im Anschluss an die Präsentation nach Hause geflogen, seine Familie lebt in Köln. Herr Schröder klappert gerade die neuen Baustellen ab.«

»Für denselben Klienten?«

»Nein, bei dem abgeschlossenen Projekt haben wir für die schweizerische Entwicklungshilfe gearbeitet, unsere nächste Maßnahme finanzieren die Deutschen.«

»Sind das Ihre Hauptkunden?«

»Kann man sagen, ansonsten beauftragen uns Amerikaner und Italiener, die fallen aber nicht so ins Gewicht.«

»Wie geht es nun bei Ihnen weiter, ohne Herrn Walter?«

»Der Auftrag für das deutsche Projekt steht ja, ob wir unsere Klienten davon überzeugen können, uns weiterhin zu berücksichtigen, müssen wir abwarten. Natürlich profitierten wir von seinem guten Ruf. Das ist jetzt vorbei.«

»Angenommen, es war kein Raubmord. Würden Sie eventuell einen Zusammenhang zu einem Ihrer Projekte sehen? Gibt es Leute, die aufgrund der Finanzkontrollen größere Nachteile erlitten haben?«

»Nachteile erleiden hier nur die ganz normalen Menschen. Das Geld der Geberländer soll in die Projekte fließen, und nirgendwo anders hin. Natürlich kalkuliert man etwas Schwund mit ein, das ist allen klar, die Konzepte für Afrika aufstellen. Aber der Löwenanteil darf nicht in den immer gleichen dunklen Kanälen versickern.«

»Deswegen beauftragt man ja Sie, damit das endet.«

»Schöner Gedanke. Das schafft niemand zu einhundert Prozent. Unsere Mandanten freuen sich bereits, wenn die Ziele der Projekte einigermaßen erreicht werden. Auf welchem Weg, ist ihnen im Nachhinein meistens egal.«

Druck

»Wie ist Ihr Eindruck von Frau Mertens?«, fragte Diehl, während er vorne in den Mercedes-Geländewagen einstieg. Roth hatte hinten neben mir Platz genommen. Patrick freute sich sichtlich, seinen klapprigen Japaner gegen die Luxuskarosse eintauschen zu können.

»Die Frau weiß, wovon sie redet, mit Entwicklungshilfe hat sie allerhand Erfahrung.«

»Wenn das Büro schließen sollte, nützt ihr dieses Wissen bestimmt. Wir brauchen immer gute Mitarbeiter, die sich nicht darüber wundern, wie die Madagassen ticken. Ich kontaktiere sie. Unsere bisherigen Projekte kennt sie ja, zumindest die finanzielle Seite.«

»Das wird sie freuen, sie mag das Land und die Menschen.«

Neben dem Tacho leuchtete die Außentemperatur, satte 34 Grad. Im Schatten. Aus den Lüftungsschlitzen strömte kalte Luft, Patrick hatte die Klimaanlage für meinen Geschmack deutlich zu stark heruntergeregelt. Er nutzte die Kraft des Motors aus, zog mit Schwung am restlichen Verkehr vorbei, gab natürlich noch viel mehr Gas, wenn dabei Gegenverkehr auftauchte. Diesmal fuhr er auch mitten durch die kleinen Sandverwehungen, die sich gelegentlich auf der Straße breitgemacht hatten, statt sie vorsichtig zu umfahren. Dem satten Motorgeräusch nach zu urteilen werkelte unter der Haube ein Sechszylinder. Die Strecke von Betioky zum Projekt verkürzte sich durch diesen Luxus auf gefühlt die halbe Zeit, die wir beim ersten Mal gebraucht hatten. Die Menschen in den Dörfern staunten über das Tempo des Wagens, manche schüttelten den Kopf. Die rote Landschaft zog vorbei, mit vielen Felsen und wenig Bäumen, hinter uns stieg eine große Staubwolke in den Himmel. Mit ordentlich Schmackes bog

Patrick von der Straße in den kleinen Ort ab. Genau vor dem Eingang des Holzhauses mit dem Schild *Berger Straßenbau* stoppte er. Bestimmt Rekordzeit. Als ob unser Auftritt mit dem Geländewagen nicht ausreichte, drückte Patrick kräftig auf die Hupe. Aus den armseligen Hütten ringsum kamen die Menschen näher, um zu schauen, wer hier den Radau veranstaltete. In der Tür des Büros erschien der Vorabeiter. Er verschränkte die Arme vor der Brust, zwei Männer in Arbeitskleidung sahen ihm über die Schulter. Wir stiegen aus, Diehl nahm schwungvoll die beiden Stufen auf die Veranda und reichte ihm die Hand.

»Bonjour, Monsieur Tolojanahary, wie geht es Ihnen?«

»Es läuft.«

Ich hätte nicht erwartet, dass Diehl sich die Namen von Polieren merkte, erst recht nicht verzwickte madagassische Namen. Der Vorarbeiter verzog trotzdem keine Miene.

»Herrn Roth kennen Sie ja bereits, das ist Herr Bernau.«

»Den hab ich auch schon mal gesehen.«

Er gönnte mir nur einen Seitenblick.

»Wir sind ein paar Tage im Land«, fuhr Diehl weiter fort, »um uns über den Stand der Projekte zu informieren.«

»Gerne. Wir liegen nur knapp hinter der Planung, was die Zeit angeht. Schuld daran ist die unzureichende Versorgung mit Asphalt. Verzögerungen durch den Lieferanten, kennen Sie ja, das Übliche eben.«

»Leider. Trotzdem müssen wir einen Blick auf die neuen Straßen werfen.«

»Sofort?«

»Das wäre gut.«

Tolojanahary wandte sich den Arbeitern zu, sagte ihnen etwas auf Malagasy, bevor er Diehl antwortete.

»Ich schließe nur kurz ein paar Sachen im Büro weg.«

Wir warteten solange im Schatten des Vordachs, weiterhin von den Dorfbewohnern beobachtet, für die Weiße immer noch eine Attraktion darstellten. Hatte was von Zoo.

Der Vorarbeiter setzte sich zwischen uns auf die Rückbank und erklärte Patrick den Weg. Mit schleifender Kupplung ließ der den Wagen vom steinigen Platz auf die Straße driften. Patrick hatte Spaß.

»Frau Mertens meinte, Herr Schröder wäre zurzeit auch hier. Treffen wir ihn vielleicht?«, fragte ich Tolojanahary, davon ausgehend, dass er beide kannte.

»Schröder klappert seit zwei Tagen die Bautrupps ab. Er hat eine Hütte bei uns bezogen, ich kann Ihnen aber nicht sagen, wo er sich im Moment aufhält. Wir fahren jetzt zur größten Baustelle.«

Nach ein paar Minuten erreichten wir eine Abzweigung, die kleinere Seitenstraße glänzte schwarz in der Sonne. Frisch gezogener Asphalt, bislang kaum Spuren vom Verkehr, weit und breit auch keine Ortschaft, die man damit erreichen könnte. Ich schätzte den schnurgeraden Weg auf zehn Kilometer, bevor ich am Horizont Baumaschinen erkannte. Patrick drosselte das Tempo, stoppte ein gutes Stück hinter den Maschinen. Auf der Baustelle das bekannte Bild: Die schwere Walze rollte ständig vor und zurück, vorneweg fuhr ein Kipper mit Schritttempo. Über seiner Ladefläche flimmerte es vor Hitze. Dazwischen schoben Arbeiter mit Schaufeln die vom Weg rutschende Mischung aus Bitumen und Schotter zurück auf die ratternde Asphaltiermaschine. Ich folgte Diehl, der zusammen mit Tolojanahary neben der an manchen Stellen dampfenden Straße auf eine Gruppe von Arbeitern zuging. Man stellte sich einander vor, bevor gefachsimpelt wurde. Diehl und Roth begutachten die Qualität des Belags, monierten ein wenig den nach ihrer Meinung zu dünnen Unterbau. Das Gespräch endete, wie es begonnen hatte, mit Händeschütteln rundum. Ehe nun alle auseinandergingen, fragte ich den Kolonnenführer nach dem Ingenieur Schröder.

»Ja, am Vormittag hat er sich unsere Arbeit angesehen.«

»Wissen Sie, wo er anschließend hingefahren ist?«

»Keine Ahnung, ich schätze, zum nächsten Bautrupp.«

Wir verbrachten den Rest des Tages mit den Kontrollen der beiden anderen Baumaßnahmen, die zum Projekt gehörten. Die Eschborner wiesen auf mögliche Verbesserungen an einigen Stellen hin, bevor wir den Rückweg antraten. Schröder hatte sich jeweils kurz vor uns an diesen Baustellen aufgehalten, bestimmt saß er längst bei einem eiskalten Feierabendbier vor seiner Dorfhütte. Mit Einbruch der Dämmerung hielt sich Patrick freundlicherweise mit dem Tempo zurück. Den Zebus an der Strecke war es herzlich egal, wie schnell ein Auto fuhr, wenn sie am Straßenrand was zu fressen fanden. Die Lichter entgegenkommender Autos blendeten fast jedes Mal, ich bezweifelte, dass hier ein TÜV existierte. Gelegentlich brummten LKW an uns vorbei, deren Ladung seitlich weit über die Ladefläche hinaus ragte. Kurz vor dem Dorf, in dem die Straßenbaufirma ihren Sitz hatte, sahen wir einen hellen Lichtschein. Je näher wir kamen, umso deutlicher erkannten wir den Grund. Mit Petroleumlaternen in der Hand drängten sich Menschen um einen Landrover, der über den Straßenrand geflogen war und einen Baum gerammt hatte. Die Scheiben zersplittert, die Motorhaube wie ein Blatt Papier geknickt. Patrick stoppte, zog eine Taschenlampe aus dem Handschuhfach und stieg aus. Wir folgten ihm. Unter Rufen hoben Männer den bewusstlosen Fahrer vorsichtig hinter dem Steuer hervor. Ein Weißer, Mitte vierzig, das Blut ran von der Stirn über sein Gesicht. Mit Balken und einem Brecheisen, die im Scharnier steckten, hatten sie die Fahrertür aufgedrückt. Auf dem Heck des Geländewagens stand etwas, was ich in dem Gewusel nicht gleich entziffern konnte: *Arnold Walter - l'ingénierie pour l'infrastructure.*

Gegenverkehr

Wir klappten einen Teil der Rückenlehne des Mercedes um, polsterten die Ladefläche mit den Sachen, die wir hatten, und hoben Robert Schröder vorsichtig durch die Hecktür ins Auto. Auf diese Weise lag sein Oberkörper neben mir auf dem Rücksitz. Er atmete sehr flach. Den Blutverlust hatten wir mit Mullbinden aus dem Notfallkoffer einigermaßen stoppen können, aber womöglich verblutete er innerlich. Diehl telefonierte mit der Zentrale in Eschborn, bevor er in Antanarivo ein Rettungsflugzeug anforderte.

»Gibt es hier tatsächlich Rettungsflieger?«, fragte ich ihn.

»Ja, ein lohnendes Geschäft, dass sich mehrere kleinere Unternehmen teilen. Nachts und unter den Bedingungen, die die Piste in Betioky bietet, kommt allerdings nur die Cessna des Militärhospitals in Frage. Das dauert.«

Zügig, aber vorsichtig, fuhr Patrick zur Klinik nach Betioky. Ein Arzt überprüfte die Verbände, die wir um Schröders Oberarme und den Kopf gebunden hatten. Er legte keinen frischen, sondern die durchgebluteten Mullbinden wieder an. Ein richtiges Krankenhaus war das nicht, nur zwei Behandlungsräume und eine Reihe von Zimmern, vollkommen überfüllt mit Patienten. Sie lagerten teilweise zu zweit auf klapprigen Betten, statt Matratzen gab es nur dünne Matten aus Bast. In der Hitze quoll zu den üblichen Ausdünstungen der Menschen der Gestank von Blut, Urin und Eiter durch das Gebäude. Es roch nach Tod.

»Kommt hier überhaupt jemand lebend wieder raus?«, meinte ich eher rhetorisch.

»Immerhin erhalten die Leute eine Behandlung. In anderen Gegenden sieht es viel schlimmer aus«, brummte Diehl. »Dort kriegen sie nicht mal die Pest in den Griff.«

»Bitte? Den Scherz habe ich schon mal gehört. *Wir lagen vor Madagaskar und hatten die Pest an Bord.*«

»Leider nicht, alle paar Jahre bricht sie wieder aus und fordert ihren Tribut. Im letzten Jahr sind 300 Menschen daran gestorben. Dabei hilft ganz einfach Penicillin, leider fehlt selbst das. Bis es eintrifft, leben die Patienten meistens nicht mehr.«

»Unfassbar.«

Eine Stunde vor der Landung meldete sich das Flugzeug. Mit einem Krankenwagen, Diehl und ich stiegen hinten ein, brachten wir Schröder zum Flugplatz. Ich konnte seinen Puls kaum spüren. Der düstere Blick des Sanitäters verhieß nichts Gutes. Auf der Landebahn übernahm ihn das Rettungsteam aus der Hauptstadt. Sie überprüften die Vitalfunktionen und schoben ihn auf der Liege in die zum Sanitätsflieger umgebaute einmotorige Cessna. Binnen Minuten sahen wir nur noch die blinkenden Lichter des Flugzeugs am Nachthimmel.

»Wie soll es jetzt mit Ihren Ermittlungen weiter gehen?«, fragte mich Diehl.

»Ohne Schröder wird es schwierig«, antwortete ich.

»In welche Richtung tendieren Ihre Nachforschungen denn grundsätzlich?«

»Es gibt Vermutungen, dass Arnold Walter bei seinen Kontrollen Unregelmäßigkeiten entdeckt hat. Das gefällt vielleicht nicht jedem.«

»Eine Baustelle in Afrika, bei der alles glatt geht, wäre ein Wunder.

»Ja, kleine Beträge bis hin zu einem gewissen Anteil der Gesamtkosten akzeptiert man ja, aber zu groß sollten die Summen nicht werden. Möglicherweise hat jemand diese Gelder zweckentfremdet, um sie für andere Dinge zu nutzen, für die Straßen der chinesischen Bergbauindustrie zum Beispiel.«

»Existieren dafür Beweise?«

»Noch nicht.«

»Diese dämlichen Gerüchte kriegt man nicht tot. Unsere Projekte verzögern sich natürlich immer wieder, aber wir führen sie jedes Mal gemäß Auftrag zu Ende. Da fehlt nichts, rein gar nichts, egal, was manche Lästermäuler meinen.«

Wir stiegen in den Rettungswagen, der uns zur Gemeinde brachte. Ein kühles Bier aus Homeyers Kühlschrank wäre nach diesem mehr als unangenehmen Tagesverlauf genau richtig. Vor dem Eingang zum Gemeindesaal unterhielt sich Homeyer mit Petzold und zwei Einheimischen, einer trug Polizeiuniform. Hier gab es nie Feierabend. Die Gruppe schaute uns an, wie wir aus dem Krankenwagen kletterten

»Wie geht es Robert?«, fragte Petzold.

Ich überließ Diehl die Antwort, er kannte ihn zumindest ein wenig.

»Ich bin kein Mediziner und weder der Arzt im Krankenhaus noch der aus Tana wollten sich nach einem allzu kurzen Eindruck zu seinem Zustand äußern. Verstehe ich. Leider.«

»Ist er zu Bewusstsein gekommen?«, hakte Petzold nach.

»Nein. Sein Gesicht war mehr als blass. Nicht gut.«

Der Einheimische ohne Uniform räusperte sich, worauf Homeyer reagierte.

»Entschuldigung, Lieutenant Lennet und sein Kollege, von der Kriminalpolizei, sie untersuchen den Fall Walter. Dass jetzt auch sein Mitarbeiter so schwer verunglückt ...«

»Bitte keine Verschwörungstheorien«, entgegnete der junge Lieutenant. »Der Mord an Arnold Walter ist einem bestimmten Straßenräuber zuzuordnen. Es ist nur eine Frage der Zeit, bis wir den Mann verhaften. Ihm war wohl nicht klar, dass der Mord an einem Weißen, zumal einem Ingenieur der Entwicklungshilfe, eine deutlich größere Fahndung nach sich zieht. Wir denken, er hält sich im Umland bei Bekannten auf.«

»Das sehen andere anders«, antwortete ich.

»Herr Bernau«, der Kriminalbeamte wandte sich mir zu, »bleibt man realistisch, lassen die vorliegenden Beweise nur diese

Sicht der Dinge zu. Sie sind vielleicht in Ihrer Heimat ein gefragter Privatdetektiv, in unserem Land zählen Fakten und nicht die blanke Durchsetzung der Gedanken eines Einzelnen.«

»Bislang habe ich mich als neutraler Betrachter der Lage gesehen.«

Der Polizist kam einen Schritt näher, zu nah.

»Sie reisen mit einem Touristenvisum ein, übernehmen von der Botschaft Waffen, für die Sie weder Trage-, geschweige denn Nutzungsrecht in unserem Land haben, mischen sich in meine Ermittlungen ein, ohne auch nur ein Wort mit mir zu reden. Nach Zusammenarbeit sieht das nicht aus.«

»Das war ein Fehler, entschuldigen Sie bitte. Man sagte mir, Sie wären sehr beschäftigt.«

»Das stimmt. Deswegen und dank verstärktem Einsatz von Personal sind wir entscheidende Schritte vorangekommen. Ihre Arbeit wiederum ist hier nun beendet. Mein Vorgesetzter hat aus dem Innenministerium die Anweisung erhalten, Sie bis übermorgen nach Tana zu verbringen, damit Sie das Land in spätestens drei Tagen verlassen.«

Niemand in der Runde sagte etwas. Lennet drehte sich zu den anderen, reichte Homeyer und Petzold die Hand, gab mit einem Wink seinem Kollegen zu verstehen, dass das Gespräch beendet war, und ging zum Auto.

»Wie war der denn drauf?«, meinte Homeyer beim Bier auf der Veranda. Diehl und Roth hatten sich verabschiedet, sie übernachteten in dem wohl einzig halbwegs annehmbaren Hotel im Ort. Petzold streckte sich im Korbsessel.

»Er fühlt sich in seiner Ehre als Kriminalist verletzt. Sie sind ja nicht als europäischer Besserwisser aufgetreten, aber das mangelnde Vertrauen des Botschafters in die Fähigkeiten der Polizei war deutlich zu erkennen. Das mag niemand. Allerdings hat er keinen exakten Termin gesetzt, wann und wie Sie genau die Stadt verlassen sollen. Falls Sie also morgen noch etwas vorhaben ...«

Petzolds Erfahrung mit afrikanischen Gepflogenheiten brachte Homeyer zum Lachen.

»Wir trinken jetzt auf einen gewonnenen Tag für unseren Detektiv.«

Es blieb nicht bei dem einen Bier. Am nächsten Tag spürte ich die Wirkung des Alkohols bis über das Frühstück hinaus. Da half auch keine frische Leberwurst, die Daniel Roth extra für Frau Knauf aus Deutschland mitgebracht hatte. Mein Plan sah heute zuerst einen Besuch bei Frau Mertens vor. Dem Ingenieurbüro gingen allmählich die Mitarbeiter aus. Bereits um diese Uhrzeit brannte die Sonne erbarmungslos vom Himmel herab. Patrick fragte, ob er mich fahren könne, aber ich wollte lieber ein paar Schritte zu Fuß gehen und verabredete mich mit ihm für die Mittagszeit. Mein Körper musste auf Trab kommen, speziell der Schädel brauchte Sauerstoff. In der Stadtmitte hatte sich auf dem Platz mit dem riesigen Baum ein Markt gebildet. Wo vorgestern nur wenige Händler in ein paar Buden auf Kundschaft gewartet hatten, reihten sich nun Dutzende von Ständen zu langen Reihen, eine Ansammlung exotischer Lebensmittel. Viele Frauen boten Waren an, bei denen ich nicht sicher war, ob ich sie genießen könnte. Auf Bastmatten und der blanken Erde breiteten sie die Angebote aus. Schrumpelige Mandarinen, aufgetürmt zu Pyramiden, reihenweise Papaya und Avocados, Gemüse und Wurzeln in allen Größenordnungen. Bestimmt lecker und gesund, wenn man wusste, wie man sie zubereitete. Kochen war nicht mein Ding. Ich kaufte bei einem Mädchen, das deutlich zu dünn aussah, zwei braun gesprenkelte Bananen und verdrückte eine davon. Sie schmeckte besonders süß. Unter dem Büro der Firma Walter stellte der Ladeninhaber eine Reihe von Werkzeugen aus. Schaufeln, Spitzhacken, eine Auswahl von Hämmern. Vom normalen Haushaltshammer, über einen Kilohammer bis zum Vorschlaghammer. Ein Mann in verschlissener Kleidung, die vor Lehm stand, legte die Hände auf das Blech einer Schaufel, um die Verbindung zum Stiel zu prüfen. Vielleicht würde er damit einen

Smaragd finden, der sein Auskommen für die nächste Zeit sicherte. Ich ging ins Gebäude, die Treppe hoch und klopfte an die Bürotür. Diesmal öffnete Frau Mertens gleich.

»Herr Bernau, eine schöne Überraschung. Kommen Sie rein.« Sie war sichtlich gut gelaunt. »Heute kann sich mein Büro wieder sehen lassen, das gröbste Chaos ist beseitigt.«

Zwar herrschte nun tatsächlich Ordnung, ihrer Stimmung nach zu urteilen hatte sie von Schröders Unfall noch nichts gehört.

»Ja, kein Vergleich zu gestern«, sagte ich, »so können Sie alles schnell finden, was Sie für eine ordentliche Buchhaltung benötigen.«

»Genau, und die Männer ihre Baupläne. Möchten Sie einen Kaffee?«

»Die Männer ... Frau Mertens, man hat Sie anscheinend noch nicht über die neuesten Entwicklungen informiert.«

Sie stellte zögerlich die gläserne Kaffeekanne zurück auf die Heizfläche.

»Wieso? Was ist los?«

»Leider kam es gestern zu einem Unfall, auf der Landstraße. Der Wagen von Herrn Schröder ist gegen einen Baum gefahren.«

»Nein! Robert, was ist ihm passiert?«

»Er liegt im Militärkrankenhaus in Tana. Herr Diehl hatte einen Rettungsflieger angefordert, der auch schnell kam. Rein äußerlich sah es nicht so schlimm aus, aber er war nicht bei Bewusstsein.«

»Oh Gott, wie schrecklich!«

»Wir müssen abwarten, was die Ärzte sagen.«

»Ich rufe sofort in Tana an.«

Sie setzte sich an ihren PC und rief eine Internetseite mit Informationen für Deutsche in Madagaskar auf. Dort klickte sie mehrfach durch das Menü, bevor eine Seite für medizinische Belange aufploppte.

»Hier, das Militärhospital.«

Sie tippte die Nummer ins Telefon. Die Verbindung baute sich nur langsam auf. Frau Mertens trommelte mit den Fingern auf den Schreibtisch. Ich hörte leise, wie sich die Klinik meldete.

»Bonjour, mein Name ist Elke Mertens. Ich leite das Büro von Herrn Schröder. Er wurde bei Ihnen eingeliefert, heute Nacht, wenn ich es richtig verstanden habe. Ein Notfall.«

Sie schaute mich an, ich nickte stumm. Es dauerte eine ganze Weile, bevor der Gesprächspartner kurz reagierte. Frau Mertens wiederholte seinen Namen.

»Robert Schröder, deutsche Entwicklungshilfe, wir sitzen in Betioky. Das Rettungsflugzeug hat ihn hier abgeholt.«

Ein paar Sekunden später verlor ihr Gesicht die Farbe. Sie legte wortlos auf.

»Er ist tot.«

Stahl

Elke Mertens sackte in sich zusammen. Sie beugte sich vor, schlug beide Hände vor das Gesicht.

»Das kann nicht wahr sein. Vorgestern haben wir noch so schön bei *Chez Mama* gegessen. Für einen Moment haben wir den furchtbaren Tod von Arnold verdrängen können. Robert hatte viele Pläne. Ihm machte die Arbeit Freude, er wollte den Menschen wirklich helfen. Für ihn war es kein normaler Job, sondern eine Berufung. Darin glichen wir uns. Jetzt das.«

»Tut mir schrecklich leid, mein herzliches Beileid.«

»Danke. Das Land frisst uns alle auf. Sein Tod ist so sinnlos. Erst Arnold, nun Robert.«

Ich legte eine Hand auf ihre Schulter.

»Kann ich Ihnen irgendwie helfen? In zwei Tagen muss ich zurück nach Deutschland. Solange hätte ich Zeit.«

Sie schaute mich an, Tränen liefen über ihre Wangen.

»Das ist lieb, aber die Botschaft wird sich in Tana um die Formalitäten kümmern. Hier hatte Robert nur ein winziges Appartement, kaum Sachen, keine eigenen Möbel. Das kriege ich hin. Es ist die Frage, wie es mit dem Büro weitergeht. Der Chef ist tot, nur Herr Reichardt wäre ein möglicher Nachfolger. Ob der noch mal zurückkommt, wage ich zu bezweifeln. Er war froh, als er letzte Woche endlich zu seiner Familie nach Köln fliegen konnte.«

»Sie sind jetzt die Chefin, würde ich sagen.«

Sie lachte kurz, obwohl gerade wieder eine dicke Träne floss.

»Ich habe keinen blassen Schimmer von Hoch- und Tiefbau.«

»Aber von Buchhaltung und Bilanzen. Darum geht es Ihren Kunden doch hauptsächlich. Würden Sie denn hierbleiben?«

»Das weiß ich nicht, darüber muss ich erst mal ein paar Nächte schlafen. Vielleicht wäre Kenia auch ganz schön, oder Tansania. Ein etwas ruhigeres Land, wo die Menschen nicht so schrecklich hungern wie hier.«

Ich nahm Stift und Zettel, notierte meine Telefonnummer und die Mailanschrift.

»Egal, ob in den nächsten Tagen oder irgendwann mal in Deutschland. Ich würde ich freuen, wenn Sie sich bei mir melden. Und unbedingt, sollten Sie Hilfe brauchen.«

Mit einem Stein im Magen verabschiedete ich mich von ihr. Wenn der Chef und ein Kollege innerhalb kürzester Zeit unter ungeklärten Umständen ums Leben kommen, entstehen im Kopf die verrücktesten Gedankengänge. Jeder zartbesaitete Mensch hätte das Land so schnell wie möglich verlassen. Elke Mertens kämpfte für die Leute und hatte sich bereits eine Hornhaut gegen die Widrigkeiten des Landes zugelegt, aber zwei tote Kollegen waren harter Tobak. Auf dem Weg zur Gemeinde kaufte ich ein paar Kleinigkeiten, mit denen ich mich bei den anderen bedanken wollte. Ethnokitsch besaßen sie entweder genug oder mochten ihn nicht, deswegen schlug ich in der Delikatessenecke des Lebensmittelhändlers zu. Die Essgewohnheiten der drei kannte ich ein wenig.

»Monsieur Bernau, gut, dass Sie endlich da sind.« Patrick wartete vor dem Haus. »Ich habe eine wichtige Information für Sie.«

»Hat der Lieutenant auf mich gewartet oder ist das Essen fertig?«

Er lachte.

»Sie besitzen einen eigenartigen Humor. Nein, der Unfall gestern war Fahrerflucht, eventuell wissen wir, wer den anderen Wagen gefahren hat.«

»Wer ist wir?«

»Der Freund von meinem Cousin. Er gehört zur Baukolonne der deutschen Straßenbaufirma und lebt in dem Dorf, vor dem es passiert ist. Einer von den Jungs mit den Petroleumlampen.«

»Warum sagt er es nicht dem Lieutenant?«

Patrick winkte ab.

»Ach, Lennet sucht nicht gerade nach Arbeit. Für den war es ein Unfall und Ende. Außerdem erhofft sich der Mann eine kleine Belohnung für sein Wissen.«

»Selbst mit Fahrerflucht wäre es nichts anderes als ein Unfall, oder?«

Er wog den Kopf, drehte vielsagend die Hand.

»Jedes Ding hat zwei Seiten.«

»Was unternehmen wir also?«

»Wir besuchen den Freund.«

Statt darauf zu warten, dass Lennet mich einkassierte und in Richtung Hauptstadt brachte, stellte ich die Delikatessen in Frau Knaufs Küche und fuhr mit Patrick zu dem Freund.

»Wie viele Cousins hast du eigentlich?«, fragte ich ihn.

»Es sind sehr viele. Wenn man lange genug an einer Stelle lebt, ist man irgendwann mit allen verwandt.«

Durch die offenen Fenster zog der Fahrtwind über mein Gesicht. In ein paar Tagen würde ich im deutlich kälteren Deutschland sitzen. Die dauernde Glut der Sonne überstieg meinen Bedarf an Wärme, aber kalter Regen war keine Alternative. Die Menschen fristeten hier ein karges Dasein, allerdings schienen sie mir besser gelaunt zu sein, als durchschnittliche Deutsche, mit all ihren unnützen, oft künstlich erzeugten Bedürfnissen. Hier zählte das blanke Überleben, eine Familie, die zusammenhielt, und, wenn es gut lief, am Abend ein Bier. Wir fuhren durch die weite, sandige Landschaft, am Straßenrand rote Felsen, vereinzelt Affenbrotbäume, riesige Kakteen, wie in einem Wildwestfilm. Patrick ließ den Wagen bergab rollen, legte sich mit Spaß in die Kurven. Einzelne Menschen zu Fuß, manche mit Körben auf dem Kopf, unbeeindruckt vom Verkehr. Sie trugen stoisch ihre Last, auch wenn weder Dorf noch Hütte in Sicht waren. Ein LKW kam uns entgegen, er steuerte an den Rand, damit für uns beide genug Platz auf der Straße blieb. Im Radio pries der Moderator ein tolles Produkt lautstark auf Madagassisch an. Plötzlich lenkte der LKW in die Straßenmitte, Patrick schimpfte, fuhr auf den unbefestigten Fahrbahnrand, Kiesel schlugen gegen den Unterboden. In dem Moment schoss etwas Dunkles über die Ladefläche des Lastwagens. Ein schwarzer Balken raste auf uns zu. Nur noch ein paar Meter entfernt. Wir waren viel zu schnell. Links und rechts der Straße nichts als Felsen. Ich zog instinktiv den Kopf ein. Duckte mich. Ein Schlag.

Abschiebung

Ein Stich in die Augen. Die Sonne drückte sich durch den Schädel. Nur Licht. Eine Schraubzwinge zerquetschte mein Hirn. Unwillkürlich wollte die Hand hoch. Klemmte fest. Die Pupillen verengten sich langsam. Auf den Resten der zersplitterten Frontscheibe rote Sprenkel. Davor ein Felsen. Mein Kopf versuchte, sich zu drehen. Aus dem Augenwinkel erahnte ich Patrick. Dunkelheit.

Irgendwas zerrte an mir. Stimmen. Zu laut. Ein schriller Ton, so schrecklich, dass ich schreien wollte. Ich schaffte es, die Augen zu öffnen. Menschen mit Stangen. Sie schlugen gegen die Tür. Ein blinkendes Eisen zog sich durch den Spalt, wieder dieses Geräusch. Ein Knall, die Tür sprang auf. Sie packten mich, ich rutschte vom Sitz. Patrick lag auf dem Lenkrad. Alles rot.

»Wenn er Glück hat, ist es nur eine Gehirnerschütterung, aber mit Sicherheit keine leichte. Womöglich hat er eine Hirnblutung.«

»Hatte mein Onkel. Blutgerinnsel und aus.«

»Manche Flecken sehen ziemlich komisch aus, so bräunlich. Die meisten sind grün oder blau.«

Die Stimmen könnten Homeyer und Petzold gehören. Lieber nur vorsichtig die Augen öffnen.

»Ach, guck an, er lebt.«

»Sie haben schon bessere Scherze gemacht«, hörte ich mich sagen.

»Passt gerade so schön«, feixte Homeyer.

»Die braunen Flecken stammen noch von meinem letzten Abenteuer. Jenseits von Madagaskar, wildes Hessen.«

»Klingt nicht nach einer Hirnblutung, der Humorsektor im Kopf funktioniert jedenfalls, das Erinnerungsvermögen auch.«

»Bitte, Fabian, keine bösen Witze«, meinte Petzold. »Wir freuen uns, dass Sie leben und, soweit wir in der Lage sind es zu beurteilen, den Unfall einigermaßen stabil und ohne Brüche überstanden haben.«

»Na toll. Haben Sie Medizin studiert?«

»Natürlich nicht. Wir hielten es für besser, Sie nicht den Keimen in der örtlichen Krankenstation auszusetzen, auch wenn der Arzt vielleicht hilfreich gewesen wäre. Falls es überhaupt ein Arzt ist, der dort praktiziert.«

»Wie geht es Patrick?«

Petzold blickte auf den Boden.

»Der Herr hat ihn zu sich gerufen.«

Scheiße. Der ewig gutgelaunte Kerl. Mit beiden Ellbogen stützte ich mich ab, drückte meinen Oberkörper nach oben. Zuerst bewegte ich die Zehen, dann Unterschenkel, beugte die Knie, wackelte mit den Oberschenkeln, drehte die Hüfte. Ging so. Für Jogging würde es im Moment nicht reichen.

»Sobald Sie transportfähig sind, wartet der Lieutenant. Er sieht ein, dass eine Rückfahrt mit dem Auto nach Tulear in Ihrem Zustand keine gute Idee ist. Sie dürfen eine Cessna nutzen.«

»Toll.«

Zwei lange Tage quälte ich mich auf der durchgelegenen Matratze im Gästehaus. Frau Knauf war so freundlich, mir einen Ventilator ins Zimmer zu stellen, damit ich bei dieser Hitze nicht überkochte. Stündlich schaute einer von den Dreien vorbei, wie es mir ging. Vollgestopft mit allerlei Schmerzmitteln dämmerte ich im abgedunkelten Raum vor mich hin. Am Abend des zweiten Tages wagte ich einen kurzen Ausflug vor die Tür. Homeyer diskutierte mit Feldarbeitern, Jungs spielten Fußball und Frauen schälten auf einer Bank vor dem Haus Gemüse. Die Welt drehte sich immer weiter, auch ohne mich.

»Etwas wackelig, aber immerhin auf beiden Beinen«, tönte Homeyer. »Willkommen unter den Lebenden.«

»Dankeschön. Speziell für die gute Betreuung.«

»Bedanken Sie sich bei Frau Knauf, die kennt sich mit leidenden Männern aus. Auch wenn Sie ein besonders schwerer Fall waren.«

Das Lachen verursachte Schmerzen zwischen meinen Rippen.

»Ich bin froh, dass es nichts Schlimmeres ist, dass ich überhaupt lebe.«

»Ja. Der arme Patrick ...«

»Es war Mord.«

»Bitte?«

»Bislang war ich nicht in der Lage, einen klaren Gedanken zu fassen. In meinem Gedächtnis fehlte der Zeitraum, jetzt sehe ich es wieder vor mir.«

Ich beschrieb ihm die Situation mit dem LKW.

»Unglaublich. Sie müssen mit Lennet reden.«

Ich winkte ab.

»Nein, machen Sie das. Womöglich ist Schröder genau das Gleiche passiert.«

Damit hatte er Recht. Ich setzte mich in den Korbsessel neben der Bank, schaute über das Feld. Eine Ziege meckerte, man hatte sie mit einem kurzen Seil an den Pflock gebunden. Rundherum war alles abgefressen.

»Wo sind Diehl und Roth?«, fragte ich Homeyer.

»Entweder noch in Tana, eventuell bereits im Flieger nach Frankfurt.«

Am nächsten Morgen klopfte es. Ohne auf meine Reaktion zu warten, öffnete Lieutenant Lennet die Tür.

»Guten Morgen, Herr Bernau. Ich habe gehört, es geht Ihnen besser.«

»Danke der Nachfrage. Ja, ich kann mich mittlerweile ohne fremde Hilfe bewegen, sogar alleine auf Toilette.«

»Das klingt gut.«

Er schaute sich unverhohlen im Zimmer um, schob Papiere auf dem Tisch zur Seite, um zu sehen, was zum Vorschein kam.

»Wie kann ich Ihnen behilflich sein, Herr Lieutenant?«

»Indem Sie sich in zwei Stunden zur Abfahrt bereithalten. Sicher helfen Ihre Freunde beim Packen. Ich bringe Sie zum Flugplatz. Das Flugzeug wartet nicht.«

Sprach's, drehte sich zur Tür und verschwand. Toller Auftritt. Dämlicher Schnösel.

Ich wollte nicht schon wieder Frau Knauf um Unterstützung bitten, sie hatte bereits allerhand für mich getan. Ich stopfte meine Sachen in den Koffer, allzu viel hatte ich nicht dabei. Homeyer, Petzold und Frau Knauf warteten wie ein Verabschiedungskomitee vor dem Gemeindesaal. Einer von den Jungs, die ständig um das Gästehaus herumwuselten, trug den Koffer an die Straße, den Pistolenkoffer behielt ich bei mir.

»Passen Sie auf sich auf«, sagte Frau Knauf.

»Vielen Dank, aber gerade das kann ich wahrscheinlich gar nicht gut.«

Kräftiges Händedrücken und Schulterklopfen von den beiden Männern, bevor ich in Lennets schwarzen Peugeot stieg. Der Lieutenant hatte sich auf der anderen Straßenseite postiert, ohne einen weiteren Polizisten, sodass er diesmal selbst fuhr. Ein letztes Winken zu den Dreien, die mir mittlerweile ein wenig ans Herz gewachsen waren. Wie schnell so etwas gehen kann. Lag vielleicht auch an der speziellen Situation fern der Heimat, ohne Freunde und Bekannte. Meine Knochen spürten den rauen Straßenbelag, jeder Stein meldete sich einzeln bei den Rippen.

»Wir haben jetzt Zeit, uns zu unterhalten. Außerdem sind wir unter uns. Was wissen Sie?«, fragte Lennet unverblümt.

»Ich kann Ihnen gerade nicht folgen. Wie meinen Sie das konkret?«

»Herr Bernau, Sie arbeiten hier, wenn meine Informationen stimmen, für mehrere Seiten. Kirche, deutsche Regierung, die ansässigen Projekte.«

»Regierung klingt etwas hoch gegriffen. Die Botschaft, ja, weil man einen Deutschen hier ermordet hat. Vorher war die verschwundene Dame mein Fall, das stimmt. Bin ich damit jemandem auf die Füße getreten? Ich hoffe nicht Ihnen?«

»Lieber Herr Bernau«, Lennet holte Luft, während wir die Stadt Richtung Flughafen verließen, »mir ganz sicher nicht. Im Gegensatz zu Beamten, die seit Jahren trotz wechselnder Regierungen der immer gleichen Korruption erliegen, ertrage ich das nicht mehr. Deswegen sehe ich mich nur in der Rolle des Kommissars, der versucht, seinen Anstand zu bewahren. Ich werde dieses Spiel nicht beenden, aber vielleicht in meinem Umfeld halbwegs einschränken können.«

Seine Offenheit, soweit sie echt war, überraschte mich.

»Sie meinen die direkten Verbindungen zwischen, sagen wir, den ausländischen Investoren und den zuständigen Stellen der Regierung?«

Statt zu Antworten nickte er mehrmals.

»Spielt der Mord an Walter Arnold dort mit hinein?«

»Das könnte man denken.«

»Er war, was ich so gehört habe, kein bequemer Typ, eher der ordentliche, konsequent, ohne Rücksicht auf Verluste.«

»Die sind dann genauso eingetreten.«

»Herr Lieutenant, dass klang ja fast nach Humor, wenn auch recht schwarz.«

Er lachte.

»Manchmal gelingt mir das. Bei der aktuellen Situation in meinem Land wäre schwarzer Humor permanent angebracht. Die Leute kriegen immer weniger zu essen, die Kriminalität nimmt zu.«

»Eine beliebte Kombination.«

»So meinte ich es nicht. Ich interessiere mich nicht für Menschen, die ein Brot oder Obst stehlen. Bei uns treiben sich ganz andere Kaliber herum. In Ihre Medien gelangt das sowieso nicht, wer sind wir schon. Sobald es europäische Interessen berührt, sieht es anders aus.«

»Zu pauschal. Unsere Fernsehsender berichten zwar selten, aber immer wieder über die Länder Ostafrikas, in letzter Zeit häufiger.«

»Ja, als Mohammed Jamal Khalifa von den Arbeitern seiner Smaragdmine ermordet wurde, das ging durch die Weltpresse.«

»Entschuldigung, ist mir jetzt peinlich, Mohammed ...«

»Der Schwager von Bin Laden. Eine große Nummer im Geschäft mit Smaragden. Die Arbeiter hatten die Mine besetzt, rund hundert Kilometer von Betioky entfernt. Sie kämpften für eine faire Bezahlung. Er forderte die Polizei an, wir mussten das Gelände räumen. Plötzlich fielen Schüsse, die ihn trafen. Tödlich.«

»Okay, glaube ich sofort, dass unsere Medien darüber gern berichten. Arbeiter ermorden Bin Ladens Schwager.«

»Falls es tatsächlich die eigen Leute waren. Gerüchte sagen, dass verkleidete Spezialeinheiten ihren Job erledigt hätten. In wessen Auftrag auch immer. Manche behaupten, es wären die Amerikaner gewesen.«

»Die Zusammenhänge scheinen mir außerordentlich komplex zu sein.«

»Das haben Sie schön formuliert.«

Lennet stellte sich heute ganz anders dar, sein bislang unangenehmer Ton wechselte zu einer Sachlichkeit, bei der er aus seiner Wut auf die Situation in Madagaskar keinen Hehl machte. Wir erreichten den Flugplatz, die Cessna wartete auf der Landebahn. Lennet half mir aus dem Wagen, hievte meinen Koffer in den Laderaum des einmotorigen Fliegers, die Box mit den beiden Pistolen behielt ich lieber als Handgepäck.

»Es ist Ihrer Gesundheit bestimmt zuträglicher, das Land zu verlassen.«

»Mit Sicherheit. Wir hatten auch keinen Unfall. Ich sollte sterben und Patrick musste dran glauben. Werden Sie Zeit in die Nachforschungen investieren?«

»Würde ich gerne, aber offiziell gibt es gar keinen Fall, oder können Sie mir Zeugen nennen?«

Ich schüttelte den Kopf. Lennet zog aus dem Portemonnaie eine Visitenkarte und reichte sie mir.

»Wenn Ihnen irgendetwas einfällt, dass mir bei unserem nicht vorhandenen Fall weiterhilft.«

Der Pilot sah mich immer wieder von der Seite an. Konnte ich ihm nicht verdenken. Nicht nur mein Gesicht zierten Pflaster und fiese Flecken, die Arme funkelten ebenso in den schönsten Farben. Der Sicherheitsgurt in Patricks Auto hatte beim Aufprall nur verzögert reagiert, die Unterarme schmerzten bei der Erinnerung an die Begegnung mit dem Armaturenbrett. Auf der Rückbank saßen zwei Passagiere. Ein Chinese, der meinen Gruß nicht erwiderte, seine Finger umklammerten eine Aktentasche, und ein umso gesprächigerer Inder, der mit seinem safrangelben Turban an der Decke der niedrigen Kabine entlang schabte. Der Inder versuchte ständig, mit einem von uns ein Gespräch zu beginnen. Vergeblich. Nun probierte er es mit Witzen. Ein Lachen konnte ich mir nicht verkneifen, was ihn sichtlich freute und zu drei neuen Anläufen animierte, bei denen ich mir nicht sicher war, ob ich deren Pointe richtig verstand. Nach rund einer Stunde landeten wir in Tulear. Kaum war ich ausgestiegen, begrüßte mich ein Polizist, der mir nicht mehr von der Seite wich, bis ich den Airbus betrat. Er reichte mir die Box mit den Pistolen, die ich tatsächlich mit an Bord nehmen durfte, während mein Koffer in den Bauch des Fliegers wanderte. Aus dem Fenster sah ich den Polizisten, er wartete an der Gangway. Als die Stewardessen die Türen des Flugzeugs schlossen, verschwand er im Gebäude. Die Plätze in der Maschine waren nur zur Hälfte besetzt, auch hier saßen fast nur Reisende in Sachen Wirtschaft. Junge Männer in strahlend weißen Hemden, bei diesen Temperaturen ließen die europäischen Manager ihre Sakkos zuhause. Die Asiaten und Afrikaner um mich herum hatten mit der Hitze keine Probleme, manche trugen sogar Krawatte. Nach dem holprigen Start fühlte ich mich müde, aber meine Schmerzen verhinderten, dass ich einschlief. Die Stewardess brachte mir ein Glas Wasser, mit dem ich zwei Tabletten hinunterspülte. Was hatte die Reise gebracht? Den ersten Auftrag konnte ich erfüllen, vielleicht wäre Martina Weber nach einer gewissen Zeit auch von alleine aufgetaucht oder jemand hätte sie in der Hütte entdeckt. Der zweite Auftrag ging nicht nur voll in die Hose, Patricks Tod war die direkte Folge meiner Nachforschungen. Daran würde ich noch eine Weile knabbern. Ich bezweifelte, dass man den Mord an Arnold Walter aufklären konnte. Lennet engagierte sich, wenn er vorhin nicht gelogen hatte, aber das Geld der Bergbauindustrie würde wahrscheinlich dafür sorgen, dass seine Vorgesetzten die Akte Walter sehr schnell schlössen. Die Schmerzmittel erfüllten halbwegs ihren Zweck, beim Grübeln über die Sinnhaftigkeit meiner Ermittlungen fiel ich in einen unruhigen Traum. Lemuren sprangen von Affenbrotbäumen, unter denen im Sand Krokodile auf Futter lauerten. Aus dem Auto am Straßenrand dröhnte Musik, am Lenkrad hing eine Hand, die Finger umklammerten den schwarzen Gummibezug. Eine Trauerprozession näherte sich, die Menschen sangen und tanzten dabei um den Sarg, den sechs große, weiße Vögel trugen. Ich schwankte auf die Krokodile zu, die ihr Maul weit aufrissen. Der Sand saugte mich auf, immer tiefer, den Zähnen der Reptilien entgegen.

»Monsieur, möchten Sie einen Kaffee?«

Mein Kopf sackte nach vorne. Die Stewardess lachte, wohl über meinen leicht verwirrten Blick.

»Das ist eine ... eine hervorragende Idee, sehr gerne.«

Sie reichte mir einen Becher mit dem herrlich duftenden, tiefschwarzen Inhalt. Im Unterbewusstsein schien mein Körper gespürt zu haben, wie das Flugzeug von der Reiseflughöhe allmählich in den Sinkflug übergegangen war. Kein Treibsand. Nach dem Durchstoßen der geschlossenen Wolkendecke erkannte ich die hügelige Landschaft um die Hauptstadt Antanarivo. Es regnete ein wenig. Das Hochland von Madagaskar hatte im Gegensatz zu den Tiefebenen keinen Mangel an Wasser. Eine weite Ansammlung von Holzhütten umschloss kilometerweit die Landebahn. Ich freute mich auf zuhause, auf Julia. In ein paar Stunden würde ich im Flieger nach Frankfurt sitzen.

»Herr Bernau! Hier!«

Ich drehte mich um, zwei Männer, wegen ihrer Größe tippte ich auf Massai, versperrten mir den Blick. Hinter ihnen winkte jemand. Sabrina von Estorff, die sich im dunkelblauen Nadelstreifenanzug den Weg vorbei an den Reisenden bahnte.

»Frau Legationsrätin, wie komme ich zu der Ehre?«

»Wir möchten gerne die beiden Pistolen wiederhaben.« Sie klopfte auf mein Handgepäck. »Und nach dem Unfall wollte ich natürlich schauen, wie es Ihnen geht.«

»Das war ganz sicher kein Unfall.«

»Unsere Leute kümmern sich, mehr kann ich jetzt nicht sagen.« Sie schaute sich um, immer wieder drängten Menschen an uns vorbei. »Ihr Flug hebt in vier Stunden ab, das Gepäck wird direkt weitergeleitet. Wir haben Zeit, um zu reden. Aber nicht hier. Kommen Sie.«

Sie nahm mir den Pistolenkoffer ab, ging voran, vorbei an den Schlangen vor den Check-in-Schaltern und den wenigen europäischen Touristen, die mit ungläubigem Staunen ihre perfekte Businesskleidung registrierten. Wir verließen das Gebäude, bogen nach links ab und stoppten an einer Hütte aus Palmblättern, auf deren Tresen sich Getränkedosen stapelten. Ein junger Mann mit beachtlichen Zahnlücken grinste uns freundlich an. Sabrina von Estorff tippte auf eine Limo.

»Was möchten Sie trinken? Die Bundesrepublik Deutschland lädt Sie ein.«

»Oh, toll, eine Art Steuerrückerstattung. Ich nehme ein Ginger Ale.«

Der Wind trug roten Sand über die Straße vor dem Terminal. Von der Rückseite des Flughafens dröhnten die Turbinen eines Jets. Außer uns hielt sich hier nur eine Gruppe von Taxifahrern auf, in abhörsicherer Entfernung.

»Was wollten Sie mir mitteilen?«

»Ich habe gestern erst gehört, dass Arnold Walter vor zwei Wochen Kontakt mit der Botschaft aufgenommen hatte. Es ging um unsere Investitionen in die Straßenbauprojekte. Sein Vertrauen in Entwicklungshelfer war durch einige Vorfälle gestört. Er will erfahren haben, dass die Gelder statt in die Landstraßen zu den Bauern in breitere Straßen flossen, die die Bergbauindustrie für ihre Lastwagenkolonnen dringend benötigte. Das klappte in diesem gigantischen Maßstab nur durch permanente Korruption. Den Straßenbauern war das egal, sie erhielten ihr Geld für jede Straße. In den Unterlagen stand allerdings was von Landstraßen, nicht von Pisten für die riesigen Kipplader. Das hatte er natürlich gerügt, immer wieder Eingaben in Eschborn gemacht. Es hieß, man wolle die Dinge überprüfen, aber nichts passierte. Jetzt der tödliche Überfall.«

»Das ist ein dickes Brett und stimmt leider weitestgehend mit meinen Erkenntnissen aus den letzten Tagen überein. Warum ermittelt nicht längst das BKA?«

»Arnold Walter galt vielen Leuten als ein Querulant. Seine Briefe wanderten meistens ungelesen in den Papierkorb, wenn ich die Antworten aus der Entwicklungshilfe richtig interpretiere. Er bekrittelte alles und jeden, ohne Rechnung akzeptierte er nicht die kleinste Ausgabe. In Afrika läuft das anders. Wer stellt schon eine Quittung über Schmiergeld aus. Seine Genauigkeit geriet zum Ziel für Spott und Häme.«

»Wer ermordet jemanden, dem ohnehin keiner mehr zuhört?«

»So sieht es aus. Wir wollen keine Verschwörungstheorie aufbauen, das überlassen wir den Aluhut-Trägern bei Facebook. Deswegen bleiben die Ermittlungen bei der örtlichen Polizei. Sie hatten ja bereits mehrfach Kontakt mit Lieutenant Lennet, er scheint mir nicht auf den Kopf gefallen zu sein. Der Botschafter möchte den Ball natürlich flach halten und keine Staatsaffäre daraus machen.«

»Aber Schröder hatte auch einen tödlichen Unfall, genauso wie man Patrick und mich gegen die Felsen gedrängt hat. Da steckt eindeutig System dahinter. Ball flach halten ... So viel Humor besitze ich nicht.«

»Wir kümmern uns drum, versprochen.«

»Ich möchte nicht zurückkommen, um die Sache selbst in die Hand zu nehmen«, sagte ich halbwegs im Ernst. Im Moment verspürte ich nicht mal ansatzweise das Bedürfnis, noch mal nach Madagaskar zu fliegen.

Sie schaute mich irritiert an.

»Helden sterben jung, Herr Bernau. Sie haben doch jemanden, der auf Sie wartet, wenn ich das richtig überblicke. Spielen Sie also nicht den Revolverhelden. Soweit es ging, haben Sie Ihre Arbeit für uns geleistet, jetzt müssen andere ran. Sie senden mir eine Rechnung für diesen Auftrag, ich werde Sie über die weiteren Ermittlungen informieren. Bitte erwarten Sie keine allzu schnelle Lösung des Falls. Können wir uns darauf einigen?«

Ich deutete ein Nicken an. Wir stellten die leeren Dosen auf den Tresen, Sabrina von Estorff verabschiedete sich von mir.

»Wenn Sie hier was essen wollen, empfehle ich Ihnen das Restaurant auf der anderen Seite des Gebäudes, da ist es deutlich günstiger als im Empfangsgebäude.«

»Danke, es ist noch Zeit, und ich möchte mich nicht auf die Bordverpflegung verlassen.«

»Behalten Sie das Land nicht so schlecht in Erinnerung, wie Sie es leider erleben mussten. Es hat wirklich schöne Seiten. Ich wünsche Ihnen einen guten Heimflug.«

Sie reichte mir die Hand, ging ein paar Schritte weiter und winkte ihrem Fahrer, der auf dem Parkplatz gewartet hatte.

Garnelen in Knoblauchöl als Vorspeise, ein letztes Steak Madagascar mit jeder Menge grünem Pfeffer und ein Dessert mit echter Vanille, alles aus einheimischer Produktion. Noch knapp zwei Stunden Zeit. Außer mir saßen Afrikaner und eine italienische Reisegruppe im Restaurant. Die Italiener ließen es sich gutgehen, sie verbreiteten mit ihrer lautstarken Diskussion über die Qualität des Essens eine Stimmung wie in einer sizilianischen Taverne. Ich schickte Julia und Susanne eine Mail mit meiner voraussichtlichen Ankunftszeit. Auch wenn dem Internet ziemlich egal war, wie weit wir uns gerade voneinander entfernt aufhielten, erstaunte es mich, dass nach wenigen Minuten die Antwort von Julia aufblinkte. Mit vielen Smileys übersät freute sie sich darauf, mich abzuholen. Sehr schön. Vom Nachbartisch griff ich mir eine herrenlose Zeitung. Auf der Titelseite prangte ein Foto von den brutalen Vorgängen in Tulear. Es war eine Wochenzeitung, sie arbeitete jetzt erst den Mord an den zwei Gelynchten auf, deren sterbliche Überreste ich bei den Krawallen an der Uferpromenade unfreiwillig gesehen hatte. Die Polizei konnte die beiden Opfer inzwischen identifizieren, ein Franzose und ein Italiener. Drei Tage nach den Vorfällen hatten wütende Anwohner einen dritten Mann umgebracht, laut Polizeiangaben soll es sich um den 30 Jahre alten Onkel eines getöteten Kindes gehandelt haben. Er war vermutlich ebenfalls in den Mord, der all dem vorausging, verwickelt gewesen. Ich freute mich auf Deutschland. Dort gab es bestimmt ähnliche Fälle, aber Lynchjustiz war nicht akzeptabel.

Rhein-Main

»Meine Güte, wie siehst du denn aus?«

»Na ja, Berufsrisiko.«

Julia schaute mein Gesicht von allen Seiten an, bevor sie mir freundlicherweise doch noch einen Kuss gab und mich drückte.

»Einen Jobwechsel hatte ich dir schon nach dem letzten Fall empfohlen. Du hörst ja nie auf mich. Hast du Hunger?«

»Nö, vor zwei Stunden hat die freundliche Stewardess einen Snack serviert.«

»Nur freundlich oder auch hübsch?«

»Manche Fluglinien scheinen besonders attraktive Frauen anzustellen, aber dafür kann ich ja nichts.«

»Frechdachs. Komm, mein Parkticket läuft ab.«

»Wo fahren wir hin? Kelkheim oder Niederrad?«

»Zu mir natürlich, in deinem Kühlschrank steht ja nur die Luft.«

Auf Julias gemütlichem Sofa musste ich ihr die neuesten Entwicklungen aus Madagaskar erzählen. Nichts, was unsere Stimmung aufhellte.

»Schrecklich, was da abgeht. Ob sich die Situation dort in absehbarer Zeit ändert?«, fragte sie.

»Das glaube ich nicht. Madagaskar gehört zu den drei Ländern auf diesem Planeten, denen es seit Jahrzehnten in jedem Jahr etwas schlechter geht. Alle anderen steigern ihr Bruttosozialprodukt und verbessern damit meistens auch die persönlichen Umstände der Menschen. Bildung, Gesundheitswesen, Wohnsituation. Da nicht. Von der Geschichte mit der Pest ganz zu schweigen.«

»Ja, schlimm, ich habe in den Nachrichten davon gehört. Und dein Fall?«

»Welcher Fall? Martina Weber ist wieder zuhause, und einen Mord, der dort geschehen ist, kann ich nicht von hier aus aufklären. Ich werde morgen bei der Entwicklungshilfe in Eschborn vorbeischauen und mit denen über Arnold Walter reden. Mehr kann ich nicht machen.«

»Komm mal her.« Julia breitete ihre Arme aus. »Ich muss mal ein bisschen mit dir kuscheln. Haben wir so lange nicht gemacht.«

Ich schmiegte mich an sie, vergaß meine vielen blauen Flecken und die angeknacksten Rippen. Liebevoll strich sie mir über das Gesicht. Wir küssten uns erst sanft, bevor die Leidenschaft immer stärker wurde.

»Nebenan ist es bequemer«, sagte sie mit einem wissenden Blick, »außerdem wartet im Kühlschrank eine Flasche Sekt. Wenn es dich nicht stört, im Bett ein Gläschen zu trinken.«

Wer wollte da widersprechen? Ich nicht.

Eigentlich konnte ich nach langen Flügen nicht richtig schlafen, höchstens ein paar Stunden dahindämmern, jetzt war ich von der späten Uhrzeit völlig überrascht, von Julias Armen umschlungen, lang ausgestreckt auf dem Bett. Zehn Stunden am Stück hatte ich wahrscheinlich zuletzt in der Kindheit geschlafen. Um schnell aus dem Bett zu springen bestand kein Anlass, im Gegenteil. Direkt nach der Landung hatte ich Susanne eine Mail geschickt, dass ich angekommen war und erst im Laufe des nächsten Tages das Büro aufsuchen würde. Es dauerte heute Morgen bei mir alles etwas länger. Julia stand vor mir auf, ich duschte meine bunte Haut vorsichtig ab, sie deckte liebevoll den Frühstückstisch. Es mangelte an nichts. Ich wäre lieber bei ihr geblieben.

»Wann sehen wir uns wieder?«, fragte ich sie mit meinem treuesten Blick.

»Wenn es nach mir ginge, heute Abend, aber leider muss ich diesen ganzen Kram schreiben, das zieht sich. Ich befürchte, es klappt erst übermorgen, sonst werde ich nie damit fertig.«

»Das klingt schlecht. Vielleicht schaffst du es ja etwas früher, oder?

»Sobald ich durch bin, melde ich mich. Wir telefonieren ja trotzdem.«

»Das ist kein Ersatz.«

Körperlich und mental derart gestärkt, wollte ich dem guten Stil zuliebe bei der Entwicklungshilfegesellschaft vorbeischauen und dem zuständigen Abteilungsleiter von den neuesten Entwicklungen berichten. Mit Kaffee und Croissant im Bauch fuhr ich nach Eschborn. Die Dame am Empfang im weitläufigen Foyer der Zentrale meldete mich bei Philip Diehl an.

»Schön, dass Sie einigermaßen wohlbehalten zurück sind. Nehmen Sie doch bitte Platz.« Diehl wies auf den Stuhl vor seinem Schreibtisch. »Ich ruf Herrn Roth dazu, einen Moment, bitte.« Er drückte eine Taste am Telefon. »Hallo Daniel, der Herr Bernau ist hier, hättest du ein paar Minuten?«

»Ich komm rüber«, tönte aus dem Lautsprecher des Telefons.

»Danke. Herr Bernau, einen Kaffee?«

»Vielen Dank, ich habe gerade ausführlich gefrühstückt.«

»Schön.«

Es klopfte kurz, Daniel Roth betrat den Raum, zu meiner Überraschung folgte ihm Fabian Homeyer. Der schaute mir übertrieben deutlich ins Gesicht, wie ein Augenarzt.

»Hallo Herr Bernau, lange nicht gesehen. Wie geht es Ihnen? Ihre Blessuren verschwinden nur langsam.«

»Mit dem Mister Germany klappt es im Moment nicht, aber bestimmt beim nächsten Mal.«

Er lachte. »Immerhin haben Sie Ihren wunderbaren Humor nicht verloren.«

»Was machen Sie in Deutschland? Gibt es nicht mehr genug Arbeit in Madagaskar?«

»Doch, das reicht noch für eine Ewigkeit. Wenn es mir in Afrika zu heiß wird, nehme ich immer Heimaturlaub. Für die kurze Zeit wohne ich in einer netten Pension in Eppstein, da verpflegt man mich wie bei Muttern.«

»Ach, das klingt gut.«

»Ja, mir gefällt es, idyllisch unterhalb der Burg, nahe an unserer Zentrale und dem Flughafen, das ist praktisch. Nächste Woche besuche ich meinen Vater in Düsseldorf, heute darf ich den Chefs Bericht erstatten. Keine Langeweile.«

»Schön, setzen Sie sich doch bitte zu uns«, unterbrach uns Diehl. »Ich möchte natürlich von Herrn Bernau wissen, wie der Stand der Ermittlungen ist. Wir sind einen Tag vor Ihnen zurückgeflogen, möglicherweise haben Sie etwas Neues mitbekommen.«

»Lieutenant Lennet und Frau von Estorff haben mir zugesagt, weiterhin die Ermordung von Arnold Walter zu untersuchen. Die Theorie des Raubmords steckt voller Widersprüche. Nur dauern viele Dinge in Afrika einfach wesentlich länger.«

»Das kennen wir, oder, Daniel?«

Roth nickte, überließ aber Diehl das Wort.

»Ich möchte mich bei Ihnen herzlich für Ihren enormen Einsatz bedanken. Sie haben sich großen Risiken ausgesetzt, um Licht ins Dunkel zu bringen. Bislang waren wir gar nicht Ihr Auftraggeber, nun würde ich mich freuen, wenn Sie weiter dran bleiben und die Polizei dabei unterstützen, den Mord aufzuklären.«

Diehl überraschte mich, sein Arbeitgeber, speziell seine eigene Abteilung kam bei diesem Thema schließlich nicht gut weg.

»Ich werde nicht wieder dorthin fliegen.«

»Davon bin ich auch gar nicht ausgegangen. Ich bitte Sie, die Strukturen bei uns und die Geldströme zu untersuchen, die eventuell jenseits der Legalität geflossen sind.«

»Wäre das nicht die Aufgabe der Frankfurter Wirtschaftsstaatsanwälte?«

Er lächelte andeutungsweise.

»Ich befürchte, die Herrschaften sind bereits zu sehr mit den Steuerbetrügereien der Banken ausgelastet, um bei uns zeitnah ein Ergebnis zu erzielen. Außerdem möchten wir vermeiden, das Thema in der Zeitung zu finden.«

»Okay, ich schaue mir diese Dinge an. Ich kann aber nicht sagen, wie schnell ich die Materie durchdringe.«

»Für die Details würde ich Sie an die interne Revision verweisen, man wird Sie nach Kräften unterstützen, das habe ich mit dem Abteilungsleiter geklärt. Die Personalabteilung stellt Ihnen die Personalakte von Walter zur Verfügung, auch wenn seine Zeit als Angestellter bei uns bereits ein paar Jahre her ist. Falls Sie Fragen an mich oder Herrn Roth haben, nur zu. Sobald Sie auf wichtige Dinge stoßen, berichten Sie mir und dem Vorstand.«

Ich verabschiedete mich von den Dreien, suchte gleich ein Stockwerk tiefer die Personalabteilung, anschließend die Revision auf. Beide statteten mich mit umfangreichen Mappen aus. Nach einem ersten, kurzen Blick in Walters Personalakte rief ich Ralf Schmitz an und verabredete mich mit ihm in Bad Homburg. Mein alter Freund und ehemaliger Kollege leitete in der Polizeidirektion Hochtaunus das Kommissariat für Delikte gegen den Menschen. Arnold Walter hatte seinen offiziellen Erstwohnsitz in Oberursel, und das fiel in den Bereich der Kripo Bad Homburg.

In der Elisabethenstraße, zwischen der langgestreckten Fußgängerzone und dem weitläufigen Kurpark, fand ich einen freien Parkplatz. Gleich um die Ecke, gegenüber vom Kurhaus, schaute ich durch das Fenster in die *Espressobar Ernesto*. Ralf saß auf einem Barhocker am Tresen und unterhielt sich mit der Bedienung. Ich drückte die schwere Tür auf, Ralf drehte sich um und sah mich an.

»Für die Jahreszeit siehst du viel zu Braun aus. Schaffst du überhaupt noch oder bist du schon in Frührente?«

»Im Gegensatz zu dir macht mir die Arbeit Spaß. Na ja, zumindest meistens. Ich frage nicht, wie es dir geht. Sehe ich ja.«

Die Frau hinter der Bar lachte laut.

»Das ist Rita, ihr gehört der Laden, sie sieht nicht nur gut aus, sie kocht auch ganz toll.«

»Also die ideale Ehefrau für dich.«

Ralfs Gesicht färbte sich schlagartig rot. Die zierliche, aber sehr sportlich wirkende Frau war rein körperlich das Gegenteil von ihm. Sein massiger Oberkörper, den eher Bier als Bodybuilding geformt hatte, das deutliche Doppelkinn und die Flucht seiner Haare gaben keinen Traummann her. Ich zweifelte, ob innere Werte das aufwogen.

»Wenn du mit deinen Sprüchen fertig bist, besprechen wir das Fachliche oben.« Er zeigte auf die Treppe. »Du kannst dir was auf der Karte aussuchen oder in der Vitrine schauen, was dir schmeckt. Die Antipasti sind lecker.«

»So kenn ich dich gar nicht, du isst kein Schnitzel?«

Er schüttelte leicht den Kopf.

»Mein Doktor empfiehlt mir weniger Schweinefleisch, mehr Gemüse. Ich überlege, ob ich den Arzt wechsle.«

Ich wählte den überbackenen Ziegenkäse in Honigsauce. Wir setzten uns oben an einen der freien Tische, außer uns saßen zwei Gruppen von älteren Schülern und ein junges Pärchen im ersten Stock.

»Worum geht es bei deinem Fall genau?«, fragte er.

Ich erklärte ihm in groben Zügen die Situation in Madagaskar und die Arbeit von Arnold Walter.

»Schwierig«, begann Ralf, »er war in Oberursel gemeldet, aber natürlich übernimmt immer die am Tatort zuständige Kripo die Ermittlungen. In diesem Fall kann ich mir eine Amtshilfe durch das BKA vorstellen, das wäre es auch schon. Nach zwei Wochen verschlechtert sich die forensische Spurenlage zusehends. Von den sprachlichen Hindernissen ganz zu schweigen.«

»Und in Oberursel? Wie wäre es mit einer Befragung des persönlichen Umfelds?«

»Nur wenn der Staatsanwalt das für nötig hält, zum Beispiel falls sich die Ehefrau gleichzeitig in Madagaskar aufhielt und zu den Verdächtigen zählen würde.«

»Nein, die lebt jetzt in Südamerika. Wie ich gehört habe, sind private Kontakte nicht sein Ding gewesen. Er war ein Arbeitstier.«

»Typisch Mann. So kann ich leider gar nichts für dich tun.«

Für den Abend vereinbarte ich mit den Freundinnen von Martina Weber und der Pastorin der evangelischen Kirche ein Treffen. Immerhin ein Erfolg der Reise. Es würde meinem Ego nicht schaden, mich dort ein bisschen loben zu lassen. Vorher musste ich mal wieder ins Büro schauen. Natürlich hatte Susanne alles im Griff, auf ihrem Schreibtisch wohlgeordnete Briefstapel, hoffentlich nicht allzu viele Rechnungen.

»Guten Tag, Chef. Den Urlaub gut überstanden?«

»Hallo, ja, geht so.«

Erst jetzt richtete sie ihre Aufmerksamkeit weg vom PC, hin zu mir.

»Wie siehst du denn aus? Schrecklich.«

»Du hast wie immer Recht. Leider sieht mein Gegner nicht noch schlimmer aus, da ich nicht mal weiß, wer es ist.«

»Dein Anblick hat bei Julia bestimmt Mutterinstinkte ausgelöst.«

»Hielt sich zum Glück in Grenzen, ihre eigenen Bedürfnisse standen im Vordergrund.«

»Haha, das hättest du gerne. Hier wird dein Einsatz als Unterzeichner gebraucht, ich besitze ja keine Prokura für Überweisungen. Außerdem hatten wir im Keller einen Wasserrohrbruch. Ein paar alte Klamotten sind jetzt Müll, sonst ist nichts kaputt gegangen. Die Papiere für die Versicherung habe ich bereits ausgefüllt.«

»Du bist ein Schatz.«

»Danke, das weiß ich. Im Kühlschrank wartet Apfelkuchen.«

»Ein Traum. Könntest du mir bitte die Adresse der Firma *Berger Straßenbau* heraussuchen? Sie sitzen in Frankfurt und bauen im Auftrag der deutschen Entwicklungshilfe Straßen in Madagaskar. Ein toter Bauingenieur, mein Anschlussauftrag. Ich möchte gerne morgen mit einem reden, der Ahnung von der Materie hat.«

»Wird sofort erledigt.«

»Liegt wichtige Post oder irgendwas an?«

»Ich habe dir einen Stapel auf den Schreibtisch gelegt.«

»Danke.«

Unwichtige Einladungen, eine Mahnung des Finanzamts, in spätestens zwei Wochen, von denen inzwischen eine um war, die Steuererklärung aus dem Vorjahr einzureichen und anderer Kram, der meine Stimmung nicht deutlich hob. Ich machte für heute Schluss, kaum dass ich angefangen hatte, und wünschte Susanne einen schönen Feierabend.

Zuhause schmiss ich eine Fuhre Wäsche in die Maschine, der Geruch von roter Erde hing an den Sachen. Im Kühlschrank stand nicht nur die Luft, sondern auch Gouda, der inzwischen zum Camembert mutiert war. Einige Scheiben Wurst sahen ihm ähnlich. Ein Einkauf war fällig.

Die Damen vom Flüchtlingshilfeverein hatten mich in die evangelische Gemeinde in der Stadtmitte eingeladen. Kaum, dass ich die Tür zum Gemeindehaus öffnete, zog mir der Duft von Essen entgegen. Orientalische Gewürze, aber auch so etwas wie frischgebackener Kuchen. Für ein Abendessen eher ungewöhnlich. Aus der Küche hörte ich Stimmen und Geschirrgeklapper.

»Guten Abend, die Damen.«

»Ach, Herr Bernau, wir sind noch nicht so weit. Guten Abend!« Marita Lopez-Schuster zog sich die Backhandschuhe ab und griff mit beiden Händen meine Rechte, die sie gar nicht mehr loslassen wollte. »Ich freue mich so sehr, dass Sie Martina gefunden haben. Vielen herzlichen Dank! Von uns allen!« Sie drehte sich zu Maria Kalinowsky um, die das Essen in einer Auflaufform ordentlich nachwürzte und mich anlächelte. »Martina kann heute Abend leider nicht dabei sein, es geht ihr noch nicht so richtig gut. Sie bleibt lieber zuhause, möchte zurzeit nicht so gerne unter

Menschen. Kommen Sie, die Getränke stehen gleich auf dem Tisch.«

Sie bugsierte mich in einen vom großen Gemeindesaal abgetrennten Teil, in dem eine beinahe festlich dekorierte Tafel auf Gäste wartete. Aus dem Raum dahinter erschienen Sabine Dubois und Silke Klein, die Hände voller Bier- und Weinflaschen.

»Sie tischen ja mächtig auf, erwarten Sie noch andere Gäste?«

»Herr Bernau, Sie freuen sich doch bestimmt auf heimische Getränke, oder?«, meinte Sabine Dubois eher neckisch als ernsthaft.

»Ihre Auswahl überzeugt mich.«

»Dann setzen Sie sich, es geht sofort los. Wir warten tatsächlich auf weitere Gäste, unsere Pfarrerin Paulmann und Frau Niemann von der Landeskirche aus Darmstadt kommen auch noch.«

»Wir sind schon da.« Die beiden Kirchenfrauen hängten ihre Mäntel an die Garderobe im Flur. »Es duftet ja schrecklich gut«, sagte die Pfarrerin mit einem Blick in die Küche. »Wir haben ordentlich Appetit mitgebracht.«

»Gar kein Problem.« Maria Kalinowsky erschien mit der Auflaufform. »Ich hoffe, das Lieblingsgericht meines Mannes wird uns allen schmecken, es ist genug da. Das Rezept stammt aus meiner Heimat Eritrea.«

»Trinkt man dazu Bier oder Wein?«, wollte Silke Klein wissen.

»Wir sehen das in Afrika nicht so eng, jeder wie er mag.«

»Ich würde ein Bier nehmen«, sagte ich, nachdem sich alle gesetzt hatten. So ein bisschen fühlte ich mich wie bei Muttern. Die Damen füllten mir nicht nur das Bierglas, sondern auch den Teller.

»Bevor wir jetzt zum gemütlichen Teil kommen, möchte ich gerne erst ein paar Worte des Dankes an Herrn Bernau richten. Er ist ohne zu zögern in ein fremdes Land geflogen, dessen Ruf in letzter Zeit nicht verlockend war. Man sieht ihm die Anstrengungen, von denen er uns gleich berichten wird, deutlich an. Herr Bernau hat Martina wieder nach Hause gebracht. Okay, es war ein Auftrag, allerdings hätte er ihn nicht annehmen müssen, viele andere hätten es sicherlich nicht gemacht. Ohne seinen tapferen Einsatz und sein Wissen um solche Situationen wäre Martina immer noch in großer Gefahr. Dafür möchte ich Ihnen von ganzem Herzen danken. Lasst uns darauf anstoßen. Zum Wohl!«

Alle erhoben ihr Glas. Ich fühlte das Blut in meinem Gesicht aufsteigen. So eine Lobeshymne hatte ich bislang nach keinem Auftrag gehört.

»Liebe Frau Lopez-Schuster, das ist wirklich zu viel der Ehre. Ich ...«

»Nein, sagen Sie jetzt nichts. Was wahr ist, bleibt wahr. Ihr Essen wird kalt, bitte.«

So ließ ich es mir schmecken. Erst zögerlich, schließlich immer forscher, fragten mich die Frauen über Einzelheiten zum Fall aus. Nachdem ich die meisten Details erzählt hatte, verlagerte sich das Gespräch auf die Situation der Menschen in Madagaskar. Ich berichtete von Hunger, Krankheiten und der völlig unzureichenden medizinischen Versorgung, von Korruption und der Ausbeutung des Landes.

»So sieht es in vielen Ländern Afrikas aus«, sagte Maria Kalinowsky. »In Eritrea geht es einigen Leuten sehr gut, den meisten Menschen dafür umso schlechter. Falls dann noch der Regen so lange ausbleibt, wie in den letzten Jahren, weiß man nicht, was man essen soll, nichts wächst mehr. Ich fühle mich elend, wenn ich an meine Familie dort denke. Ich lebe in Kelkheim, mir fehlt es an nichts, sie hungern. Sobald ich Geld erübrigen kann, überweise ich es. Es reicht leider nicht für alle.«

Silke Klein legte ihren Arm um Maria, über deren Wangen Tränen rollten.

»Du tust, was du kannst. Mehr geht nicht.«

»Kinder, jetzt keine schreckliche Stimmung«, hob Marita Lopez-Schuster an. »Wir sind hier, weil etwas toll geklappt hat. Wir sind Frauen, die kräftig anpacken, aber heute muss für ein paar Stunden das Schlechte in der Welt ein wenig im Hintergrund bleiben. Noch ein Bier, Herr Bernau?«

»Gerne, ich bin zu Fuß hier.«

Die Runde lachte. Der Hauptgang war durch, ein kurzes Abräumen der Teller, denen tatsächlich zwei Kuchen folgten. Sabine Dubois stellte ein besonders großes Stück vor mir ab.

»Wir haben gehört, dass Sie Kuchen lieben. Statt anderer Desserts erschien uns das passend.«

»Vielen Dank, Sie haben mich durchschaut.«

Asphalt

Das Büro der Firma Berger Straßenbau befand sich in der Bürostadt Frankfurt-Niederrad, Lyoner Straße. Weit und breit keine Baumaschinen, nur ein Parkplatz vor einem der typischen Bürocenter. Das Schild vor dem Gebäude wies auf eine ganze Reihe von Unternehmen hin, die hier ihren Sitz hatten. Statt Personal am Empfang nur eine Gegensprechanlage neben der Glastür vor dem Fahrstuhl. Ich drückte auf den passenden Knopf am Namensschild.

»Ja, bitte?«

»Bernau hier, ich habe einen Termin mit Herrn Berger.«

Keine Antwort, der Türschließer brummte. Im Lift wählte ich den 6. Stock, die Räume von Berger umfassten drei Etagen, die Geschäftsführung saß natürlich ganz oben. Im Aufzug schwebte eine Parfümwolke. Hatte sich die Frauenquote in Bauunternehmen durchgesetzt oder reichte ein Mensch für so viel Duft? Hinter dem gläsernen Eingang zur Firma saß eine junge Frau am Schreibtisch. Sie würdigte mich nur mit einem kurzen Blick und einer nur unwesentlich längeren Begrüßung.

»Herr Berger erwartet Sie, am Ende des Flurs, links.«

Sie zeigte in die Richtung, damit ich mich nicht verlief. *Vorzimmer Berger.* Die Tür stand offen, keine Sekretärin in Sicht.

»Kommen Sie rein, Herr Bernau.«

Eine tiefe Stimme aus dem Zimmer dahinter. Ich folgte der Aufforderung. Berger erhob sich vom Bürosessel, er sah nicht nach BWLer aus, mehr nach Baustelle. Kariertes Hemd aus dickem Flanell, blondes Haar, von Grau durchzogen. Er reichte mir die Hand zu einer Begrüßung, die branchentypisch sehr robust ausfiel und jedem Maurerpolier zur Ehre gereichte.

»Guten Tag, Herr Bernau, was kann ich für Sie tun? Ich habe gehört, Sie wären kein Kunde.«

»Nein, leider nicht. Ich baue mir selten eigene Straßen.«

Er lachte kurz, setzte sich wieder und bot mir den Platz vor seinem Schreibtisch an.

»Das ist sehr schade. Aber immerhin wissen die meisten Menschen gute Straßenbeläge zu schätzen. Bei Ihnen handelt es sich wohl eher um Leute, die unter der Erde liegen, wenn ich die Notiz meiner Sekretärin richtig verstehe.«

»Sie besitzen einen ausgezeichneten Humor.«

»Das liegt in unserer Familie, wir lachen gerne. Ich will nicht despektierlich erscheinen, ein Toter, egal in welchem Zusammenhang, ist natürlich keine heitere Angelegenheit, für die Hinterbliebenen erst recht nicht.«

»Absolut. Ihre Kollegin hat die Information meiner Büroleiterin richtig wiedergegeben. Arnold Walter, ein Bauingenieur in Madagaskar, ist unter ungeklärten Umständen ums Leben gekommen. Jemand hat ihn ermordet, erdrosselt, so viel ist klar.«

»Walter ... Walter ... Kann sein, dass ich den Namen schon mal gehört habe. Schlimme Sache. Für mich hat er nicht gearbeitet, oder?«

»Nein, er beschäftigte sich mit einer großen Zahl von Projekten in Afrika, sein Schwerpunkt war der Straßenbau in Madagaskar. Da berühren sich die Kreise Ihrer Firma und seiner Arbeit.«

»Stehe ich jetzt unter Mordverdacht?«

Berger gluckste vor sich hin.

»Haben Sie ein Alibi für den Abend vor zehn Tagen, so gegen 20 Uhr madagassischer Zeit?«

Er lehnte sich vor, stütze sich mit beiden Ellbogen auf den Schreibtisch.

»Bestimmt, ich war jedenfalls in Deutschland.«

»Das entlastet Sie.«

Jetzt lachte er wieder laut.

»Klingt sehr gut, damit ist der Fall, zumindest meine Person betreffend, geklärt. Möchten Sie was trinken? Einen Kaffee? Oder lieber was mit Umdrehungen«

»Danke, ein Wasser wäre schön. In letzter Zeit beschwert sich mein Magen beim dritten Kaffee am Morgen.«

»Kenn ich. Mehr Milch hilft.«

Berger stand auf, verschwand kurz im Vorzimmer und kehrte mit einer Wasserflasche und zwei Gläsern zurück, die er füllte.

»Wie kann ich Ihnen denn jetzt tatsächlich helfen? Ich zähle ja wohl nicht wirklich zum Kreis der Verdächtigen.«

»Och, wer will so etwas ausschließen, bevor man nicht die Faktenlage überprüft hat.«

Er sah mich groß an, verschluckte sich an seinem Wasser.

»Ihr Humor ist auch goldig, da stehen Sie mir in nichts nach. Jetzt mal Butter bei die Fische, worum geht es genau?«

»Es besteht der Verdacht, dass Mitarbeiter Ihrer Firma in den Mordfall verstrickt sein könnten. Walter kontrollierte Projekte von Entwicklungshilfegesellschaften. Bauausführung, Qualität der verschiedenen Gewerke, Einhaltung der Fristen.«

»Das klingt nach viel Arbeit. Und nach Ärger. Auf diesem Kontinent läuft selten etwas planmäßig, das ist allen klar.«

»Man munkelt von Korruption, massiver Abzweigung von Material für die Straßen, Einsatz von Personal und Maschinen für fremde Projekte.«

Berger lehnte sich zurück.

»Ich gehe von einem gewissen Prozentsatz aus, den ich bei jeder Baustelle in dieser Gegend der Welt abschreiben muss. Auf vielen Baustellen, auch in Deutschland, verschwindet mal ein Sack Zement oder eine Tür. Das ist unangenehm, allerdings bereits mit einkalkuliert. Ich möchte bei meinen Aufträgen ungern draufzahlen.«

»Soweit ich es verstanden habe, geht es um ganze Straßen, nicht gleich eine deutsche Autobahn, aber Landstraßen über den einen oder anderen Kilometer.«

»Mir ist nichts in der Art zu Ohren gekommen, ich kann mir das auch nicht vorstellen. Glücklicherweise bezahlt mein Auftraggeber immer pünktlich. Er würde garantiert nicht zahlen, wenn die Abnahme der Straßen nicht ordnungsgemäß und zur Zufriedenheit stattgefunden hätte. Die Jungs von der Entwicklungshilfe riskieren wegen einer Landstraße am Ende der Welt wohl kaum ihre Pensionsansprüche, geschweige denn ein paar Jahre Knast. Unsere Arbeiter in Madagaskar kenne ich natürlich nicht persönlich, da könnte ich unmöglich für jeden die Hand ins Feuer legen. Die Nachforschungen dazu obliegen den Behörden dort, wenn ich mich nicht täusche.«

Die nächsten beiden Tage verbrachte ich mit Gesprächen und Aktendurchsicht bei der Entwicklungshilfegesellschaft in Eschborn. Besser gesagt, ich scrollte endlos durch Tabellen am PC, in Papierform lagen nur wenige Dokumente vor, man druckte lediglich die Abschlusserklärungen zu den Projekten aus, mit deren Kontrolle man Walter beauftragt hatte. Ein Mitarbeiter der Revision erklärte mir mit Engelsgeduld die vielen Posten der Abrechnungen. Die Bewertung von Arnold Walter tauchte jeweils am Ende der Berichte auf. Er bediente sich nicht der überaus diplomatischen Formulierungen, die Wirtschaftsprüfer so gerne nutzten, um auf Unstimmigkeiten dezent hinzuweisen. Damit taten sie ihrer Pflicht Genüge, liefen aber nicht Gefahr, den Anschlussauftrag zu verlieren, weil sie allzu deutlich Missstände benannten. Walter wies auf den Schwund von Material hin, auf den großen Zeitverzug bei der Fertigstellung und den Anstieg der Kosten. Es war mir nicht ersichtlich, ob seine Kritik an irgendeiner Stelle Wirkung zeigte. Der Revisor meinte, dass seine Chefs diese Anmerkungen natürlich aufmerksam lasen, die von Walter entdeckten Unregelmäßigkeiten sich jedoch im üblichen Rahmen hielten. Der planmäßige Aufschlag für sogenannte unkalkulierbare Risiken lag höher als bei vergleichbaren deutschen Baustellen. Die Elbphilharmonie hatte er dabei wahrscheinlich nicht im Kopf. Nach zwei elenden Tagen Aktenstudium und Bürostaub traf ich endlich wieder Julia. Unverschämterweise hatte sie seit unserem letzten Frühstück keine Zeit für mich erübrigen können. Umso intensiver fiel die Begegnung aus. Wir genossen ein schönes Wochenende zuhause.

»Wie spät ist es?«, fragte eine Stimme aus dem Kopfkissen neben mir.

»Warum willst du das wissen? Es ist noch dunkel, schlaf weiter.«

»Dein Telefon klingelt. Das nervt.«

Ich hatte nichts gehört. Nach ein paar Minuten bimmelte es wieder. Weil kaum jemand meine Privatnummer besaß, raffte ich mich auf und schlappte schlaftrunken ins Wohnzimmer. Montag, sieben Uhr früh, das war bestimmt kein Werbeanruf der Telekom.

»Ja?«

»Giel hier, Sie kennen Frau Martina Weber, wenn meine Informationen stimmen.«

Kriminalhauptkommissar Giel, der etwas behäbige, aber nichtsdestotrotz scharfsinnige Chef der Hofheimer Kripo. Seine Anrufe hatten selten einen positiven Anlass.

»Guten Morgen, Herr Kommissar, was verschafft mir die Ehre Ihrer frühen Begrüßung?«

»Sind Sie angezogen?«

»Sollte ich?«

»Kommen Sie bitte zum *Rettershof*, auf den Parkplatz am Wald, vor dem *Fröhlichen Landmann.*«

»Das klingt nicht so gut.«

»Stimmt.«

»Reicht es in einer halben Stunde? Eine Viertelstunde brauche ich für die Strecke.«

»Bis gleich.«

»Nein, du bleibst hier.«

Julia stand im Türrahmen, so wie Gott sie geschaffen hatte.

»Mäuschen, du erkältest dich. Geh lieber ins Bett.«

»Nur mit dir.«

So ein freches Grinsen in ihrem schönen Gesicht.

»Leider nicht. Die Kripo hat angerufen, die Worte Wald und Martina Weber fielen.«

»Was ist passiert?«

Kurz hinter dem Kelkheimer Ortsteil Fischbach bog ich ab. Um die Uhrzeit fuhren hier höchstens Reiter zu den Pferden, die im altertümlichen *Rettershof* auf Futter und Bewegung warteten. Ein Wagen mit Düsseldorfer Kennzeichen kam mir entgegen, wahrscheinlich aus dem Schlosshotel, das auf dem Hügel über der mittelalterlichen Anlage thronte. Der Nebel zog im Sonnenaufgang über die Waldwiesen. Auf dem großen Parkplatz, umrahmt von Tannen und Buchen, erkannte ich die Flotte der Hofheimer Kripo, dahinter einen Transporter des LKA. Zwei Uniformierte winkten, damit ich vorbei fuhr. Ich parkte am Randstreifen und stieg aus.

»Sie sollen durchfahren«, schimpfte ein Beamter.

»Lass gut sein«, reagierte der ältere Kollege, bevor ich etwas sagen konnte, »das ist der Bernau. Der kommt bestimmt nicht aus Spaß an der Freude, schon gar nicht um die Uhrzeit. Gell, Herr Bernau?«

»Vielen Dank, ich befürchte, Sie haben Recht.« Sein Name fiel mir nicht ein, vielleicht sollte ich mehr Vitamine zu mir nehmen. »Hauptkommissar Giel, wo finde ich den?«

»Gleich da vorne, immer der Nase nach. Die Kollegen haben Scheinwerfer aufgebaut, sonst sieht man ja nix.«

Neben einem VW-Bus ratterte ein Aggregat, um Strom für die Beleuchtung im Wald zu liefern. Zwei Techniker in weißen Overalls verstauten Alukoffer im Wagen der Spurensicherung. Zum Waldrand hin wechselte der Boden von grobem Schotter zu tiefem Matsch. Gummistiefel wären besser als Halbschuhe. Das grelle Licht der Scheinwerfer strahlte durch den Forst. Ein knappes Dutzend Leute suchte den Waldboden nach Spuren ab. Ein Metalldetektor piepte in stetem Rhythmus, eine Beamtin ließ die Sonde an einer Stange in ein paar Zentimetern Abstand über das dichte Moos gleiten. Wo sich die Lichtstrahlen bündelten, hockten drei auf der Erde, nahmen Proben, fotografierten.

»Bernau, hier!«

Giel hob die Hand. Hinter ihm ein Zinksarg.

»Danke, dass Sie so schnell kommen konnten.«

»Martina Weber?« Ich machte eine Kopfbewegung zum Sarg.

»Ja, sie hatte Ausweis und Führerschein dabei. Sonst hätte die Identifikation länger gedauert.«

»Wie, ist sie stark ...?«

»Nein, Entschuldigung, auf den ersten Blick keinerlei auffällige äußere Verletzungen, wenn man von den Spuren der Strangulation absieht.«

»Sie wurde erwürgt?«

»Die Rechtsmedizin wird klären, ob es Selbstmord war. Im Moment deutet nichts auf Gewalteinwirkung durch Dritte hin.«

Giel zeigte schräg nach oben. Ein dickes, abgeschnittenes Hanfseil hing am Ast einer Buche. Im Laub darunter lag ein kleiner Holzstapel, daneben ein Frauenstiefel.

»Eine der Reiterinnen vom *Rettershof* hat sie entdeckt, besser gesagt, ihr Hund. Sie dachte zuerst, er würde einem Hasen folgen oder hätte ein Reh gesehen. Als er gar nicht mehr zurückkam und sie ihn holen wollte, sah sie es. Das ist jetzt gut eine Stunde her. Die Kollegen haben den Strick abgeschnitten. Der Körpertemperatur nach zu urteilen, ist es bereits am Vorabend passiert.«

»Gibt es weitere Spuren von Menschen?«

»Nicht zu knapp, leider. Gestern war hier Erntedankfest, da reicht dieser Parkplatz nicht aus, die Wiese steht auch voller Autos. Bei dem Matschwetter laufen die Leute am Wald entlang, um ihre Schuhe nicht zu übel einzusauen. Deswegen sieht es da vorne wie ein Trampelpfad aus. Der eine oder andere hat sogar seine Notdurft vor der Abfahrt verrichtet, der frischgepresste Apfelsaft vom Fest bleibt nicht immer ohne Konsequenzen, wenn meine Kollegen die Papierfetzen im Laub richtig deuten. So bleiben nur wenige Meter um den Fundort, um verwertbare Hinweise zu finden.«

»Sisyphos lässt grüßen.«

»Weswegen ich Sie angerufen habe, man hat mir gesagt, Frau Weber wäre neulich für ein paar Tage verschwunden, in Madagaskar, und Sie hätten sie dort wiedergefunden. Was ist passiert?«

Ich erzählte ihm, was ich zum Fall Weber wusste. Giel zog an seiner ohnehin ziemlich schlecht gebundenen Krawatte, als ob ihm das beim Denken helfen würde.

»Sie hat Ihnen nichts von den Gründen ihres Verschwindens gesagt? Ärger mit Männern, von irgendwelchen Straßenräubern verfolgt, irgendwas?«

»Nein, kein Wort. Der Kontakt mit ihren Freundinnen in Kelkheim scheint mir im Moment unterbrochen zu sein. Die Damen wussten nicht mehr als ich.«

»Litt Frau Weber unter Depressionen?«

»Die Trennung von ihrem Mann hing ihr angeblich emotional spürbar nach. Zusätzlich diese Nummer in Afrika, was auch immer die Ursache dafür war.«

»Ohne die Einschätzung eines Seelenklempners vorwegnehmen zu wollen, einen Selbstmord würden Sie für möglich halten?«

»Eventuell, aber so recht mag ich nicht dran glauben.«

»Wir können nicht in die Menschen reinschauen.«

»Brauchen Sie mich noch?«

»Nein, und vielen Dank, dass Sie so schnell hier waren. Ich melde mich in den nächsten Tagen.«

Auf dem Parkplatz fiel mir etwas ein. Die Männer mit dem Zinksarg kamen mir entgegen, Giel folgte ihnen.

»Eins, Herr Kommissar, laut ihrer Freundinnen blieb die Weber in letzter Zeit lieber alleine zuhause. War sie gestern auf dem Erntedankfest, oder ist sie direkt hierher in den Wald gegangen, um ihr Leben zu beenden?«

»Gute Frage.«

»Wie sieht dein Plan heute aus?«, wollte ich von Julia wissen, die frisch geduscht am Frühstückstische saß, als ich nach Hause kam.

»Ich vertilge das letzte annehmbare Brötchen und trinke meinen Kaffee aus, es ist übrigens noch genug für dich da. Anschließend bringe ich meinen Luxuskörper gestärkt zur Arbeit. Ein freies Wochenende gibt es nicht allzu oft, umso dynamischer sollte ich gleich in der Redaktion wirken. Was war im Wald los?«

»Martina Weber ist tot, sie hat sich aufgehängt. Es sieht zumindest alles danach aus.«

»Gott, wie schrecklich! Erst die Geschichte in Afrika, jetzt das. Was hat die arme Frau mitgemacht.«

»Ich weiß es nicht. Giel wird das ganze Umfeld abchecken, allerdings nur, wenn die Rechtsmedizin von einem Verbrechen ausgeht.«

»Du meinst, es könnte Mord gewesen sein?«

»Keine Ahnung, wahrscheinlich nicht. Im Wald, neben dem Parkplatz, am Abend nach dem Erntedankfest. Denkbar schlecht für einen Mord ohne Zeugen. Das Risiko, entdeckt zu werden, wäre hoch.«

»Gruselig. Hast du sie gesehen?«

»Nein, zum Glück nicht.«

»Du erlebst so viel Schlimmes, ich hoffe, dass es dir keine Alpträume bereitet.«

»Diesmal nicht. Schlecht geträumt hab ich nach meinem Bockmist mit dir in Mainz.«

»Du wolltest nur mein Bestes. Vergangenheit.«

Sie stand vom Esstisch auf, legte ihre Arme um mich und verpasste mir freundlicherweise einen schönen Kuss, mit dem Aroma von Kaffee und Honig.

»Daran könnte ich mich gewöhnen.«

»Gewohnheit klingt negativ, mein Großer, Raritäten sind kostbarer.«

Sagte es, zog sich ihre Jacke an und die Tür hinter sich zu. Schade. Tatsächlich schaute ich ihr aus dem Fenster hinterher. Sie bemerkte mich, als sie in ihr Auto stieg und einen Blick hochwarf. Ein schönes Lächeln.

Zwangsläufig geriet der Fall Walter für mich emotional in den Hintergrund, ich hatte den Mann nie lebend gesehen. Den Mord von Deutschland aus aufzuklären, kam mir absurd vor. Vielleicht hatte Diehl Recht, und die Spuren führten wirklich über Eschborn nach Frankfurt. Aber hier Beweise zu finden, ob Berger einen seiner Männer in Betioky dazu veranlasst hatte, Walter zu erwürgen, war mehr als fragwürdig. Wenn die Fuzzis aus der Buchhaltung keine Hinweise auf Unregelmäßigkeiten entdecken konnten, gab es weder einen Geschädigten bei den Straßenbauprojekten noch bei der Entwicklungshilfegesellschaft. Vielleicht war Arnold Walter tatsächlich ein renitenter Typ, wie manche sagten, einer, der sich wichtig gemacht hatte und alle Leute pausenlos nervte. Natürlich war ein gut zahlender Kunde etwas Wunderbares, mehr als zwei weitere Tage würde ich für den Fall Walter leider nicht abrechnen können. Niemand fühlte sich in Deutschland durch Walters Prüfungsergebnisse bedrängt, die Motivlage löste sich in Luft auf, wenn ich von einem beruflichen Hintergrund ausging. Mögliche private Motive entzogen sich meiner Kenntnis, etwaige Liebschaften und ein damit verbundener Mord aus Eifersucht, würden sich nur vor Ort ermitteln lassen. Julia hatte Recht, die restlichen Brötchen hatten eine Konsistenz jenseits von Zwieback. Bevor ich frisches Brot holen und wieder nach Hause fahren würde, blieb ich lieber gleich in der Stadtmitte und frühstückte dort. Beim Bäcker Heislitz, eigentlich eher ein Café, gab es keinen Platz mehr. Gutgelaunte Rentner und Mütter, die ihre Lieblinge gerade im Kindergarten abgegeben hatten, labten sich an Croissants und Latte Macchiato. An einem Tisch mit älteren Herrschaften, die ich hier regelmäßig sah, entdeckte ich ein Hefeweizen. Auch ein Frühstück. Vielleicht gab es nebenan im Bistro noch einen freien Tisch. Vor der Tür lief ich Marita Lopez-Schuster in die Arme, die mich im ersten Moment gar nicht bemerkt hatte.

»Guten Morgen«, grüßte ich sie, »schon unterwegs?«

»Herr Bernau, Sie haben ja bereits von Martinas schrecklichem Schicksal gehört.«

In ihrer Stimme schwang nicht nur Trauer, auch Wut klang durch.

»Ja, schlimm, die Kripo hatte mich angerufen und gebeten, zum *Rettershof* zu kommen.«

»Das hätte alles nicht passieren müssen!«

»Das stimmt. Ich weiß allerdings nicht, wie man es hätte verhindern können.«

»Dieser ganze Rummel, Botschaft, Kirche, Patricks Tod, Ihre weiteren Mordermittlungen, das hat Martina unglaublich belastet.«

»So schnell verarbeitet das kein Mensch. Aber meine Ermittlungen hier, die spielen keine Rolle, hat ja nichts mit ihr zu tun gehabt.«

»Nein, das sehe ich anders. Am Wochenende hatte Martina sich endlich ein bisschen geöffnet, zusammen mit Sabine bin ich zum Kaffee bei ihr gewesen. Sie war nicht mehr die Frau, die wir kannten. Völlig fahrig, immer wieder abwesend, mit ihren Gedanken ganz woanders. Bei Geräuschen von draußen schreckte sie auf.«

»Das verstehe ich, so, wie ich sie dort gefunden hatte, ist das kein Wunder.«

»Ich sehe das anders. Sie haben den Mordfall von diesem Arnold Walter aus Afrika nach Kelkheim gebracht. Ich weiß nicht, was Martina in Madagaskar erlitten hat, als ich mit ihr darüber sprach, dass Sie hier weiter ermitteln, sagte sie so gut wie gar nichts mehr. Sie schaute mich nur noch aus großen Augen an.«

»Sie hätte dringend psychologische Unterstützung gebraucht.«

»Möglich, solche Andeutungen hat Sabine ihr gegenüber auch gemacht. Martina hat nur den Kopf geschüttelt. Sie wollte mit niemandem darüber reden. Wir sind nach einer Stunde wieder gegangen, normalerweise dauern unsere Treffen dreimal so lang. Heute mache ich mir schreckliche Vorwürfe. Erst die Trennung von ihrem Mann, nun diese Geschichte. Das verkraftet nicht jeder. Männer gehen vielleicht einen mehr trinken, Frauen fressen das in sich rein, glauben Sie mir.«

»Sie kannten Frau Weber natürlich viel besser, im Prinzip habe ich kein einziges Wort mit ihr gesprochen, dazu kam es nie.«

»So, ich muss weiter, unser Beirat trifft sich gleich. Machen Sie es gut, Herr Bernau.«

Na toll, jetzt sollte ich mit schuld sein am Tod von Martina Weber. Der Tag wurde immer bescheidener.

Koffer

Das Frühstück im *Beef'n Beer* wollte mir nicht schmecken. Durch die Fensterfront betrachtete ich die Leute, wie sie im leichten Nieselregen über den Marktplatz liefen, bevor sie wieder in den Büros verschwanden, Ältere gingen deutlich langsamer, manche zogen Einkaufstrolleys hinter sich her. Am Getränkemarkt nebenan hingen Jugendliche herum, Dosen in der einen Hand, Zigaretten in der anderen. Mein Handy vibrierte, eine SMS von Kommissar Giel: *Kommen Sie bitte zu Frau Webers Adresse.* Darunter die Anschrift, Im Stückes, zwischen Hornau und dem Rathaus.

Ein Reihenhaus aus den 60er Jahren, gepflegter Vorgarten, was man trotz Spätherbst gut erkannte. Zwei Streifenwagen vor dem Haus, davor ein VW-Bus der Spurensicherung. Der Beamte vor dem Eingang kannte mich zwar, ließ mich aber nicht herein, sondern rief erst lautstark nach Giel. Der brauchte einen Moment, bis er die Treppe aus dem oberen Stockwerk herunterkam.

»Ja, ist okay, er kann rein.«

Ohne weitere Worte zu verlieren, trabte Giel die Treppe wieder hoch, ich hinterher. Im Schlafzimmer schaute er mich an.

»Was meinen Sie, verlässt eine Frau ihr Haus, um sich umzubringen, ohne vorher aufzuräumen und Betten zu machen?«

Auf einer Hälfte des Doppelbetts lagen das zerknautschte Kopfkissen und die Bettdecke, die andere Seite bedeckten Kleidungsstücke, wild durcheinander geworfen. Vor dem Bett warteten weitere Klamotten im Wäschekorb.

»Kommen Sie nach nebenan.«

Giel führte mich ins Büro. Quer über der Tastatur des aufgeklappten Laptops stapelten sich Rechnungen. Auto- und Hausratversicherung, Grundsteuerbescheid der Stadt, die Stromrechnung. Unter dem Schreibtisch stand die Fototasche, immer noch von der Plastikbanderole der Sicherheitskontrolle des Flughafens Tulear umwickelt.

»Wenn man uns zu einem offensichtlichen Selbstmord ruft, ist in den allermeisten Fällen alles picobello aufgeräumt.«

»Warum soll ich mir das anschauen?«

»Sie kannten die Weber und haben einen anderen Blick auf die Dinge als ihre Freundinnen, von den Emotionen der Damen ganz zu schweigen. Mit Zweien hatte ich bereits telefoniert, brachte nicht wirklich was, sie waren einfach zu aufgelöst.«

»Und der Mann? Noch sind sie ja verheiratet, oder?«

»Ja, so schnell laufen Scheidungen bei uns nicht, kann ich Ihnen aus Erfahrung sagen. Stefan Weber ist heute Morgen in aller Frühe nach Hamburg geflogen, Dienstreise, am Abend rede ich mit ihm. Das Alibi habe ich überprüft, er war mit seiner neuen Flamme im Kino, hier in Hornau, die Kinochefin konnte mir das bestätigen, man kennt sich.«

»Sie gehen bereits von Mord aus? Gibt es Erkenntnisse aus der Pathologie?«

Giel schüttelte den Kopf.

»Nein, zurzeit vertraue ich meinem Instinkt. Die Beweise werden folgen.«

Auch eine Methode. Giel war schon zu lange dabei, seine Nase gab die Richtung der Ermittlungen vor.

»Die Geschichte in Madagaskar, warum hat sie sich dort in der Hütte so lange versteckt? Hat man sie überfallen, oder wurde sie womöglich vergewaltigt?«

»Schwer zu sagen. Auf unser Erscheinen in der Hütte hat sie heftig reagiert. Laute Schreie, eine richtige Panik. Es dauerte eine Weile, bis wir sie beruhigen konnten.«

»Ein Weißer in Afrika löst normalerweise keine Angst bei einer Deutschen aus.«

»Ich weiß nicht, an welchem Punkt sie psychisch inzwischen angekommen war. Sie sah schrecklich aus, was wohl eher an den hygienischen Umständen lag. Die ganze Zeit dieselben Klamotten, kaum Wasser zum Waschen und in der Hütte stand es vor Dreck. Ich habe keine offensichtlichen Verletzungen bemerkt, den Mitarbeitern im Projekt ging es genauso.«

»Wer war das?«

»Der Leiter, ein Pfarrer und die Hauswirtschafterin. Sie hat sich um die Weber gekümmert, als sie wieder zurückkam.«

»Alles sehr weit weg vom Kelkheimer Wald.«

»Seelisch hat es sie stark mitgenommen. Wenn ich ihre Freundinnen richtig verstanden habe, wollte sie keine Hilfe annehmen, weder von nahestehenden Menschen, geschweige denn von einem Therapeuten.«

»Frau Webers Auto stand übrigens auf dem Parkplatz am *Rettershof*, gerade mal zwanzig Meter vom Fundort der Leiche entfernt. Wir haben es zur Untersuchung in die KTU gebracht, die Kollegen konnten nichts Auffälliges feststellen.«

»Sie ist in den Wald gefahren, um sich aufzuhängen.«

»Bevor Züge in Mode kamen, war das gang und gebe, nichts Ungewöhnliches.«

»Unglaublich, dass kein Besucher vom Erntedankfest etwas bemerkt hat.«

»Wer weiß, womöglich hatte es jemand gesehen, wollte nur Scherereien vermeiden.«

»Zeugen, ob sie auf dem Fest war, gibt es wahrscheinlich noch keine?«

»Wir sind dran, zuerst befragen wir die Mitarbeiter des Kelkheimer Ordnungsamts, die kümmern sich bei dem Andrang um die Parkplätze und weisen die Autofahrer ein. Dass sich jemand von denen an sie erinnert, wage ich zu bezweifeln, es war viel los. Wir weiten die Befragungen auf Webers gesamten Bekanntenkreis aus, sobald wir die Auflistung von den Freundinnen kriegen. Irgendjemand aus ihrem privaten Umfeld war garantiert auf dem Fest.«

Eine SMS von Thilo hellte meine Laune auf. Die Jungs hatten Lust auf eine spontane Doppelkopfrunde, heute Abend um acht in der *Lugar Tapas Bar*. Mitten in der Woche spielten wir sonst nie, allerdings hatten wir uns seit zwei Monaten nicht getroffen. Mal hatte der eine Urlaub oder wichtigere Termine, mal der andere. Deswegen ausgerechnet an einem Montag. Weil ich bereits die Runde vor zwei Wochen abgesagt hatte, freute ich mich umso mehr, dass sie mich noch nicht aufgegeben und gegen einen anderen Mitspieler dauerhaft ausgetauscht hatten.

Sicherheitshalber ließ ich den Wagen stehen und lief das Stück in den älteren Teil der Kelkheimer Stadtmitte. Durch die Fenster des Fachwerkhauses schien warmes Licht, kaum hatte ich die Tür aufgezogen, dröhnte mir Musik entgegen, für die ich mich zu alt fühlte. Im vorderen Bereich rauchte niemand, hinten waberten die Schwaden der Wasserpfeifen. Die Runde hatte es sich in der Ecke auf der Rückseite des großen Tresens gemütlich gemacht, Bernd, Uli und Thilo stießen gerade an.

»Wir wollten nicht verdursten«, meinte Uli in seiner trockenen Art.

»Es ist fünf vor acht, so pünktlich bin ich sonst nie«, beschwerte ich mich. »Konntet ihr nicht warten?«

»Können schon«, sagte Bernd, er verkniff sich den Rest mit einem frechen Grinsen.

Thilo stellte das Äpplerglas ab. Sein Gesichtsausdruck wirkte unglaublich zufrieden, so ein sattes Lächeln, das ich sofort hinterfragen musste.

»Hat die Eintracht gewonnen, oder ist was anderes Freudiges passiert?«

»Gestern Abend, ja, und die Bayern auch.«

»Das begreife ich nicht, wie man Fan von der Eintracht und gleichzeitig von den Seppeln sein kann.«

»Das klappt ganz gut, erblich bedingt.«

Seine Eltern stammten aus München, das ließ ich als Grund durchgehen. Ich bestellte mir ein Landbier.

»Wie lief es in Madagaskar?«, wollte Bernd wissen, drehte dabei an der Spitze seines fein ziselierten Spitzbärtchens, das inzwischen leicht angegraut war.

Ich berichtete beim Kartenspiel von den überwiegend unangenehmen Erlebnissen in diesem merkwürdigen Land, schließlich auch vom Selbstmord Martina Webers.

»Heute Morgen, am *Rettershof*, echt?«, fragte Uli. »Gestern bin ich dort noch auf dem Fest entlang geschlendert. Gruselig.« Er rieb sich seinen glattrasierten Schädel.

»Ja, die Kripo sucht Zeugen.«

»Ich weiß von nichts.«

»Du siehst doch sonst alles«, ärgerte ich den Fotografen.

»Natürlich, aber gestern habe ich nur in Herbstlaub gemacht, so eine schöne Färbung, ein Traum, gerade mit meiner neuen Kamera.«

»Irgendwie fühle ich mich mitverantwortlich. Die Frau hätte nach ihrer Heimreise professionelle Hilfe gebraucht.«

»Mit Sicherheit«, begann Thilo, »ist nur nicht dein Job. Du hast die Frau gefunden, damit war dein Auftrag erfüllt. Ihr privates Umfeld hätte sich mehr kümmern müssen.«

»Das hat sie abgelehnt.«

»Egal, manche wollen nicht, dass man ihnen hilft, da dürfen die anderen nicht so schnell locker lassen.«

»Leicht gesagt, du kannst einen Menschen nicht einfach dazu zwingen. So schlimm war es augenscheinlich doch nicht. Vielleicht hab ich mich aber auch getäuscht.«

»Du täuscht dich mit Sicherheit, sonst wäre es nicht so weit gekommen.«

»Wenn das ein Selbstmord war.«

»Gibt es Zweifel?«, fragte Bernd.

»Die gibt es immer, nach dem aktuellen Stand nur keinen Beweis.«

»Mach dich nicht verrückt«, meinte Uli, »so oder so trägst du daran keine Schuld. Du darfst nicht hinter jedem Baum Gespenster suchen, schon gar nicht in Kelkheim.«

»Ah, in Afrika, speziell in Madagaskar«, Thilo drehte die Hand, »sieht man das anders.«

Uli schüttelte nur den Kopf.

»Kommt, bevor es esoterisch wird, spielen wir lieber.«

Bis kurz vor Mitternacht droschen wir die Karten auf den schweren Holztisch. Alle durften am nächsten Tag arbeiten, so blieb die Anzahl der Getränkerunden überschaubar. Wir verabschiedeten uns an der frischen Luft, die mir keinen klaren Kopf verschaffte. Auf dem Heimweg schickte ich Julia eine mit vielen Smileys dekorierte SMS. Für einen Anruf war es leider deutlich zu spät.

Das Klingeln des Telefons weckte mich, ich blieb trotzdem im Bett, das Mobilteil lag auf dem Nachttisch. Giels Nummer, ein Anruf von Julia wäre mir lieber gewesen.

»Bernau, Sie klingen erkältet.«

»Ja, war gestern frisch draußen. Gibt's was Neues, Herr Kommissar?«

»Der Bericht vom Rechtsmediziner.«

»Wenn Sie deswegen anrufen, war es Mord.«

»Nicht zu 100 Prozent, aber 98 reichen mir. Die Würgemale am Hals liegen in einem vollkommen falschen Winkel und sind für Selbstmord und das verwendete Seil zu breit, meint der Pathologe. Er hat erstaunlicherweise keine weiteren Spuren von Gewalteinwirkung festgestellt. Eine seltsame Geschichte.«

»Fesselspuren an den Handgelenken?«

»Nicht die geringsten. Was das Erntedankfest angeht, die Kollegen haben den Computer von der Weber und ihre Accounts in den sozialen Medien unter die Lupe genommen. Bei Facebook gab es einen Eintrag, dass sie an dem Fest teilnimmt, für jeden öffentlich sichtbar.«

»War der Fundort auch der Tatort?«

»Wissen wir nicht. Aufgrund der niedrigen Temperaturen in der Nacht und dem späten Zeitpunkt des Auffindens legt sich der Mediziner nur ungern auf einen exakten Todeszeitpunkt fest. Es muss gegen 19:00 Uhr passiert sein, plus minus zwei Stunden. Die Veranstaltung endete rund zwei Stunden vorher, allzu viele Leute waren um die Zeit nicht mehr unterwegs. Im Wald konnten wir keine Schleifspuren finden, allerdings war die Weber auch nicht so schwer, dass ein halbwegs sportlicher Mann sie nicht tragen könnte. Trotzdem nehme ich an, dass sie dort ermordet wurde.«

»Sie erzählen mir das nicht, damit ich Ihnen zu diesen Erkenntnissen gratuliere.«

»Ihr Draht zum persönlichen Umfeld der Frau ist ein Pfund, das ich gerne nutzen würde.«

»Jetzt setzt sogar die Polizeidirektion Hofheim auf freie Mitarbeiter, wo soll das enden ...«

»Ihren Humor möchte ich nicht haben. Wie ich Sie kenne, brauchen Sie früher oder später auch mal wieder meine Hilfe. Sprechen Sie mit den Freundinnen, finden Sie heraus, wer von denen ebenfalls zu diesem Fest gegangen ist und die Weber möglicherweise dort gesehen hat. Ich hab die Frauen befragt, es kam kaum was dabei raus. Mehr als zwei Stunden Ihrer kostbaren Zeit dürfte das nicht in Anspruch nehmen.«

Ich stimmte zu und versprach ihm, heute mit den Frauen zu reden, schließlich tat ich damit auch meinem schlechten Gewissen etwas Gutes. Das ungute Gefühl, zu wenig auf die Weber geachtet zu haben, obwohl ich sie gefunden und zurückgebracht hatte, kroch ständig durch meinen Schädel. Ich war keine Anlaufstelle für psychische Probleme, trotzdem hatte ich mich in Betioky zu schnell um den Fall Walter gekümmert und Martina

Weber den Leuten aus dem Projekt überlassen. Nach einem kurzen Frühstück fuhr ich ins Büro, brachte Susanne auf den aktuellen Stand meiner, besser gesagt Giels Erkenntnisse und rief Frau Lopez-Schuster an. Sie klang verstimmt, die Idee, zusammen mit den Frauen aus dem Vorstand der Flüchtlingshilfe über Martina Webers letzte Stunden zu sprechen, missfiel ihr deutlich. Weil sie sich natürlich als gesetzestreue Bürgerin verstand, willigte sie trotzdem ein und übernahm die Anrufe bei den anderen Damen.

Erinnerung

Wir trafen uns kurz vor Mittag am Gagernring, in der schicken Neubauwohnung von Sabine Dubois.
»Für Kuchen ist es viel zu früh, deswegen habe ich auf die Schnelle leider nur Kleinigkeiten vorbereitet.« Sabine Dubois beugte sich über mich und stellte eine Platte mit Tomaten und Mozzarella auf den Tisch. »Das Olivenöl und der Balsamico stammen übrigens aus der Manufaktur eines lieben Freundes in Italien, köstlich und alles Bio. Greift zu, bitte! Das Baguette kommt sofort, es braucht noch eine Minute.«

Das Lächeln der anderen Frauen hielt sich in Grenzen, zu traurig war der Anlass unseres Treffens. Die drei warteten ab, bis Sabine Dubois mit dem Brot dazukam.

»Es ist heiß, vorsichtig. Guten Appetit.«

Alle zögerten, die Gastgeberin reichte schließlich jedem den Brotkorb. Ich nahm mir Baguettescheiben, legte Tomaten und Käse dazu, träufelte Öl und Balsamico drüber.

»Jemand etwas Pfeffer?«

Niemand.

»Herr Bernau«, begann Marita Lopez-Schuster, »Sie wissen, wie schwer es uns fällt, über dieses schreckliche Thema zu sprechen, das hatte ich Ihnen bereits am Telefon gesagt. Martina war eine liebe Freundin. Eigentlich ist sie es immer noch, sie schwirrt durch unsere Köpfe, und das wird auch so bleiben. Wir möchten die Erinnerung nicht durch quere Gedankengänge und wilde Spekulationen trüben, das verstehen Sie bestimmt.«

Sie schaute mich fragend an, ich sagte nichts, deutete ein Nicken an.

»Wenn sich herausstellt, dass es gar kein Selbstmord war, wären wir die Letzten, die nicht helfen würden, den Täter zu finden.«

»Das sind wir Martina schuldig«, meinte Silke Klein.

Maria Kalinowsky sprach so leise, dass ich sie nicht richtig verstand, Sabine Dubois schaute nach unten.

»Wie können wir Sie unterstützen?«, nahm die Lopez-Schuster wieder das Wort an sich.

»War eine von Ihnen auf dem Erntedankfest am *Rettershof*?«

Lopez-Schuster und Silke Klein verneinten.

»Nur kurz gegen Mittag«, sagte Maria Kalinowsky. »Uns war es einfach zu voll, mit den Kleinen, das Gedränge nervt so, wenn man mit einem Kinderwagen unterwegs ist.«

»Haben Sie Frau Weber gesehen?«

»Nein, leider nicht.«

»Ich habe sie getroffen.«

Alle schauten Sabine Dubois an.

»Wir hatten uns nicht verabredet, ein Zufall. Sie war aber nicht sehr gesprächig. Nur Smalltalk über das Wetter und dass so viel Menschen dort waren.«

»Um welche Uhrzeit?«

»Puh, so gegen halb vier, meine ich.«

»War sie alleine da?«

»Ja. Zumindest habe ich niemanden bemerkt. Obwohl ...«

Silke Klein sog hörbar Luft ein. »Bitte, Sabine, lass dir nicht alles aus der Nase ziehen!«

»Entschuldigung.« Sabine Dubois senkte ihren Kopf noch tiefer, ihre Stimme war kaum zu hören. »Tut mir leid, ich wollte euch das keinesfalls verschweigen, ich hatte mir nur nichts dabei gedacht. Sicher haben andere Leute sie auch gesehen. Bei einem ... Selbstmord ... spielte das in meinen Augen keine Rolle. Ich mochte nicht die Letzte von uns sein, die sie lebend getroffen hatte.«

Silke Klein legte den Arm um ihre Freundin.

»Nein, alles okay, ich verstehe dich gut. Mach dir bitte keine Sorgen.«

»Vielleicht hätte ich sie davon abhalten können, dachte ich. Mir ist das Herz ... Als ich gehört habe, dass sie sich umgebracht hat ...«

»Nein, das hat sie nicht. Sie tragen keinerlei Mitschuld an ihrem Tod.«

Sie schluchzte laut auf. Die Blicke der anderen trafen mich. Was hatte ich jetzt schon wieder Falsches gesagt?

»Entschuldigen Sie, wenn ich richtig verstanden habe, war Frau Weber nicht alleine auf dem Fest?«

»Ich weiß nicht, sie stand an dem Tresen, wo der frisch gepresste Apfelsaft ausgeschenkt wurde. Daneben bezahlte ein Mann sein Glas, den ich mal bei einer Veranstaltung hier im Gemeindehaus als Redner gehört hatte. Da stellt mein Kopf eben eine Verbindung her.«

»Hätten Sie vielleicht auch einen Namen?«

»Nein, der fällt mir leider nicht mehr ein, ist bestimmt zwei Jahre her.«

Marita Lopez-Schuster griff sich an die Stirn.

»Sabine, Mensch, bei uns in der Kirche? Worum ging es da? Musik, eine Lesung oder ein Vortrag?«

»Er hatte ein Projekt präsentiert, das unsere Gemeinde unterstützt. Keine Ahnung, welches. Im Prinzip sammelte er Spenden.«

»Wie sah er aus?«

»Ein sportlicher Typ, blond, irgendwie norddeutsch. Ein Vollbart, blaue Augen. Eine tiefe Stimme. Die blieb mir in Erinnerung.«

»Moment.« Ich nahm mein Smartphone, wischte durch die Fotos. »Könnte es der sein?«

Sabine Dubois schaute sich das Bild an.

»Er arbeitet in Madagaskar?«

»Ist er das wirklich?«, hakte ich nach.

Ich vergrößerte das Foto, zoomte aus dem Gruppenbild auf das Gesicht.

»Ja, mit Sicherheit. Wie heißt er?«

»Fabian Homeyer.«

Die anderen beugten sich vor, um mehr zu sehen. Nach ein paar Tagen in Betioky wollte Julia zur Erinnerung an das Projekt ein Gruppenfoto haben. Petzold, Homeyer, Frau Knauf, Patrick und wir zwei.

»Was passiert jetzt?«, fragte Silke Klein.

»Natürlich gebe ich das an Kommissar Giel weiter. Es muss nicht bedeuten, dass Homeyer mit ihrem Tod irgendetwas zu tun hat.«

Die Klein schaute mich ungläubig an.

»Sie meinen, es könnte Zufall sein, dass sich Menschen, die sich vor einer Woche in der hintersten Ecke Afrikas aufhielten, auf dem Erntedankfest in Kelkheim treffen? Halten Sie uns für blöd?«

»Weder noch. Natürlich kann das eine Verabredung zwischen den beiden gewesen sein. Es überführt allerdings niemanden des Mordes an Ihrer Freundin.«

»Sie sollten schnell handeln«, reagierte Lopez-Schuster. »Er könnte sich jederzeit nach Afrika absetzen. Dort würden Sie ihn nie kriegen.«

»Stimmt.« Ich erhob mich vom Esstisch. »Vielen Dank für Ihre Unterstützung, das bringt die Ermittlungen der Kripo einen großen Schritt nach vorne.«

Bei Letzterem war ich mir nicht so sicher.

Im Auto rief ich Giel an und berichtete ihm.

»Sie wissen, wo Homeyer wohnt?«, fragte er.

»So ungefähr, eine Pension in Eppstein, unterhalb der Burg. Ich rufe in Eschborn an, die Personalabteilung hat garantiert seine Heimatadresse.«

»Sie melden sich, sobald Sie die Anschrift kennen? Ich hätte Sie gerne dabei, wenn wir uns mit dem Herrn unterhalten.«

»Ja, natürlich. Bis gleich.

Es dauerte eine Zeit, bis die Herrschaften in der Personalabteilung geklärt hatten, ob sie mir die Adresse geben durften. Dreimal verband man mich weiter, bis ich den Menschen an der Strippe hatte, mit dem ich neulich bereits über Arnold Walter gesprochen hatte. Er war irritiert und verstand nicht so schnell, was denn nun Fabian Homeyer mit dem Ganzen zu tun hatte. Endlich rückte er mit der Anschrift heraus. Ich ließ den Motor an, fädelte mich in den Verkehr auf dem Gagernring ein und tippte auf dem Mediadisplay Giels Nummer.

»Ja?«

»Burgstraße 12.«

»In einer Viertelstunde?«

»Bis gleich.«

Natürlich senkten sich direkt vor meiner Nase die elenden Schranken des Bahnübergangs am Kelkheimer Bahnhof. Zeit, um Mails zu checken. Vor gut einer Stunde eine Nachricht vom Revisor der Entwicklungshilfegesellschaft, mit einer Datei als Anhang. Der Nahverkehrszug wartete weiter auf das Okay zur Weiterfahrt. Ich klickte die E-Mail an, der Betreff lautete *Abrechnungen Betioky Arnold Walter.*

Sehr geehrter Herr Bernau,

nach unserem Gespräch zu potentiellen Unregelmäßigkeiten beim Straßenbauprojekt für den ländlichen Raum in Madagaskar habe ich mir die Berichte und Abrechnungen erneut und noch einmal etwas genauer ange-

schaut. Dabei ist mir eine sehr unorthodoxe Vorgehensweise aufgefallen. Bei den Kosten hat man im laufenden Projekt unübliche Anpassungen vorgenommen. Ständig hat man den Kostenrahmen für den Straßenbau nach oben angepasst und gleichzeitig die alten Zahlen gelöscht. So konnte sich hinterher niemand über den extremen Anstieg der Beträge beschweren, scheinbar war alles im vorgegebenen Rahmen der allerersten Planung. Normalerweise würde so etwas erst später und mit Genehmigung der Geschäftsführung vorgenommen werden. Die permanenten Veränderungen sind in der Historie der Datei, den Metadaten, immer noch sichtbar. Irgendwann wäre es bei Kontrollen aufgefallen. Das ist quasi ein interner Betrug. Ich habe den Fall bereits meinen Vorgesetzten mitgeteilt und setze Sie hiermit ebenfalls in Kenntnis, weil es direkt mit Arnold Walters Arbeit zusammenhängt.
Mit freundlichen Grüßen
Jan Schurer, Revision

Ein starkes Stück. Der Zug nach Königstein glitt vorbei, die Schranken öffneten sich.

Alibi

Giels Dienstwagen stand bereits in der Burgstraße, ich hielt dahinter. Er schaute in den Rückspiegel, stieg aus und grüßte wortlos, nur mit einer kurzen Handbewegung. Die Beifahrertür öffnete sich, der unangenehme Kommissar Krüger, den ich zum Glück lange nicht mehr gesehen hatte, erhob sich aus dem Sitz. Er sparte sich jeden Gruß. Die herzliche Abneigung beruhte auf Gegenseitigkeit.

»Die Zeugenaussage bedeutet nicht, dass Homeyer unser Mann ist«, meinte Giel. »Ihre Zeugin hat ihn und das Opfer gegen 15:30 Uhr zusammen auf dem Fest bemerkt. Laut Rechtsmediziner trat ihr Tod frühestens eineinhalb Stunden später ein, zwischen 17:00 und 21:00 Uhr, aber natürlich bin ich für alle Hinweise dankbar. Wir gehen jetzt hoch.«

Er zeigte auf die Pension. Kaum hatte ich einen Schritt gemacht, stoppte Krüger mich.

»Sie bleiben unten, wir regeln das ohne Sie.«

»Sonst ist bei Ihnen alles in Ordnung?«

»Nur zu, ich freue mich über jede Beamtenbeleidigung. Ihr Register wächst ständig weiter an, irgendwann sind Sie Ihre dämliche Privatschnüfflerlizenz los, für einen guten Bullen hat es ja sowieso nicht mehr gereicht.«

»Krüger, hören Sie auf zu stänkern«, griff Giel ein. »Ich hatte Bernau gebeten, für uns Befragungen durchzuführen, jetzt darf er natürlich mit. Bleiben Sie cool, sind Sie sonst doch auch immer. Ohne Bernau hätten wir nichts in der Hand.«

»Blindes Huhn, sage ich nur.« Er ließ nicht locker, aber sein Chef hatte das letzte Wort.

Die Tür der Pension war abgeschlossen, Giel klingelte. Es dauerte einen Moment, bis eine ältere Dame öffnete.

»Wir möchten gerne zu Herrn Homeyer.«

Giel zeigte ihr den Dienstausweis.

»Oh, ist etwas passiert?«, fragte die Frau, deutlich verunsichert.

»Es geht um eine Zeugenaussage. Herr Homeyer kann uns sicher helfen.«

»Ah, so, ja, er ist da, sein Zimmer ist die Nummer Fünf, im ersten Stock.«

Hintereinander stiegen wir die Treppe nach oben. Giel klopfte an die zweite Tür im schummrigen Flur.

»Moment, bitte!«

Die Tür öffnete sich ein Stück, Homeyers Gesicht erschien zwischen Türblatt und Zarge, sein Lächeln wich einem irritierten Blick. Hinter den Polizisten erkannte er mich und zog die Tür weiter auf.

»Herr Bernau, schön dass Sie mich besuchen, Ihre beiden Begleiter kenne ich allerdings nicht, ich bin auch gerade auf dem Sprung.« Im offenen, weißen Hemd, darunter ein Unterhemd, die Reste von Rasierschaum im Gesicht, trat er dennoch einen Schritt zurück, um uns reinzulassen. »Worum geht es? Sie sehen offiziell aus. Gibt es was Neues im Fall Walter?«

Krüger blickte mit zusammengezogenen Augenbrauen den Chef an. Er wusste wohl nichts von Arnold Walter. Ich hatte zwar mit Giel kurz darüber gesprochen, der aber anscheinend nicht mit seinem Mitarbeiter.

»Nein, es ist leider jemand anderem, den Sie kennen, etwas zugestoßen.«

»Wo waren Sie am Sonntagabend?«, platzte es aus Krüger heraus. Zurückhaltung war nicht sein Ding.

»Moment, worum geht es hier? Klingt ja wie in einem schlechten Film.«

»Entschuldigen Sie bitte die direkte Art des Kollegen«, reagierte Giel. »Wir sind leider gezwungen, bei einem größeren Personenkreis, zu dem Sie gehören, diesen Zeitraum zu überprüfen.«

Homeyer knöpfte langsam sein Hemd zu. Das Zimmer hatte die besten Tage hinter sich. Nicht sehr groß, ich schätzte es auf knapp fünfzehn Quadratmeter, möbliert mit Einzelbett, zwei grünen Stoffsesseln, einer breiten Kommode, die er als Schreibtisch nutzte, und einem zweitürigen Schrank. Immerhin passten die Möbel halbwegs zusammen. Aquarelle an der Wand, in einem Stil, den eher ältere Kundschaft bevorzugte. Die Eppsteiner Burg, der Kaisertempel und eine Taunuslandschaft mit Apfelbäumen im Vordergrund.

»Was ist passiert?«, wollte er wissen.

»Wo waren Sie in diesem Zeitraum«, insistierte Krüger hartnäckig

»Am Nachmittag, so ab drei Uhr, war ich auf einem Fest am *Rettershof*, in Kelkheim, kennen Sie bestimmt.«

Ich nickte, die Beamten reagierten nicht.

»Anschließend wollten wir was essen, oberhalb vom *Rettershof*, im *Fröhlichen Landmann, da* gab es um die Zeit keinen einzigen Platz mehr. Deswegen sind wir nach Fischbach gefahren und haben es uns beim Italiener im Bürgerhaus gutgehen lassen. *Calogero* heißt der. Gegen 22:00 Uhr haben wir dort gezahlt.«

»Ja, beide bekannt«, brummte Giel. »Mit wem waren Sie auf dem Fest und hinterher essen?«

»Ein befreundetes Ehepaar, hier aus Eppstein. Wir kennen uns schon ziemlich lange, alle Jubeljahre verabreden wir uns. So oft bin ich ja nicht in Deutschland, meistens klappre ich die Familie ab. Das steht bei mir ab morgen auf dem Programm. Wenn Sie mir jetzt bitte sagen würden, warum ich ein Alibi brauche?«

Giel und Krüger sahen tatsächlich mich an. Sie überließen es mir, die unangenehme Botschaft zu überbringen.

»Ich war ja wegen Frau Weber in Madagaskar«, begann ich langsam. »Leider ist ihr nun etwas zugestoßen. Zuerst dachte man, es wäre kein Verbrechen.«

»Sie ist ... tot?«

»Ja. Anfangs deutete alles auf Selbstmord hin. Erhängt im Wald.«

»Grauenvoll, ganz schrecklich. Und wie kommen Sie darauf, ich könnte was damit zu tun haben?«

»Eine Zeugin hat Sie zusammen mit Frau Weber auf dem Fest gesehen«, antwortete Giel.

»Verstehe ich nicht. Ich hab sie nicht getroffen, nicht mal bemerkt.«

»Sie stand nur einen guten Meter von Ihnen entfernt, bei der Getränkeausgabe.«

»Wenn das jemand so gesehen haben will, meinetwegen, ich habe Martina Weber nicht wahrgenommen. Tut mir leid. Im Hof drängte sich alles, um diese Uhrzeit war kein Durchkommen.«

Krüger hob den Stift zwischen seinen Fingern. »Namen und Anschrift des Ehepaars brauch ich.«

»Erfurth-Huber, sie wohnen auch in der Burgstraße, am anderen Ende.«

Giel bedankte sich bei ihm, ich reichte Homeyer die Hand, bevor wir gingen.

»Ich wüsste keinen Grund, warum er die Weber umgebracht haben sollte«, sagte ich.

Giel lehnte sich ans Auto, Krüger zog eine E-Zigarette aus der Jackentasche und fummelte daran herum.

»Wer hätte ein Motiv für den Mord?«, sinnierte Giel, mehr zu sich selbst. »Sie gehen davon aus, dass die Ursache in Afrika liegt. Das halte ich für eine eingeschränkte Sicht der Dinge, wahrscheinlich liegen Sie falsch. Sie lebt und arbeitet hier, wir haben einen Noch-Ehemann und viele Menschen, mit denen sie privat und beruflich zu tun hatte. Zum Beispiel bei diesem Flüchtlingsverein. Bislang laufen die bei uns unter gute Freunde, nicht als potentielle Täter. Wir sollten den Frauen mal ordentlich auf den Zahn fühlen, was, Krüger?«

»Unbedingt, Chef. Man darf niemanden vorzeitig ausschließen.«

»Okay.« Giel reichte mir die Hand. »Vielen Dank, dass Sie uns unterstützt haben. Ich melde mich, wenn sich im weiteren Verlauf der Ermittlungen noch Fragen ergeben.«

Klar, Giel konnte natürlich Recht haben. Martina Weber war gerade mal ein paar Wochen in Madagaskar, aber ansonsten ihr Leben lang in Deutschland. Mein Bauchgefühl widersetzte sich trotzdem seinen Schlussfolgerungen.

»Eine Frage hätte ich. Im Haus von der Weber, ist Ihnen irgendetwas aufgefallen? Wenn ich Sie richtig verstanden habe, gab es dort keine Hinweise auf die Tat oder mögliche Motive.«

»Nein, rein gar nichts. Die Techniker haben alles mit dem Staubpinsel durchgewischt, ohne Ergebnis.«

»Schlecht. Wer hat jetzt die Schlüssel?«

»Der Mann.« Giel kratzte sich den Kopf. »Die Webers sind ja nicht geschieden, ihm gehört ganz offiziell die eine Hälfte vom Haus, und wahrscheinlich demnächst auch die andere. Wollen Sie sich das Haus anschauen?«

»Ja, vielleicht. Bringt aber wohl nichts mehr, wenn Ihre Leute so gründlich durchgegangen sind.«

Schafe

Im Internet suchte ich die Telefonnummer von Stefan Weber heraus. Unter der Festnetznummer meldete sich nur der Anrufbeantworter. Ich sprach auf Band wer ich war und erklärte meinen Wunsch, mir das Haus von innen anzuschauen. Vielleicht würde er sich ja melden. Inzwischen dämmerte es bereits, der Himmel war wolkenverhangen, die Herbstsonne hatte keine Chance. Den Fundort am *Rettershof* hatte ich nur im Halbdunkel gesehen. Bevor es erneut Nacht wurde, setzte ich mich ins Auto und fuhr in den Wald.

Die Spuren des starken Verkehrsaufkommens auf der Waldwiese würden erst in ein paar Wochen zuwachsen, breite, braune Reifenspuren hatten die Wiese an vielen Stellen regelrecht umgepflügt. Ich stellte den Wagen ein Stückchen weiter unten ab, auf dem geschotterten Teil des Parkplatzes, neben einer Reihe von Pferdeanhängern. Auf der eingezäunten Lichtung nebenan blökten die Schafe. Um in der Dämmerung besser sehen zu können, holte ich aus dem Kofferraum meine Taschenlampe. Die Polizei hatte die Absperrbänder vom Tatort bereits entfernt, nur ein paar Plastikfetzen ließen erkennen, dass es hier vor kurzem anders zugegangen war. Den Holzstapel, auf dem Martina Weber vor ihrem vermeintlichen Freitod gestanden haben soll, hatte die KTU mitgenommen. Am Baum hatte jemand sogar den dicken Ast abgesägt, an dem das Seil hing. Sehr gründlich, die Hofheimer Kriminaltechniker. Der Strahl der Taschenlampe wanderte über den Waldboden. Hier würde ich nichts entdecken, was die Beamten nicht schon gesehen hatten. Ich zog langsam weitere Kreise um den Fundort, streifte mit dem Licht durch den Wald, was mir zusehends sinnlos vorkam. Auf der einen Seite die Wiese, am Sonntag ein einziger Parkplatz, daneben bereits der Weg in den

Wald, offen nur für geländegängige Fahrzeuge des Forstbetriebs. Den Weg entlang zog sich ein Holzzaun, dahinter kauten Schafe vor sich hin. Sie schenkten mir einen gelangweilten Blick. Tolle Zeugen. Einfach zu dunkel, um etwas zu finden, falls es überhaupt deutliche Spuren gab, nachdem so viele Menschen rund um das Fest spazieren gegangen waren. An einem Baum auf der Schafweide blinkte ein kleines, rotes Licht, gut zehn Meter hinter dem Gatter. Ich versuchte, in der Dunkelheit zu erkennen, was dort in unregelmäßigen Abständen aufleuchtete. Das Blinken hörte auf. Ich ging in Richtung Auto. Ein kurzes Aufleuchten. Mit einem Arm winkte ich. Es blinkte. Ein Bewegungsmelder, aber nirgendwo leuchtete ein stärkeres Licht auf. Vielleicht war die Lampe kaputt. Ich kletterte über den Zaun, die Schafe stieben lautstark blökend davon.

»Was machen Sie da?« Ein älterer, untersetzter Mann marschierte auf mich zu. »Wenn Sie Lamm essen wollen, gehen Sie in den *Fröhlichen Landmann,* den beliefer ich.«

Er blieb kurz vor mir stehen und schob seine Cordmütze höher.

»Entschuldigung, ich schlachte selten selbst. Das Blinken hat mich neugierig gemacht.«

»Meine Wolfskamera.«

Er grinste.

»Sie warten auf Wölfe?«

»Ich beuge vor. Einige Schäfer sind pleite, weil Wölfe zu viele Tiere gerissen haben.«

»In Kelkheim?«

»Quatsch, außer mir hält sich ja keiner Schafe. Bislang gab es nur im Hintertaunus eine heftige Attacke. Aber in Niedersachsen geht es seit über einem Jahr bös rund. Da reichen nicht mal mehr die Entschädigungen vom Land aus, um die Verluste auszugleichen. Der Wolf soll ja ein friedliches Tier sein, nur hat er manchmal schlimmen Hunger. Deswegen wandern sie nun auch in den Süden.«

Der Mann dachte sehr weit in die Zukunft.

»Wie funktioniert Ihre Kamera? Ich habe bemerkt, dass sie sich an Bewegungen orientiert.«

»Klar, ich will ja nicht stundenlang fernsehgucken.«

»Warum blinkt sie?«

»Damit Menschen wissen, wenn sie fotografiert werden.«

»Wer ahnt schon, dass im Wald eine Kamera hängt?«

»Niemand, es gibt so eine Vorschrift, deswegen hat der Hersteller das Lämpchen eingebaut.«

»In der Kamera steckt eine Speicherkarte?«

»Nee, geht mit WLAN. Die Bilder wandern direkt auf den Computer im Haus.« Er zeigte mit dem Daumen hinter sich. »Einmal die Woche lösche ich den ganzen Kram.«

»Sie wissen, was vorgestern passiert ist?«

»Sie meinen die Frau am Baum.«

Er brachte es trocken auf den Punkt.

»Die Polizei hat es bislang nicht an die große Glocke gehängt, wahrscheinlich steht es morgen in der Zeitung. Die Spuren deuten auf ein Verbrechen hin.«

»Ein Mord in unserem Wald? Gibt's nicht!«

Er steckte die Hände in die Taschen seiner weiten Hose.

»Leider doch. Ich bin kein Polizist, nur Privatermittler, arbeite der Kripo allerdings zu. Bernau mein Name.«

»Ja, ich kenne Sie. Ihr Foto war vor einiger Zeit im Blättchen.«

Der Mann hatte ein gutes Gedächtnis.

»Würden Sie mir die Bilder auf dem Computer zeigen?«

»Außer Schafen, Bäumen und Spaziergängern werden Sie nichts sehen.«

»Vielleicht reicht mir das ja.«

Digital

Ich stiefelte ihm durch den Matsch und die Schafsköttel hinterher, die wie ein Teppich aus gerösteten Kaffeebohnen die Lichtung bedeckten. Vor der Tür des Hauses hinter dem flachen Stall zögerte ich, was der Schäfer bemerkte.

»Im Flur stehen Filzpantoffeln, sonst gibt's Ärger mit meiner Frau.«

»Alles andere hätte mich gewundert.«

Er lachte kurz und heftig.

»Der Computer steht hier vorne.«

Wir schlappten durch die Diele, deren Wände grob gekalkt waren, in eine winzige Kammer. Es dauerte eine Zeit, bis der Rechner auf dem antiken Eichenschreibtisch endlich hochgefahren war. Windows XP, Updates schienen hier nicht nötig zu sein. Der Mann, seinen Namen hatte er bislang für sich behalten, wie er auch sonst nicht allzu geschwätzig war, startete ein Programm. Die Computermaus in der Pranke wirkte befremdlich.

»Welche Uhrzeit wollen Sie sehen?«, fragte er.

»Zwischen 17:00 und 21:00 Uhr, falls es nicht zu dunkel war.«

»Des ist kein Problem, die Kamera strahlt die Umgebung mit einer Infrarotlampe an. Merkt niemand.«

»Hightech im Wald.«

»Jo. Hier, setzen Sie sich.« Er zog mir einen klapprigen Bürostuhl heran. »Rund sechzig Fotos, aus der Entfernung sieht so ziemlich alles gleich aus. Viel Erfolg, ich geh solang hoch.«

Schwierig, auf den ersten Blick überhaupt Unterschiede zwischen den einzelnen Aufnahmen zu erkennen. Der Wald im Hintergrund blieb natürlich immer derselbe, die Schafe standen mal näher, mal weiter weg. Leider lösten die Tiere allzu oft selbst die Kamera aus. Auf den meisten Fotos war kein einziger Mensch zu sehen. Nur rund jedes zehnte Bild zeigte eine oder mehrere Gestalten, dummerweise ziemlich weit weg, was dem starken Weitwinkel der Überwachungskamera geschuldet war. Das Programm ließ einen leichten Zoom zu. Ich vergrößerte den Ausschnitt. Eine Familie mit Kinderwagen um 17:21 Uhr. Zwanzig Minuten später eine Gruppe mit Nordicwalkingstöcken, auf denen Reflektionsbänder weiß leuchteten. Die Farben der Aufnahmen setzten sich aus Grün, Braun und Grau zusammen, beim Heranzoomen wechselte die Auflösung von Highdefinition zu einer Ansammlung von groben Artefakten. Die Leuchtkraft des Infrarotstrahlers reichte nicht, um auf diese Entfernung die Gesichter zu erkennen. Gegen 18:00 Uhr zwei Menschen in dunklen Jacken, ebenso um 18:27 und 18:43. Schließlich eine kleine Gruppe um Viertel nach sieben. Danach nichts mehr außer Schafen. Ich zog einen Schlüsselbund aus der Tasche und kopierte die vier Fotos auf den USB-Stick, der zwischen den Schlüsseln hing. Die Bilder würde ich mir auf meinem Rechner genauer anschauen.

»Soll ich den Computer runter fahren?«, rief ich aus der Diele die Treppe hoch.

Eine Tür im oberen Stockwerk öffnete sich, der Kopf des Schäfers erschien.

»Können Sie machen. Haben Sie was entdeckt?«

»Kann ich noch nicht sagen, die Leute sind fast nicht zu erkennen.«

»Hab ich mir gedacht.«

»Trotzdem, vielen Dank.«

»Gerne, und falls Sie mal einen ordentlichen Lammbraten brauchen, wissen Sie jetzt, wo Sie ihn kriegen.«

Der Parkplatz am Waldrand lag mittlerweile in Finsternis, nur der Himmel, von dem sich die meisten Wolken verzogen hatten, glomm in einem intensiven, dunklen Blau. Die Reifen ratterten über den groben Schotter, ich hörte, wie Steine davon flogen. Die

Radioanzeige in der Mittelkonsole zeigte einen Anruf an, bevor es klingelte. Eine unbekannte Nummer.

»Bernau.«

»Hier ist Stefan Weber, Sie haben vorhin angerufen.«

»Vielen Dank, dass Sie zurückrufen. Ich möchte Ihnen mein Beileid aussprechen.«

»Dankeschön, das ist sehr freundlich von Ihnen. Aber vielleicht wissen Sie um die Situation unserer Beziehung in der Vergangenheit.«

»Ja, geht mich natürlich nichts an. Wie ich auf die Mailbox gesprochen hab, war ich in der letzten Woche in Madagaskar und hab Ihre Frau dort gefunden. Nach ihrem plötzlichen Tod und den stockenden Ermittlungen der Polizei möchte ich mich gern bei Ihnen umschauen. Wenn das für Sie in Ordnung wäre.«

»Ich hatte es so verstanden, dass Sie die Arbeit der Polizei unterstützen, insofern ist das vollkommen okay für mich. Wann würde es passen?«

»Je schneller, desto besser.«

»Heute Abend?«

»In einer Viertelstunde?«

»Oh, ja, warum nicht.«

Vor dem Reihenhaus im Übergang zwischen Kelkheim-Mitte und dem Stadtteil Hornau parkte ein weißes Mercedes Cabrio. Stefan Weber hatte es sich nicht verkneifen können, seine Initialen auf das Autokennzeichen prägen zu lassen. Direkt nachdem ich geklingelt hatte, öffnete er mir. Relativ groß gewachsen, vielleicht etwas kleiner als ich, kurze, blonde Haare.

»Guten Abend, Herr Weber.«

»Herr Bernau, kommen Sie rein.«

»Danke, dass Sie sich so spontan die Zeit genommen haben, ist nicht selbstverständlich.«

»Nach dem Mord an meiner Frau sehe ich das anders, obwohl wir nicht mehr zusammengelebt haben.«

Giel hatte ihn also auf den aktuellen Stand der Ermittlungen gebracht. Bei potentiell Tatverdächtigen nicht üblich, aber sein Alibi schien über jeden Zweifel erhaben. Im Erdgeschoss brannte in allen Räumen das Licht.

»Was kann ich Ihnen zeigen? Nur die Zimmer oder auch irgendwelche Unterlagen? Den Laptop meiner Frau hat die Polizei mitgenommen, die Beamten sind ziemlich gründlich vorgegangen, insofern fehlt mir die Fantasie, was Sie jetzt noch finden könnten.«

»Ich weiß es selbst nicht. Wenn Sie gestatten, würde ich mich einfach umschauen und die Dinge auf mich wirken lassen. Vielleicht fällt mir etwas auf.«

»Bitte, Sie haben freie Hand.«

Er deutete mit einer Handbewegung zum Wohnzimmer. Bislang war ich nur in der oberen Etage gewesen, Giel war gestern gleich nach oben getrabt und ich hinterher. Die Aufteilung der Räume entsprach einem typischen Reihenhaus, vom Flur gingen Gäste-WC, die Treppe und der Wohnraum ab. Die offene Küche musste ziemlich neu sein, modern ausgestattet, hell, fast keine Gebrauchsspuren an der Arbeitsfläche und den Türen der Schränke. Über dem braunen Ledersofa hing ein Foto an der Wand, die langgestreckte Frankfurter Skyline im Sonnenuntergang. Auf dem gläsernen Couchtisch warteten Untersetzer auf Gläser.

»Die Polizei hat einige Kaffeebecher mitgenommen, die hier standen«, erklärte mir Weber. »Fingerabdrücke und so, kennen Sie besser als ich.«

»Ja, klar, die Techniker dürfen nichts übersehen.«

Zwei massive Weichholzschränke aus der 19. Jahrhundert, einer mit Glasscheibe, dahinter Geschirr, wahrscheinlich das gute, nur für besondere Gäste. Ein stattliches Bücherregal, eng gefüllt, hauptsächlich mit Romanen. Sachbücher hatte sie ins Obergeschoss verbannt, erinnerte ich mich. Kein Papierkram oder Aktenordner im Wohnzimmer.

»Darf ich mich im ersten Stock umschauen?«

»Bitte.«

Weber ging die Treppe voran, blieb im Flur oben stehen. Ich öffnete die Tür zum Schlafzimmer und drückte innen auf den Lichtschalter. Seit gestern sah es hier etwas verändert aus. Die Herrschaften von der KTU bemühten sich, nach Hausdurchsuchungen wieder Ordnung zu schaffen, trotzdem erkannte ich die typischen Spuren. Die Schubladen des viertürigen Kleiderschranks schlossen nicht richtig, die der Kommode waren ein wenig aufgezogen. Im Schrank stapelten sich T-Shirts und Pullover, alle leicht schräg, nicht sonderlich akkurat. Ich knipste das Licht aus und ging ins Büro. Dort ein ähnliches Bild. Aktenordner ragten aus dem Regal, die Schübe der Bürokommode bildeten keine glatte Fläche, auf dem Schreibtisch stand die offene Kameratasche. Hier würde ich nichts Neues finden, die Ermittler hatten ganze Arbeit geleistet.

»Vielen Dank, Herr Weber. Ich möchte Ihre Zeit nicht länger beanspruchen. Die Beamten waren sehr gründlich.«

»Ist doch selbstverständlich, kein Thema.«

Wie zum Abschied legte ich meine Hand auf die alte Kamera in der Fototasche. Ein schöner Apparat aus Metall, eine chromglänzende Nikon, aus den 80er Jahren. Schon fast zu antiquiert, um damit zu fotografieren. Meine Fingerspitzen spielten mit den Schaltern, wollten das Rädchen drehen, mit dem man den Film zurückspult. Ich spürte einen leichten Widerstand, in der Kamera steckte ein Film.

»Darf ich?«

Weber schaute mich fragend an. Ich nahm den Fotoapparat aus der Tasche, drückte einen kleinen Hebel zur Seite, der den Rückspulmechanismus freigab, klappte einen Metallbügel auf und kurbelte den Film zurück. Ein kräftiger Zug an dem Knopf und der Deckel der Kamera sprang auf. Die Filmdose der Marke Ilford kam zum Vorschein, Martina Weber hatte einen Schwarzweißfilm eingelegt.

»Ihre Frau hat eine sehr traditionelle Art von Fotografie gepflegt. Wenn Sie erlauben, werde ich den Film entwickeln lassen. Natürlich bringe ich Ihnen hinterher die Negative.«

»Nur zu. Wie ich Martinas Bilder kenne, finden Sie Tiere und Landschaften auf dem Film, vielleicht ein paar Häuser. Mehr wird es nicht sein, befürchte ich.«

Unschärfe

Mit dem Film in der Tasche fuhr ich ins Büro. Die Bilder der Überwachungskamera vom *Rettershof* interessierten mich stärker als die aus Madagaskar, zumal ich den Film nicht selbst entwickeln konnte. Morgen früh würde ich damit zu meinem Freund Marcus fahren, aus meinem Bekanntenkreis der Letzte, der trotz digitaler Revolution weiterhin eine Dunkelkammer besaß, um seine Filme nach alter Väter Art zu entwickeln. Für ihn das einzig Wahre, jenseits des Pixelwahns moderner Kameras. Susanne hatte inzwischen Feierabend. Ich schaltete das Licht ein, startete den PC und nutzte die Zeit des allzu langsamen Hochfahrens, einen Blick in den Kühlschrank zu werfen, schließlich war es Abendbrotzeit. Statt Wurst oder Käse, die selten den Weg in unser Büro fanden, lachten mich zwei Stückchen von Susannes Donauwelle an. Bevor ich nach dem langen Tag Hunger litt, im weiten Nichts des Kühlschranks entdeckte ich ansonsten nur Milch und eine Packung Magerquark, zog ich den Teller heraus. Der Computer verlangte das Passwort, danach ratterte er wieder einige Minuten vor sich hin. Seit dem letzten Update verschiedener Programme dauerte die gesamte Startprozedur noch länger. Irgendwann war ein neuer Rechner fällig. Ich steckte den USB-Stick ein und schob die Dateien in ein spezielles Bildbearbeitungsprogramm. Die Nachschärfung der Aufnahmen brachte zwar weitere Details hervor, überzog die Fotos aber mit deutlichem Bildrauschen, wie bunter Schneefall, was vereinzelt zu Zusammenballungen von Pixeln führte, leider an den entscheidenden Stellen. In einem zweiten Arbeitsschritt formte der Algorithmus aus den Artefakten in mehreren Durchläufen Gesichter. Die beiden Menschen um kurz vor sechs, ich nahm an, dass es Frauen waren, hatten leider zu lange Haare, um Martina

Weber zu ähneln. Das Pärchen eine halbe Stunde später besaß, soweit ich es erkennen konnte, überhaupt keine Haare mehr. Außerdem ein deutlich zu üppiger Körperumfang und der Glanz schwarzer Lederjacken, das passte auf keinen Fall zum Opfer. Das dritte Bild ließ sich nicht so gut deuten. Nur schemenhaft zeichneten sich die Figuren von zwei Personen ab, die sich genau nebeneinander bewegten und so der eine den anderen abdeckte. Der Mensch vorne war eindeutig nicht Frau Weber, viel zu dunkle Haare. Auf dem vierten Bild erkannte ich zwei oder drei Leute vor dem Grün des Waldes. Auch sie gingen nahezu parallel. Die Person im Vordergrund hatte sich weggedreht, nur der Hinterkopf war zu sehen, nicht aber das Gesicht. Die Haare eher kürzer und blond, bei der Jacke tippte ich auf einen Parka, dessen Farbe ich nicht einordnen konnte, einfach dunkel, mit zwei reflektierenden Streifen. Der Oberkörper dahinter ragte weiter vor. Blonde, längere Haare. Ich zoomte in das Bild. Schwierig. Mit zugekniffenen Augen verschwammen die einzelnen Pixel zu einem Gesicht, das ich zu kennen glaubte. Martina Weber. Sie beugte sich irgendwie vornüber. Ob man sie an den Armen festhielt oder sie sich untergehakt hatte und nach unten schaute, ließ sich nicht unterscheiden. Die Jacke hatte auf alle Fälle dieselbe Farbe wie die am Fundort, ein kräftiges Gelb. Nicht eindeutig erkannte ich, ob ein Dritter hinter ihr ging. Das letzte Foto von Martina Weber. Eine ordentliche Spur. Ich speicherte diesen Bildausschnitt und kopierte die Datei sicherheitshalber in zwei Ordner, auf dem PC und auf einer externen Festplatte. Allzu spät war es noch nicht, ich griff zum Telefon und rief Giel an.

»Ja?«, brummte es grußlos am anderen Ende.

»Ich hätte da was für Sie.«

»Machen Sie es bitte nicht spannend, das versucht schon die Tatort-Wiederholung im Dritten.«

»Sie gucken Krimis?«

»Nein, natürlich nicht, ich ärgere mich sonst nur über die vielen Fehler. Meine Frau guckt immer Tatort. Also?«

»Am *Rettershof* hängt eine Überwachungskamera.«

»Ich weiß, hat nichts gebracht.«

»Bitte?«

»Bei dem Gewusel im Reiterhof konnten wir niemanden genau erkennen.«

»Nein, die mein ich nicht. Weiter oben, vor dem Parkplatz liegt diese Schafweide.«

»Die Schafe werden überwacht? Wer klaut die denn?«

»Der böse Wolf. Deswegen hat der Schäfer eine Kamera mit Bewegungsauslöser angebracht.«

»Bitte keine künstlerischen Pausen, Herr Bernau.«

»Martina Weber, um Viertel nach Sieben, lebend, in Begleitung von ein oder zwei Personen. Auf dem Bild wirkt sie merkwürdig, sie geht vornüber gebeugt.«

»Die beiden anderen, erkennt man die?«

»Nicht wirklich, nur grob die Haare von einem.«

»Scheiße. Aber immerhin etwas. Sie schicken mir bitte die Aufnahme gleich per Mail?«

»In einer Minute haben Sie das Bild.«

Marcus erwartete mich in zwei Stunden im Fotolabor, vorher durfte er den Oberbürgermeister beim Start der ersten Wiesbadener Straßenbahnlinie ablichten, das Großereignis des Jahres in der Landeshauptstadt. Ich nutzte die Zeit und fuhr kurz vor Mittag nach Eschborn. Die Hintergründe zur Mail des Revisors der Entwicklungshilfe interessierten mich brennend, schließlich brachten sie das Märchen vom Projekt, bei dem alles vollkommen nach Plan lief, zum Einsturz. Es regnete heftig, die Temperatur sank, der Wind tat ein Übriges. Ich parkte so nah wie möglich vor dem Eingang des Bürokomplexes und beeilte mich, schnellstmöglich ins Trockene zu gelangen.

»Der Regenschirm wurde bereits erfunden, Herr Bernau.«

Philip Diehl kam mir mit Roth und einem dritten Kollegen im Foyer entgegen, alle drei wetterfester als ich angezogen, anscheinend amüsierte er sich über meine hochgeschlagene Jacke.

»Habe ich auch schon gehört.«

»Gibt es was Neues im Fall Walter?«

»Ja, aber keinen Durchbruch, würde ich sagen.«

»Wir sind auf dem Weg in ein ausgezeichnetes Restaurant, gleich um die Ecke, möchten Sie uns begleiten?«

»Das klingt verlockend, leider hab ich einen Termin im Haus, schade.«

»Ein Jammer, beim Thai schmeckt es deutlich besser als in der Kantine. Über die Neuigkeiten informieren Sie mich noch, ja?«

»Natürlich.«

Jan Schurer hatte die betreffenden Dateien ausgedruckt, riesige Exceltabellen, sie bedeckten den ganzen Schreibtisch in seinem kleinen Büro. Der Revisor beugte sich vor, sah mich an, er wartete auf meine Reaktion.

»Und, was sagen Sie? Schauen Sie hier, mit drei Millionen hat man den Bau dieser Straße veranschlagt. Stück für Stück stieg die Summe, allerdings, da liegt der Haken, bereits zu Beginn der Bauphase, bevor die Rechnungen hereinpurzelten. Bei anderen Straßen genau dasselbe Spiel.«

»Klingt unüblich.«

Schurer lachte.

»So kann man es auch nennen.«

»Aber wenn der Projektleiter in Madagaskar den Anstieg der Baukosten vor Rechnungserstellung gemeldet hat, würde sich die Sache erklären, ganz ohne Verschwörungstheorie.«

»Quatsch! Das Budget kann nur das entsprechende Gremium anpassen, dazu gäbe es natürlich ein ordentliches Protokoll. Das ist nicht zu finden. Weil es schlicht nicht existiert. Außerdem ist das nicht einmal, sondern tatsächlich fünfmal geschehen, bei jedem dieser Projekte. Mein Vorgesetzter hat bereits mit der Geschäftsführung darüber gesprochen. Die sind aus allen Wolken gefallen.«

»Also hatte Arnold Walter Recht, wenn er immer wieder die Abwicklung der Projekte rügte?«

»Ich befürchte ja.«

»Das wird Philip Diehl freuen.«

»Wieso Diehl?«

»Er hat mir den Auftrag gegeben, im Fall Walter am Ball zu bleiben.«

»Ach so, bei mir kam die Bitte von ganz oben, Ihnen dabei zu helfen, zumindest, was den Papierkram angeht.«

»Wie verfahren Sie beziehungsweise Ihre Vorgesetzten nun weiter?«

»In den nächsten Tagen wird es eine Sitzung der Geschäftsführung, vielleicht sogar ein Gespräch mit den Spitzen des Verwaltungsrats geben, falls das nicht bereits stattgefunden hat. Anschließend wird jemand dafür sicherlich geradestehen müssen.«

»Haben Sie einen Verdacht, wer an den Zahlen geschraubt hat?«

»Es können nicht allzu viele Mitarbeiter auf die Dateien zugreifen. Neben den entsprechenden Abteilungsleitern wären das meine Kollegen aus der Revision. Die Chefs überlassen ihren Vorzimmerdamen bestimmte Arbeiten, der Personenkreis vergrößert sich dadurch ein wenig. Ich würde sagen, rund 8-9 Leute kommen in Frage.«

»Sie auch.«

Schurer schluckte.

»Herr Bernau, bitte. Solche Scherze mag ich gar nicht.«

»Wer weiß, die anderen weisen den Verdacht garantiert genauso von sich.«

Der junge Mann wurde rot.

»Ich habe mit den Projekten sonst überhaupt nichts zu tun, mein Chef hat mir erst vor einem Monat diesen Bereich zugewiesen.«

»Entschuldigung, nur ein Scherz von mir.«

»Na, danke.«

»Nein, ganz im Gegenteil, ich möchte mich bei Ihnen für diese wertvollen Informationen bedanken. Wenn es weitere Erkenntnisse gibt, würde ich die gerne erfahren.«

Schurer war bestimmt froh, mich wieder los zu sein. Mein Spaß, ihn in den Kreis der Verdächtigen einzubeziehen, hatte ihm nicht gefallen, auch nach meiner Entschuldigung wirkte er verstimmt. Eine trockene Seele. Ich quetschte mich auf dem Eschborner Autobahndreieck in den steten Verkehrsfluss der A66 in Richtung Wiesbaden. Marcus hatte sein Büro in der Innenstadt, direkt an einer der Hauptkreuzungen. Ruhig ging anders, zwei breite Straßen, die Schwalbacher und die Rheinstraße, trafen vor dem Haus aufeinander. Bevor ich ewig nach einem Parkplatz Ausschau hielt, fuhr ich lieber gleich in ein Parkhaus und lief das Stück zurück. Ich klingelte, die Tür summte. Das Büro lag im 2. Stock eines gut sanierten Gründerzeitbaus. Die Tür oben stand offen. Mit Blick auf das schöne, alte Parkett zog ich die nassen Schuhe aus.

»Nimmst du immer noch so viel Zucker in den Kaffee?«, rief Marcus aus der Küche.

»Gar keinen mehr, dafür viel Milch, sonst kriege ich das Zeug nicht runter.«

»Der Kaffee ist vom Röster meines Vertrauens, der schmeckt lecker, wirst du gleich merken.«

Mit zwei großen Tassen kam er mir entgegen.

»Guten Tag, Herr Bernau, wie geht es dir?«

»Lerne klagen ohne zu leiden.«

»Also alles wie immer. Komm, wir gehen ins Wohnzimmer.«

Ich folgte ihm, wir setzten uns in die dicken Sessel.

»Ist das jetzt eigentlich dein Büro und deine Wohnung?«

»Welcher Freiberufler kann sich heutzutage noch beides leisten?«

»Entwickelst du die Bilder im Badezimmer?«

»Quatsch, das Labor steht natürlich im Keller. Zeig mal den Film.«

Ich zog die Filmdose aus der Jacke und reichte sie ihm.

»Ilford FP4. Kein Problem, der Standard-Schwarzweißfilm. Was ist da drauf?«

»Bilder aus Madagaskar.«

»Dein aktueller Fall, wenn ich dich richtig verstanden habe. Du möchtest die Aufnahmen sofort sehen?«

»Du bist ein echter Freund.«

»Denkste, ich schicke dir eine Rechnung. Mindestens eine Flasche Rotwein.«

»Damit kann ich leben.«

»Gut, willst du solange hier oben warten, oder schaust du mir über die Schulter?«

»Ich leiste dir Gesellschaft.«

Der Blick über die Schulter stellte sich zumindest für den Anfang als Scherz heraus. Auf dem Labortisch im Keller platzierte Marcus eine schwarze Plastikdose und die passende Kunststoffspirale so, dass er sie bei vollkommener Dunkelheit finden konnte, und schaltete das Licht aus. Ich hörte abwechselnd schabende und quietschende Töne. Marcus schob den Film auf die Spirale, die er in der lichtdichten Dose versenkte. Das Geräusch einer schneidenden Schere, gefolgt vom knarzenden Plastikteilen.

»Vorsicht, ich schalte das Licht an.«

Ich hob die Hand vor meine Augen.

»Dauert ein paar Minuten.«

Nach dem Entwickler, er kippte die schwarze Dose alle dreißig Sekunden auf den Kopf und zurück, folgte ein Stoppbad, das er schnell wieder ausschüttete. Anschließend floss Fixierer in das Loch unter dem Gummideckel. Rund zehn Minuten dauerte die gesamte Prozedur.

»So, jetzt noch Wasser.«

Marcus stellte den Behälter ins Waschbecken, steckte einen speziellen Schlauch in die Öffnung der Dose und drehte den Wasserhahn auf.

»Wäre das mein Film, würde ich ihn eine halbe Stunde wässern, dann ist er archivfest. Du hast es wie immer eilig, nehme ich mal an, deswegen belasse ich es bei fünf Minuten, okay?«

»Du bist hier der Profi.«

»Na gut, machen wir sieben Minuten.«

Das Wasser plätscherte stetig aus den Rändern der Dose wieder heraus. Erstaunlich, dass sämtliche Flüssigkeiten zum Film vordrangen, aber kein Licht. Wir unterhielten uns über die Leiden der professionellen Fotografen, das heißt, Marcus schimpfte über seine Auftragslage, die immer mieser aussah, weil heutzutage jeder meinte, mit Digitalkameras ausreichend gut fotografieren zu können.

»Viele Kunden verwechseln die Qualität der Kameras mit denen der Aufnahmen. Zum Glück besitzen einige Leute noch einen Blick für gut gestaltete Bilder, von diesen Aufträgen lebe ich. So, genug Wasser.«

Er drehte den Wasserhahn ab, griff mit beiden Händen die Filmdose und hob den Deckel ab. Nur Tropfen einer weiteren Flüssigkeit fielen in das verbliebene Wasser. Er bewegte die Spirale kurz, zog sie heraus und schraubte sie in zwei Hälften. An die Filmenden steckte er Metallklammern.

»Anstelle des Trockenschranks nehme ich einen Föhn, ist nicht toll, geht aber deutlich schneller.«

»Wenn es der Wahrheitsfindung dient.«

Er trocknete den Film, zerschnitt die Rolle in Streifen, schob diese in klare Negativhüllen, goss Chemikalien in die Schalen am Vergrößerungsgerät. Statt in absoluter Dunkelheit arbeitete er jetzt in rotem Laborlicht. Zuerst fertigte er Kontaktstreifen an, sämtliche Bilder auf einem Blatt Papier. So viel Mühe für ein paar Fotos. Ich konnte verstehen, warum fast alle Fotografen den digitalen Weg nutzten. Marcus war ein Purist. Wieder die Prozedur mit der Chemie, allerdings knipste er nach wenigen Minuten das normale Licht an, wässerte das Papier und schob es in eine Trockenmaschine, die mich an den Ofen meines Bäckers erinnerte.

»Bitte.«

Er legte das Blatt auf den Tisch, reichte mir eine Lupe. Ich beugte mich über die winzigen Bildchen, die nur die Größe der Kleinbildnegative hatten. Unschwer erkannte ich Baobabbäume, schwieriger wurde es bei Menschen auf dem Feld oder vor den Häusern. Homeyer, Petzold, Knauf, einheimische Frauen bei der Feldarbeit. Patrick neben dem Auto, auf einem anderen Bild zusammen mit Martina Weber. Fotos aus Betioky, die Auslagen der Händler, Gemüse, besondere Obstsorten. Ein Teil der Bilder war bei Dunkelheit entstanden, die Kreuzung in der Stadtmitte, die Tankstelle, das Nachtleben rund ums Bistro.

»Könntest du mir diese fünf Bilder vergrößern, bitte mit einem Ausschnitt, auf dem man die Menschen erkennt?«

Marcus nickte und machte sich an die Arbeit. Er legte den Negativstreifen in den Kopf des Vergrößerers und belichtete ein

Blatt Papier. Nächstes Negativ, nächstes Papier. Nach dem fünften Bild ließ er sie nacheinander in die Schale mit der Entwicklerflüssigkeit gleiten, tauchte sie mit einer Zange unter. Eine Laboruhr mit einem besonders großen Sekundenzeiger tickte. Ein paar Sekunden später drehte er die Bilder um. Das weiße Nichts verwandelte sich in die dunkle Szenerie des Abends, an dem Martina Weber verschwand. Coole Typen, die sich an ihre klapprigen Autos lehnten, und darauf warteten, ihre Kisten betanken zu können. Auf dem zweiten Bild standen junge Frauen vor dem Bistro, den Blicken der Chinesen am Nachbartisch ausgesetzt. Das dritte Foto zeigte einen Geländewagen auf der anderen Straßenseite, am Steuer ein weißer Mann. Er greift sich mit beiden Händen an den Hals. Die letzte Aufnahme vom lebenden Arnold Walter. Hinter ihm sitzt jemand, vielleicht auch neben ihm. Das Foto ist nicht im erleuchteten Bereich der Kreuzung entstanden, sondern in einer dunkleren Seitenstraße, nur vom Licht eines Fensters und einer entfernten Straßenlaterne erhellt.

»Kannst Du mir von dem Bild einen Ausschnitt vergrößern? Nur die Leute im Auto?«

Marcus kurbelte den Kopf seines Vergrößerers in die Höhe. Belichtung, Papier rutschte in die Entwicklerschale. Die dunklen Schemen der Menschen verschwammen ineinander. Nahezu unmöglich, etwas zu erkennen.

»Moment, ich nehme ein weicheres Papier und verkürze die Belichtungszeit.

Auf dem zweiten Blatt zeichneten sich die Konturen klarer ab. In aller Seelenruhe vollzog Marcus die Prozedur mit den Chemiebädern, bevor er das Deckenlicht einschaltete, gefolgt vom Wässern und Trocknen des Fotos. Er reichte es mir mit der Lupe. Kopfstütze und Fenstersäule des Autos verdeckten zum Teil das Gesicht des Mannes auf der Rückbank. Das Bild widerlegte die Theorie der Kripo in Betioky, dass es ein Raubüberfall durch Einheimische war. Der Täter war eindeutig ein hellhäutiger Mann.

»Komm ins Licht, du schattest das Papier selbst ab.«

Marcus schaltete eine Schreibtischlampe an und schob das Blatt darunter. Die Augen von Arnold Walter wachsen geradezu aus dem Kopf. Die Finger krallen sich unter einen dunklen Streifen, wahrscheinlich ein Seil, das seinen Hals zusammenquetscht. Der Täter auf der Rückbank drückt sich gegen die vordere Kopfstütze, ein Lichtstreifen fällt von der Straßenlaterne auf seine linke Gesichtshälfte. Völlig verzerrt von der Anstrengung des Tötens. Ein Auge sieht in die Kamera, sieht Martina Weber.

»Erkennst du jemanden?«, fragte Marcus.

»Nicht so richtig. Ich werde das Bild sofort an die Kripo weiterreichen.«

»Ich würde mich freuen, wenn ich mich bei der Ermittlung eines Mörders nützlich gemacht hätte.«

»Du hast so oder so geholfen, ich danke dir. Welche Rebsorte bevorzugst du?«

»Gerne Merlot. Es wird Winter.«

Ich wählte die Nummer der Polizeidirektion, damit ich Giel auch antreffen würde, um ihm die Fotos zu zeigen, und nicht nur an den dämlichen Krüger geriet.

»Ein Foto von der Tat?«, rief er aus. »Wer fotografiert bei Dunkelheit im Wald?«

»Nein, Sie haben mich falsch verstanden. Es sind zwei verschiedene Situationen. Einmal Martina Weber am *Rettershof*, das Bild hatte ich Ihnen gestern Abend gemailt. Die Aufnahme ist kurz vor der Tat entstanden. Und jetzt habe ich noch eins aus Madagaskar, der Mord an Arnold Walter, im entscheidenden Moment von der Weber fotografiert.«

»Unglaublich, bis gleich.«

Eine Viertelstunde später bog ich am Ortseingang von Hofheim auf das Gelände der Polizeidirektion Main-Taunus. In Giels Büro warteten bereits zwei weitere Kriminaler auf mich, der unausweichliche Krüger und der Polizeidirektor persönlich.

»Mit so einem Empfang hatte ich nicht gerechnet.«

»Schauen wir mal, ob Ihre Bilder was taugen«, antwortete Krüger abschätzig.

Ich legte das Foto aus Betioky und den dazugehörigen Negativstreifen auf den Tisch. Den Ausdruck der Datei vom *Rettershof* hatte der Polizeichef bereits in der Hand.

»Erzählen Sie bitte was dazu«, sagte der Direktor. »Ich kenne nur den einen Sachverhalt, der Fall in Afrika ist mir nicht klar. Der Mord an Arnold Walter betrifft uns indirekt, natürlich würden wir den Kollegen in Madagaskar Amtshilfe leisten, falls sie unsere Unterstützung anfragen.«

In knappen Sätzen schilderte ich ihm den Stand der Dinge und meine Einschätzung.

»Das sind keine Beweise«, unterbrach mich Krüger.

»Die Aufnahmen sind in der Tat nicht optimal«, meinte der Polizeichef. »Wir sollten schauen, was die Techniker aus der Datei und dem Negativ noch herausholen können. Danach reden wir weiter. Auf alle Fälle entsteht dadurch eine klare Ermittlungsrichtung. Kein Stochern mehr im Nebel. Es sind im Moment gute Indizien, aus denen eindeutige Beweise werden könnten. Die Selbstmordtheorie ist ja sowieso hinfällig, spätestens seit dem Ergebnis der toxikologischen Untersuchung.«

»Das ist wiederum mir nicht bekannt«, sagte ich.

»Herr Bernau ist als Privatermittler natürlich nicht auf dem neuesten Stand der Erkenntnisse«, warf Giel ein, »aber ich freue mich über seine Unterstützung, deswegen sollten wir aus unserem Wissen kein Geheimnis machen.«

Der Chef nickte, Giel erklärte mir die Laborergebnisse.

»Die Rechtsmedizin hat eine Betäubung durch K.O.-Tropfen entdeckt. Viele Leute glauben ja, dafür gäbe es gar kein Nachweisverfahren. Die Wirkung dieser Mittel würde auch erklären, warum Frau Weber auf dem Foto«, Giel tippte auf das Bild der Überwachungskamera, »so merkwürdig vornüber hängt. Es dreht sich jetzt alles um die Frage, wie man sie ihr verabreicht hat, und natürlich von wem.«

»Sie laden den Kreis der Verdächtigen zum Verhör vor, Herr Giel. Es handelt sich um eine Handvoll Leute, wenn ich der Theorie von Herrn Bernau und dem möglichen Zusammenhang der beiden Fälle folge.«

»Herr Direktor, ich würde seinen Fantasien nicht so schnell glauben«, mischte sich Krüger ein.

»Deswegen sind Sie ja auch ein Oberkommissar und ich der Polizeidirektor.«

Giel stellte zusammen mit Krüger und mir eine Liste der Leute auf, die er in den nächsten beiden Tagen einvernehmen wollte, wie es im Polizeijargon hieß. Der Hauptkommissar plante, vor dem Beginn der ersten Verhörrunde den Eindruck zu vermeiden, dass er sie als Täter betrachten könnte. Deswegen ließ er auch eine Sekretärin die Termine mit ihnen ausmachen, vorgeblich nur, um Informationen über Martina Weber und ihren Aufenthalt in Madagaskar zu erhalten. Nach den Telefongesprächen nickte sie. Die Verhöre würden mit einem Abstand von zwei Stunden erfolgen. Genug Zeit, um bei jedem einzelnen ordentlich Druck aufzubauen. Der Erste war um 10:00 Uhr an der Reihe.

»Morgen Abend sehen wir klarer. Bis dahin haben unsere Techniker die beiden Bilder ausgewertet, sie werden bestimmt etwas herausholen.« Giel strich sich zufrieden über seinen Bauch.

»Sie rufen durch, sobald einer beim Verhör ins Schwitzen gerät?«, bat ich ihn.

»Sie erfahren es noch vor dem Chef«, lachte er, was ihm einen schiefen Blick von Krüger einbrachte.

Damit gab ich meine Aufträge endgültig aus der Hand. Den Fall Weber hatte ich zwar zur Zufriedenheit der Auftraggeber erfüllt, aber nach der traurigen Entwicklung fühlte ich mich der Aufklärung ihres Todes verpflichtet. Aus dem Selbstmord wurde Mord, nun kreisten wir den Täter immer weiter ein. Giel war ein sehr erfahrener Polizist, der schon einigen harten Jungs zu einem Geständnis verholfen hatte. Er wickelte seine Opfer gerne in aller Ruhe in ein feines Netz aus Fragen, hob sie auf das falsche Bein, um ihnen kurz darauf ihre Widersprüche erbarmungslos um die Ohren zu hauen. Ich sollte Julia anrufen, um ihr von den neuesten Entwicklungen zu erzählen. Oder um sie zu einem Glas Wein einzuladen. Vielleicht beides, je nachdem, was ihr gefiel.

Im Radio liefen die 9:00 Nachrichten, der Kaffee duftete, mein Handy vibrierte. Eine Telefonnummer mit Eschborner Vorwahl erschien auf dem Display. Julia sah mich über den Frühstückstisch an, ein Brötchen in der einen, die Teetasse in der anderen Hand.

»Geh schon ran. Das ist garantiert ein toller Auftrag.«

»Ganz bestimmt.«

Ich tippte mit dem Zeigefinger auf *Gesprächsannahme*.

»Bernau.«

»Guten Morgen, Herr Bernau, hier ist das Vorzimmer vom Vorstand der Deutschen Entwicklungshilfegesellschaft. Ich darf Sie mit meiner Chefin verbinden, Frau Brönner. Eine Sekunde bitte.«

Bevor ich antworten konnte, knackte es in der Leitung.

»Brönner hier, Herr Bernau?«

»Ja, genau, guten Morgen.«

»Guten Morgen, schön, dass wir uns mal unterhalten können. Der Leiter unserer Revision meinte, Sie hätten für uns wertvolle Arbeit geleistet. Dafür möchte ich herzlich danken.«

»Ich helfe gerne.«

Ein Lachen am anderen Ende.

»Ich weiß, es ist Ihr Job. Allerdings bestand Ihr Auftrag ja in der Aufklärung des Mordes an einem freien Mitarbeiter. Nun kommt aber die merkwürdige Steigerung von Projektkosten zum Vorschein. Deswegen würde ich gerne mit Ihnen persönlich sprechen.«

»Das haben Ihre Kollegen in der Zentrale entdeckt. Bei mir sind diese Lorbeeren fehl am Platz.«

»Zu viel Bescheidenheit schadet, das kann ich Ihnen aus eigener Erfahrung sagen. Wir prüfen jetzt, wer den extremen Kostenanstieg zu verantworten und ohne Mitteilung an mich die Budgetierung so deutlich hochgesetzt hat.«

»Kämen dafür eigentlich nicht nur die Projektleiter in Frage?«

»Ja, der Chef der Abteilung hatte deswegen heute Morgen einen Termin bei mir. Leider musste er wegen akuter Probleme bei einem wichtigen Projekt mit dem ersten Flieger nach Madagaskar.«

»Bitte?«

»Ja, Roth ist gemeinsam mit seinem Stellvertreter, Herrn Diehl, recht früh abgeflogen, meinte meine Sekretärin.«

»Heute Morgen?«, rief ich lauter in den Hörer.

»Ja, was stört Sie daran, Herr Bernau?«

»Ich bin nur ziemlich überrascht. Darf ich mich später noch mal bei Ihnen melden, im Laufe des Tages?«

»Natürlich, ich möchte ja etwas von Ihnen erfahren. Ist irgendwas?«

»Das könnte sein. Bis nachher.«

»Auf Wiederhören.«

Julia sah mich erstaunt an.

»Klingt jetzt nicht so gut.«

Ohne auf ihre Bemerkung einzugehen, rief ich Giel an.

»Bernau hier. Zwei unserer Vögel sind ausgeflogen.«

»Welche zwei?«

»Diehl und Roth.«

»Was heißt ausgeflogen?«

»Nach Madagaskar, heute früh.«

»Scheiße. Die Techniker haben mir vorhin die Auswertung der Bilder geliefert.«

»Und?«

»Wie Sie vermutet haben, das Gesicht im Vordergrund wirkt auf beiden Fotos halbwegs identisch, die Aufnahmen sind im Vergleich zueinander aber zu schwammig, um einen handfesten Beweis zu liefern. Trotzdem bin ich der Ansicht, die Gesichtspartie auf dem Schwarzweißfoto sollte bei einem technischen Abgleich mit Roths Gesicht übereinstimmen. Wir haben frei zugängliche Fotos von Roth aus dem Internet herangezogen, die

Ähnlichkeit ist nicht zu leugnen. Außerdem passt Ihre Beschreibung seiner Jacke zur Datei vom *Rettershof*. Diese Streifen auf dem Ärmel gibt es selten. Das wäre doch ein sehr großer Zufall. Wie ich den Staatsanwalt kenne, wird ihm das in der Summe für einen Haftbefehl ausreichen.«

»Hätte Roth die Jacke wegschmissen, statt sie weiterhin zu tragen und mir damit in die Arme zu laufen, wäre es schwieriger, ihm die Tat nachzuweisen. Vielleicht erwischt man ihn bei der Landung in Antanarivo. «

»Ich rufe sofort bei der Bundespolizei am Flughafen an, die sollen die Passagierlisten überprüfen. Anschließend beantrage ich Amtshilfe bei den Kollegen in Madagaskar, entweder über den Verbindungsbeamten des BKA in der deutschen Botschaft oder über Interpol, je nachdem, was schneller geht.«

»Was ist mit Homeyer?«

»Sein Alibi ist wasserdicht, Krüger hat das Ehepaar aus Eppstein ausreichend genervt. Außerdem gab's weitere Zeugen für den Tatzeitraum, der italienische Wirt in Fischbach und dessen Bedienungen. Diehl muss der zweite Mann gewesen sein, obwohl wir gegen ihn weniger in der Hand haben als gegen Roth. Der spontane Abflug sieht wie eine Flucht aus, um bei mir nicht antanzen zu müssen. Fluchtgefahr und erstrecht der plötzliche Flug nach Madagaskar helfen dem Staatsanwalt bei der Entscheidung für den Haftbefehl. Sie hören von mir, wenn ich mehr weiß.«

»Ich habe zwar nur gehört, was du gesagt hast«, meinte Julia, nachdem ich aufgelegt hatte, »aber es langt, um zu erfassen, dass Ihr jetzt wisst, wer den Mord begangen hat.«

»Sobald Sie landen, schnappen die Handschellen zu.«

Es ließ mir keine Ruhe, ich schaute ins Internet, um den Flug zu finden. Ich klickte durch die Seiten des Flughafens, wählte den Zielort an: überhaupt kein Flug ab Frankfurt, weder am frühen

Morgen, noch danach. Nicht gut. Nach einer dreiviertel Stunde rief ich wieder bei Giel an.

»Wir sind dran, Bernau, die Grenzer haben Diehl und Roth auf der Liste einer Maschine nach Dubai gefunden.«

»Puh, ich dachte schon, sie wären uns durch die Lappen gegangen.«

»Der Flieger landet dort in dreißig Minuten, eventuell zu knapp, um die Grenzpolizei im Emirat zu informieren und den Haftbefehl zu faxen.«

»Das kann nicht wahr sein!«

»Wenn die beiden in Dubai bleiben, was ich bezweifle, kriegen wir sie. Sie möchten bestimmt nicht nach arabischem Recht bestraft werden. Garantiert steigen sie um und fliegen weiter, mit welchem Ziel auch immer. Das müssen wir jetzt schauen.«

Ich verspürte keine Lust, auf eine Antwort von Giel zu warten oder jede Stunde anzurufen, um ihn nach dem neuesten Stand zu fragen. Stattdessen rief ich bei Frau Brönner an, sie wollte schließlich über den Fall reden. Vielleicht ergab sich ein Anschlussauftrag, man wusste nie. Die Vorzimmerdame bot mir einen Termin noch vor dem Mittagessen an, was ich gerne annahm.

Das Büro der Vorstandsvorsitzenden hatte die üblichen Maße, ziemlich üppig, zwischen Tür und Schreibtisch hätte ein Dutzend weiterer Mitarbeiter Platz gehabt.

»Schön, dass Sie Zeit für mich gefunden haben, Herr Bernau.«

»Na klar, die Geschichte entbehrt ja auch nicht einer gewissen Spannung.«

»Bitte setzen Sie sich!« Frau Brönner, etwas kleiner, kurze, blonde Haare, trug einen blauen Nadelstreifenanzug. »Ich gebe zu, ohne diese Dramatik wäre meine Tagesordnung heute deutlich einfacher zu bewältigen. Wenn Sie mir bitte von den Geschehnissen aus Madagaskar berichten würden, gerne ausführlicher, wir haben eine Stunde Zeit.«

So holte ich weit aus, bemühte mich, kein Detail, das sie interessieren könnte, auszulassen. Ihre Stirn legte sich immer stärker in Falten.

»Jetzt verstehe ich, warum Sie vorhin das Telefonat mit mir abgewürgt haben«, sagte sie schließlich. »Manche Dinge entwickeln sich in einem Tempo, dass man sofort reagieren muss.«

»Von welcher Summe reden wir eigentlich? Herr Schurer von der Revision meinte, dass das Straßenbauprojekt mit circa drei Millionen Euro angesetzt war. Wie viel hat Roth obendrauf gepackt?«

»Rund zweieinhalb Millionen. Inzwischen ist bei einer tiefergehenden Überprüfung der Verdacht aufgekommen, Roth könnte diese Methode auch bei anderen Maßnahmen angewendet haben.

Wir stehen einem drastisch größeren Scherbenhaufen gegenüber. Nach einer ersten Aufstellung addiert sich das zu neun Millionen, für die überhaupt keine Gegenleistung des Bauunternehmens existiert.«

»Man hat bereits für deutlich weniger gemordet.«

»Mit Sicherheit. Wir versuchen natürlich, wieder an unser Geld zu kommen. Die Sache gestaltet sich sehr schwierig.«

»Herr Berger ist der Bauträger des Straßenbauprojekts, er sitzt in Frankfurt, dort liegt das Geld.«

»Ja und nein. Die Abrechnungen erfolgten über das Büro in Madagaskar. Deutsche Entwicklungsgelder sollten nicht in Deutschland bleiben, sonst würde sich das Partnerland düpiert fühlen. Die Überweisungen gingen auf Bergers Konto in Antanarivo, er ist allerdings auch aus allen Wolken gefallen. Wir hatten drei Kollegen zu ihm nach Niederrad geschickt, um die Sache zu klären. Berger wusste angeblich nur von den vereinbarten Summen. Ich habe vorhin den Oberstaatsanwalt für Wirtschaftsdelikte über die Situation informiert.«

»Das ganze Geld liegt in Tana.«

Ich versprach ihr, mich bei neuen Erkenntnissen sofort zu melden. Freundlicherweise sicherte sie mir eine prompte Zahlung meines Honorars zu. Vom Auto aus rief ich Giel an.

»Bernau hier, wie sieht es aus?«

»Die beiden sind tatsächlich auf dem Weg nach Antanarivo. Sie müssen doch damit rechnen, dass wir sie dort suchen. Der Flieger landet in drei Stunden.«

»Ich glaube, die wollen einfach nur eine Bank besuchen.«

»Wieso Bank?«

Ich berichtete ihm von meinem Gespräch mit Frau Brönner.

»Okay, solche Summen sind definitiv ein perfektes Motiv für den Mord an Arnold Walter. Nur ein Petzen von möglichem Pfusch oder das Abzweigen von Baumaterial für die Straße der Chinesen erschien mir bislang zu unbedeutend, bei welchem Bauprojekt passiert das nicht.«

»Was hat der Staatsanwalt zur Beweislage gesagt?«

»Er ist nicht ganz zufrieden. Zu viele Indizien, die zwar schön klingen, vor einem pienzigen Richter jedoch kippen könnten. Für den Haftbefehl hat es aufgrund der vollzogenen Flucht ausgereicht, aber wehe, die sind wirklich dienstlich unterwegs und wollen in den nächsten Tagen wieder nach Hause fliegen.«

»Okay, immerhin. Die Herren möchten sicher nicht zurückfliegen.«

Giel versprach mir, mich anzurufen, sobald man die beiden verhaftet hatte. Eine Nachricht von Julia erschien auf dem Display, sie musste zu einem Pressetermin nach Frankfurt fahren. Schade. Blieb mir nur, selber im Büro Schreibkram zu erledigen, bis Giel Vollzug meldete.

Für die Zeit nach dem Fall Weber hatte ich bislang zwei Aufträge, die ich nur zum Teil als dringlich einstufte. Immer häufiger befürchteten Firmen, dass Konkurrenten sie ausspionierten. Ihr Vertrauen in die zuerst beauftragten Sicherheitsspezialisten hielt sich in Grenzen, manche von denen hatten vorher eine Karriere als erfolgreiche Hacker hingelegt, warum sollten diese nicht zweigleisig fahren und von beiden Seiten kassieren. Hier kam mein guter Ruf zum Tragen. Dass ich mal einen Leumund haben würde, der Geld wert war, hatte ich auch nie gedacht. Susanne saß wie immer vor ihrem PC.

»Lange nicht mehr gesehen«, begrüßte sie mich. »Gibt's was Neues?«

»Zum Glück, allerdings ist das Finale erst in drei Stunden.«

Sie schaute mich mit hochgezogenen Augenbrauen an, worauf ich ihr die momentane Situation erklärte.

»Das klingt doch super«, sagte sie. »Zum Feierabend eine Verhaftung der Täter und anschließend zwei ordentliche Rechnungen für unsere Auftraggeber. Die Unterlagen für den nächsten Fall liegen übrigens vor deinem Computer.«

»Ich bin wahrscheinlich der einzige Chef, der von seiner Angestellten gehetzt wird.«

»Bevor mein Monatsgehalt wackelt, treibe ich dich lieber an.«

»Danke.«

In der Mappe hatte Susanne die Probleme eines Kelkheimer Unternehmens aufgelistet. Bislang wusste ich gar nicht, dass in unserem Städtchen hochsensible Rüstungsgüter hergestellt wurden. Elektromechanische Bauelemente für die berühmten deutschen U-Boote, direkt aus dem Taunus, ganz ohne Meer. Kein Wunder, wenn fremde Mächte ihre langen Finger nach den Daten ausstreckten. Ich las mich in die Materie ein, es klang wie ein Spionageroman. Mögliche Unterstützung der Hacker durch ausländische Geheimdienste, Gegenmaßnahmen mit Hilfe des hessischen Verfassungsschutzes, der aber personell an seine Grenzen kam. Ich öffnete eine Datei, in der ich Kontakte speicherte, die mir in solchen Fällen schon oft gute Dienste geleistet hatten. Am Brunnen in unserer Fußgängerzone hörte ich Kinder spielen. Ich stand auf, um einen Blick durch das Fenster auf die einsetzende Dämmerung zu werfen. Vor dem Friseurladen diskutierten Raucherinnen mit deutlichen Gesten, ihre Worte verstand ich nicht.

»Tschüss Roland, bis Morgen.«

Ich drehte mich zu Susanne um.

»Einen angenehmen Feierabend wünsche ich Dir«, antwortete ich.

»Werde ich haben, die Zumbamädels warten.«

»Jedes Jahr eine neue Mode in den Fitnesscentern.«

»Verein, mein Lieber. Ja, das muss sein, macht auch viel Spaß.«

Giels Anruf kam einfach nicht. Diese Nummer strapazierte meine Nerven. Keine Lust, nachhause zu gehen und mich auf das Sofa zu legen. Julia wollte heute Nacht in ihrem eigenen Bett schlafen, Letzteres hatte sie extra großgeschrieben. Die Süße. Ich schloss das Büro ab, spazierte über den dunklen Marktplatz und entschied mich für ein kühles Blondes in der Lounge, einer Bar am anderen Ende der Stadtmitte. Ich klickte zu viel auf meinem Handy herum, eine Stunde später verabschiedete sich der Akku. Um halb Zehn war ich zuhause. Kaum hatte ich das Smartphone ans Ladekabel angeschlossen, erreichte mich eine Mail von Giel.

Flucht

Roth und Diehl gelandet, Verhaftung gescheitert, Haftbefehl kam zu spät. So eine verdammte Scheiße. Heute wollte nichts gelingen. Ich rief meinen Hauptkommissar an. Er klang ausreichend zerknirscht, fluchte über die unsägliche Bürokratie, bei uns wie in Afrika. Schlussendlich scheiterte die Verhaftung am schlechten Datenempfang in Madagaskar, das Foto vom Haftbefehl ließ sich dort nicht öffnen. Ohne amtlichen Wisch keine Aktion der Flughafenpolizei. Ganz klasse. Ich ging zum Kühlschrank, öffnete eine Flasche Bier und kramte in meinem Schreibtisch. Irgendwo musste die Visitenkarte sein. Der Computer fuhr hoch, die Seite des E-Mail-Providers baute sich auf. Gut eine Stunde lang tippte ich einen Bericht über die Morde an Martina Weber und Arnold Walter. Zusammenhänge, Hintergründe sowie mögliche Handlungen von Roth und Diehl in Madagaskar. Zur Textdatei kopierte ich die beiden Fotos, die Tat in Betioky und das Bild vom *Rettershof.* Vorgewarnt durch Giels schlechte Erfahrungen komprimierte ich die Datei auf eine geringere Größe und schickte sie los. Vielleicht würde mir Lieutenant Lennet helfen können.

Am nächsten Morgen fuhr ich zur Hofheimer Kripo. Krüger schüttelte nur den Kopf, als er mich durch die offene Tür kommen sah.

»Sie sind wieder zu spät, Bernau.«

»Ach, ohne meine Ergebnisse wüssten Sie doch gar nicht, wen Sie jagen sollten.«

»Unsinn. Sie finden zwar gutes Material, erkennen aber dessen Wert leider überhaupt nicht.«

»Kinder, Kinder, immer dieses Gedöns. Beruhigt Euch!« Giel dreht sich im Bürosessel zu mir um. »Ich habe jetzt die volle Unterstützung des Staatsanwalts«, sagte er. »Laut der Landwirtschaftlichen Bank in Antanarivo, da landete das Geld aus Eschborn, hat Roth zweimal ungewöhnlich große Summen überwiesen, und zwar nach Panama.«

»Amtshilfe in Mittelamerika, klappt das besser als in Afrika?«

»Möglicherweise liegt das Geld sowieso nicht mehr dort, im Gegensatz zur madagassischen Bank lässt die panamaische Online-Überweisungen zu. Klingt nicht wie eine Rückzahlung an seinen Arbeitgeber. Insgesamt sind rund drei Millionen Euro um den Globus gewandert. Roth hat Madagaskar bislang nicht per Flugzeug verlassen, Schiffe kontrolliert man leider nicht so streng. Wir müssen ihn erwischen, bevor er das Geld irgendwo auf der Welt in bar abhebt.«

»Ich war so frei, jenseits von Ihrem Amtshilfegesuch direkt Kontakt mit einem Lieutenant aufzunehmen, den ich dort kennengelernt habe. Ich halte ihn, falls ich nicht völlig danebenliege, für vertrauenswürdig.«

»Meinetwegen, wenn es hilft.«

»Der Herr Bernau pfuscht uns jetzt schon international ins Geschäft«, meldete sich Krüger zu Wort.

Ich verabschiedete mich lieber, bevor ich mich aufregte.

Am späten Nachmittag antwortete Lieutenant Lennet per Mail. Er bedankte sich für die Informationen zur Entwicklung des Mordfalls. Sein Chef hatte ihn mit den weiteren Ermittlungen beauftragt, die durch meine Hinweise einen deutlichen Schritt nach vorne gemacht hätten. Nun würde er sich auf die Suche nach den Beiden konzentrieren, leider ließ die Infrastruktur Madagaskars stark zu wünschen übrig, was die Fahndung nicht gerade vereinfachte. Roth müsse sich allerdings noch ein paar Tage im Land aufhalten, schrieb er, um seine Gelder Stück für Stück nach Panama zu überweisen. Eine so große Summe durfte man als Ausländer in Madagaskar nicht in einem Ruck transferieren. Immerhin der Hauch einer Chance. Mir fiel nicht ein, wie ich ihm aus der Ferne weiter behilflich sein könnte. Ich rief die Webseite der deutschen Botschaft in Antanarivo auf, klickte mich durch, bis ich die Kontaktdaten der Legationsrätin Sabrina von Estorff fand. Sie hatte mich ins Boot geholt, nun würde sie mit Sicherheit auch die Polizei unterstützen. Die von Estorff könnte Lennet bei möglichen Hindernissen helfen, an denen die Befugnisse der örtlichen Beamten an Grenzen gelangten. Der Lieutenant hatte mir bei unserem letzten Gespräch von seinen Sorgen um die Korruption im Regierungsapparat erzählt. Ein wenig Hilfe durch deutsche Stellen war das Mindeste, was er erwarten konnte. Ich kopierte ihre Daten in die Antwort an Lennet. Der Tag endete erfreulich, Julia rief an und fragte, ob ich Lust hätte, Essen zu gehen. Was für eine Frage. Statt in Kelkheim oder bei ihr in Niederrad, schlug sie den *Frankfurter Hof* in Schwanheim vor, unter den Anwohnern nur *Seppche* genannt. Hier waren wir schon früher rustikal essen, die Speisekarte strotzte nur so vor Frankfurter Spezialitäten. Ich wunderte mich über ihren Vorschlag, in letzter Zeit aß sie lieber beim Italiener oder Thai.

Sie wartete bereits in der Gaststube, hielt die Karte in der Hand. Ihre Augen stärker als sonst zusammengekniffen, auch die Mundwinkel sahen nicht nach Lächeln aus.

»Hallo Mäuschen, was ist los? Hat dir dein Chef ein unsittliches Angebot gemacht? Du guckst so bös.«

»Die Maus ist sauer. Stocksauer.«

Sie gab mir einen allzu kleinen Kuss und schaffte es, mich zu verunsichern.

»Wie du mich anschaust ... Was habe ich verbockt?«

»Nein, entschuldige, ausnahmsweise bist du nicht schuld. Mein Vermieter ist der Idiot.«

»Eine saftige Mieterhöhung?«

»Schlimmer.«

»Bitte, kein Quiz.«

»Kündigung wegen Eigenbedarfs. Nach knapp zehn Jahren. Ich könnte kotzen.«

»Nicht schön. Gerade heutzutage.«

»Ja, tausende englische Banker suchen schicke Wohnungen. Gar nicht auszudenken, wie lange ich jetzt hässliche Buden zu überhöhten Preisen abklappern darf, bis man einer freien Journalistin den Vorzug gegenüber den Geldsäcken gewährt.«

Wir bestellten beide ein großes Bier, zum Essen wählte ich ein Leiterchen, sie grüne Soße mit Eiern.

»Aber nach zehn Jahren kann er dich doch nicht so einfach auf die Straße setzen.«

»Tut er auch nicht, er kommt mir halbwegs entgegen. Ein halbes Jahr ist wohl die übliche Kündigungsfrist, er räumt mir bis zu ein Jahr ein, wenn es nötig wird. Trotzdem Scheiße. Lage, Miete und natürlich das Haus sind ein Traum, das finde ich nie wieder.«

»Ich hätte da eine Idee.«

»Kennst du Immobilienbesitzer, die eine Wohnung für mich haben?«

»So könnte man das formulieren.«

»Bitte, lass dir nicht alles aus der Nase ziehen.«

»Was hältst du davon, in Kelkheim zu wohnen? Du arbeitest in Frankfurt, ein Spaziergang zur S-Bahn, Waldrandlage, das Schwimmbad um die Ecke ...«

»Bietest du mir an, bei dir einzuziehen, oder versteh ich das gerade vollkommen falsch?«

Über ihr Gesicht huschte der Ansatz eines Lächelns.

»Ich glaube, das wollte ich damit zum Ausdruck bringen.«

»Du bist unmöglich. Männer. Komm mal her.«

Dieser knappen Aufforderung folgte in den allermeisten Fällen ein langer Kuss. So auch diesmal.

»Ich werde dein Angebot wohlwollend prüfen, mein Lieber.«

»Natürlich, du sollst nichts überstürzen, wir sind ja erst seit einem Jahr zusammen. Wenn überhaupt. Außerdem wird man in unserem Alter vorsichtiger.«

»Jetzt hör auf, so einen Unsinn zu schwätzen. Kussi.«

Der Kellner stellte wortlos die bestellten Gerichte vor uns ab.

Letal

Mein neuer Auftrag gestaltete sich deutlich schwieriger als gedacht. Die Verbrecherjagd im virtuellen Raum blieb mir fremd, die Hacker saßen irgendwo auf dem Planeten, wir folgten ihren Spuren innerhalb von Millisekunden durch die Knotenpunkte des Internets. Besser gesagt, mein hochqualifizierter Subunternehmer nahm die Fährte auf, ich hatte mich geistig längst verabschiedet. Solange wir ordentliche Resultate vorlegen konnten, war diese Form der Verbrechensbekämpfung lukrativ, aber solche Verbrechen waren nicht der Grund, warum ich als Privatermittler arbeitete. Julia überlegte weiterhin intensiv, ob sie bei mir einziehen sollte. Seit inzwischen drei Wochen. Die Frau kostete mich meine letzten Nerven. Susanne fand es lustig, ihren Chef in einem emotionalen Dilemma zu erleben.

»Vielleicht läuft eure Beziehung ja besser mit getrennten Wohnungen«, meinte sie.

»Wenn in deiner Stimme nicht dieser Anflug von Ironie mitschwingen würde, wäre es mir eine Freude, mit einer Frau wie dir darüber zu reden. Wie viele Männer hast du schon in die Flucht getrieben?«, antwortete ich etwas unwirsch.

»So sensibel ... entschuldige.«

Ihr Telefon klingelte, sie hob ab.

»Detektei Bernau, Söllner am Apparat.«

Eine kurze Pause.

»Einen Moment bitte, ich reiche nur den Hörer weiter.« Sie streckte ihren Arm in meine Richtung. »Hauptkommissar Giel.«

»Bernau.«

»Kaufen Sie sich eine Zeitung, Frankfurter Umschau, Seite Fünf, der Bericht am rechten Rand.«

»Ja und? Was erwartet mich da?«

»Ich wünsche Ihnen noch einen schönen Tag.«

Klack. Giel hatte einfach aufgelegt. Susanne sah mich an und lachte.

»Die Polizei hat zu wenig Leute, seine Zeit ist kostbar.«

»Die Umschau soll ich lesen«, brummelte ich vor mich hin.

»Die kriegst du beim Buchhändler in der Frankfurter Straße«, sagte Susanne, während ich meine Jacke von der Garderobe nahm.

Ich legte dem Händler zwei Euro auf den Tresen und schlug die Zeitung auf. Seite Fünf.

Deutscher an Pest gestorben
Antanarivo. Der deutsche Entwicklungshelfer Daniel R. ist vor vier Tagen in Madagaskar an der Pest gestorben. Weltweit nahezu ausgerottet, bricht die lange Zeit totgesagte Seuche auf dem afrikanischen Subkontinent im Indischen Ozean immer wieder aus. Daniel R. litt an der Lungenpest, der besonders heimtückischen Variante, die oft mit Bronchitis verwechselt wird. Wenn man nicht sofort Antibiotika verabreicht, sterben fast alle Infizierten innerhalb weniger Tage. Daniel R. befand sich seit zwei Wochen im Süden des Landes in Untersuchungshaft. Nach Aussage der örtlichen Polizeistation hat ihn höchst wahrscheinlich ein einheimischer Mithäftling angesteckt. Daniel R. wurde der Mord an einem Mitarbeiter vorgeworfen. Die Kriminalpolizei hatte ihn in der Nähe eines Ferienressorts auf der Insel Nosy Be in einem Internetcafé verhaftet. Laut Auskunft der deutschen Botschaft hielt sich Daniel R. auf der bei Europäern sehr beliebten Ferieninsel versteckt. Ein möglicher deutscher Komplize sei weiterhin auf der Flucht, dessen Verhaftung aber nur eine Frage der Zeit, weil die madagassischen Sicherheitsbehörden ihre Grenzkontrollen deutlich verstärkt hätten.

Im Juli 2016 berichtet die Neue Zürcher Zeitung am Sonntag (NZZaS) über den Mord am Schweizer Entwicklungshelfer Walter Arnold. Man fand ihn am 17. Juni 1996 erdrosselt in seinem Geländewagen. Die Redakteurin legt in einem sehr ausführlichen Artikel dar, warum die Raubmordthese der madagassischen Polizei nicht glaubwürdig ist. Aufgrund von Hinweisen aus Arnolds Umfeld sieht sie die Motive und damit auch die Täter im beruflichen Bereich, möglicherweise sogar in der Schweiz.

Diesen realen Fall vor Augen, begann ich meine Recherchen zum Thema Entwicklungshilfe, ganz konkret in Madagaskar. Für mich eine naheliegende Materie, da ich vor Jahren einen Monat auf dem afrikanischen Subkontinent unterwegs war, eine Mischung aus freier Arbeit als Fotograf und Urlaub, und zwar ausgerechnet mit dem Schwerpunkt deutsche Entwicklungshilfeprojekte.

So lernte ich dieses Land nicht aus der typischen Touristenperspektive kennen. Diese Erfahrung ermöglichte es mir, nicht nur die Städte und Dörfer aus eigener Ansicht zu beschreiben, sondern auch zu wissen, ob sauberes Trinkwasser fehlt oder eine gute medizinische Versorgung und wie sich die Menschen mit ihren Problemen auseinandersetzen oder den althergebrachten Ritualen folgen.

Besonders fasziniert, aber natürlich genauso irritiert, haben mich die Fady, die eigenartigen Tabus. Über manche schüttelt man als Deutscher nur den Kopf, andere kann man vielleicht nachvollziehen, wie so oft bei religiösen Regeln.

Bei einem Ritual, sollte man der Zeremonie zufällig beiwohnen, muss man allerdings gute Nerven mitbringen: Famadihana, die Leichenwendfeier. Die Toten gehören in Madagaskar viel stärker als im Rest der Welt weiterhin zur Familie. Deshalb gräbt man die Toten gelegentlich wieder aus, manchmal nur alle zehn Jahre, manchmal öfter. Egal, wie viel von ihnen noch übrig ist. Ein großes, teures Fest, bei dem das ganze Dorf mitfeiert. Dieser Brauch gilt aber auch als eine der Ursachen für die immer wieder auftretenden Ausbrüche der Pest. Bernaus Begleiter wollten ihn sicherheitshalber gar nicht erst diesem Risiko aussetzen. Ich auch nicht.

Madagaskar gehört zu den ärmsten Ländern der Welt. Das Bruttosozialprodukt stagnierte jahrzehntelang, stieg es gelegentlich doch ein wenig, hatten die Menschen noch lange nichts davon. Dabei ist das Land voller Bodenschätze, was wiederum in weiten Teilen eher Pech als Segen ist. Internationale Bergbauunternehmen bauen die Rohstoffe in großem Stil ab: Titan, Nickel, Bauxit (Aluminiumerz) und Eisenerz. Edelsteine wie Smaragde und Saphire werden eher von den einheimischen Glücksrittern gesucht, die auf eigene Faust viele Gegenden in Mondlandschaften verwandeln.

90% des Urwaldes wurden bereits abgeholzt, weil die Menschen als Energiequelle Holzkohle nutzen. Nach den Zahlen der deutschen Entwicklungshilfe verbraucht jede Familie im Durchschnitt pro Jahr einen Hektar Wald. In den ländlichen Regionen gibt es so gut wie keine Stromversorgung, nur 5% der Menschen auf dem Land besitzen einen Stromanschluss.

Nach meinem Eindruck hat die massive wirtschaftliche Intervention der Chinesen in Ostafrika die Lage noch einmal verschärft. Sie kaufen oder pachten riesige Landstriche, um den Fortbestand der chinesischen Industrie zu sichern.

Die Arbeitskraft der Einheimischen muss dabei nicht unbedingt genutzt werden, es gibt schließlich genug Chinesen. Inzwischen leben nach aktuellen Schätzungen 60.000 - 100.000 Chinesen in Madagaskar, in ganz Afrika über eine Million.

In diesem Umfeld wurde Walter Arnold ermordet. In meinem Buch habe ich die beiden Namen miteinander vertauscht und ihn zu einem deutschen Entwicklungshelfer gemacht. Arnold hat tatsächlich den Finger in die Wunden der Entwicklungshilfe gelegt, und davon gab und gibt es sicherlich einige. Madagaskars Staatshaushalt besteht fast zur Hälfte aus ausländischen Geldern, Summen, die natürlich Begehrlichkeiten wecken. Gleichzeitig verdient ein Madagasse im Durchschnitt 30 Euro im Monat, einen Euro am Tag.

Die Schweizer Polizei hatte zum Mordfall Arnold eigene Ermittlungen angestellt, die im Jahr 2002 mit einem Abschlussbericht endeten. Die Schuldfrage blieb ungelöst. »Die Wahrheit liegt in Madagaskar«, sagt der Bericht.

Mitten in den Arbeiten zu meinem Buch nahm die Schweizer Staatsanwaltschaft zu meiner großen Überraschung den Fall wieder auf. Im Sommer 2017 lagen neue Erkenntnisse vor, unter anderem Indizien für die Veruntreuung von Schweizer Entwicklungshilfegeldern.

Walter Arnold soll kurz vor seiner Ermordung angekündigt haben, dass er einen Skandal auffliegen lassen wolle, laut Notizen handelte es sich um die Zweckentfremdung von Mitteln, die eigentlich für Straßenbauprojekte vorgesehen waren.

Mehrere mögliche Zeugen wurden in kurzer Folge umgebracht, darunter auch Arnolds Leibwächter, der ausgerechnet zwei Wochen vor der geplanten Einvernahme durch die Schweizer Polizei bei einem Giftanschlag ums Leben kam.

Zu viele Zufälle.

Kurz vor Weihnachten 2017 stellte ein Abgeordneter im Schweizer Parlament, der Nationalrat Roland Büchel, eine Anfrage zu den Ermittlungen an die Schweizer Regierung.

Diese Fragen beantwortete Bundesrat Ignazio Cassis, Vorsteher des Eidgenössischen Departements für auswärtige Angelegenheiten (EDA), der Schweizer Außenminister. Teil des Schweizer Außenministeriums ist auch die Entwicklungshilfe. Der Bundesrat sieht keine Hinweise auf die Veruntreuung von Geldern.

Im Januar 2018 schreibt die NZZaS, dass diese Antwort nachweislich falsch sei. Der Zeitung, der Schweizer Entwicklungshilfegesellschaft und der Bundesanwaltschaft lägen Unterlagen vor, die eine Unterschlagung der Gelder dokumentieren. Mit hohen Summen habe die Frau des mittlerweile verstorbenen Vize-Direktors der Schweizer Entwicklungshilfe in Madagaskar ein Bordell aufgebaut.

Der Mordfall Walter Arnold ist noch nicht abgeschlossen.

Olaf Jahnke

Ich möchte mich recht herzlich bei allen Unterstützern meines Buches bedanken.

Speziell bei den zwei Entwicklungshelfern, die mich auf den aktuellen Stand bei einigen Projekten gebracht haben, namentlich aber nicht genannt werden möchten.

Meiner Lektorin Britta Voss gebührt mein Dank, sie hat mit sehr viel Engagement und Geduld die Merkwürdigkeiten meiner Sprache entdeckt und sie auf den rechten Pfad gelenkt, was nicht immer ganz einfach ist.

Und natürlich bedanke ich mich bei meiner Familie, für viel Geduld und ihr Verständnis, wenn ich mal wieder zu lange über dem Text brütete.

Olaf Jahnke

BIOGRAPHISCHES

OLAF JAHNKE

© Foto: Mara Jahnke

Olaf Jahnke

1963 in Uelzen geboren, lebt seit 1982 in Hessen. Geschrieben hat er schon früh. Zuerst für die Schülerzeitung, danach für die Lokalzeitung, später erschienen seine Artikel in überregionalen Zeitungen. Nach sieben Jahren bei der Fernsehproduktion der FAZ wechselte er zum Öffentlich-Rechtlichen Fernsehen. Olaf Jahnke arbeitet als Kameramann und Reporter für den Hessischen Rundfunk in Frankfurt.

Olaf Jahnke
Patientenrache
Krimi
Ein Fall für Roland Bernau

ISBN: 978-3-95771-104-5
eISBN: 978-3-95771-105-2

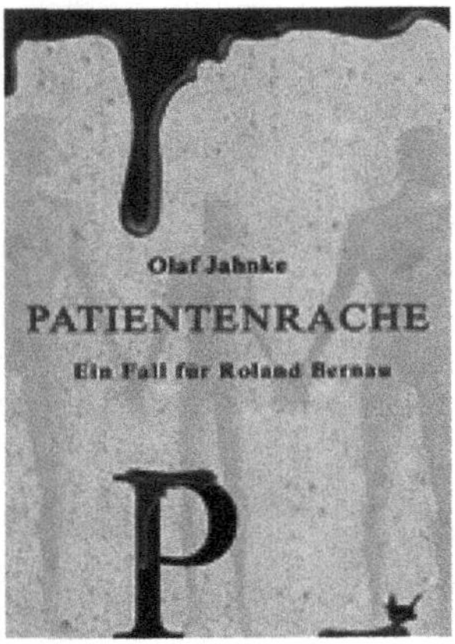

Im Frankfurter Bahnhofsviertel und in Bad Homburg werden Männer auf offener Straße zusammengeschlagen und auf die Intensivstation gebracht. Obwohl beide Opfer Sachbearbeiter bei der gleichen Wiesbadener Versicherung tätig waren, glaubt die Polizei nicht an einen Zusammenhang. Doch dem Zufall bleibt bei der Abteilungsleiterin selten etwas überlassen und somit beauftragt sie Privatermittler Roland Bernau mit dem Fall. Während seiner Recherchen in den Akten der Versicherung wird dem agilen Ex-Polizisten schnell klar, dass es sich bei den Schadensfällen, an denen die beiden Männer zuletzt gearbeitet hatten, um Probleme in Kliniken handelte, und zwar hauptsächlich im Taunus.

Olaf Jahnke liefert eine spannende Geschichte über Vertrauen, Betrug und Gesundheit, basierend auf Ereignissen, die er im Rahmen seiner jahrelangen Arbeit für Fernseh- und Zeitungsreportagen erlebt hat. Seine Erfahrungen und Kontakte ermöglichten ihm, diesen packenden Krimi zu schreiben. Privatermittler Roland Bernau durchstreift bereits zum zweiten Mal das Rhein-Main-Gebiet und gerät ins Kreuzfeuer von Versicherungsinteressen, medizinischen Schadensfällen, Patientenbedürfnissen und den Mächten der Justiz. Die menschlichen Schicksale, die hier beschrieben werden, sind – leider – bittere Realität.

Olaf Jahnke
Tod eines Revisors
Ein Fall für Roland Bernau

ISBN: 978-3-95771-170-0
eISBN: 978-3-95771-171-7

Der leitende Innenrevisor einer großen deutschen Bank wird in einer privaten Psychiatrie in Königstein tot aufgefunden. Selbstmord durch Psychopharmaka ist nichts Ungewöhnliches und die Polizei verzichtet auf weitere Ermittlungen. Doch die Witwe will nicht glauben, dass ihr Mann sich umgebracht hat. Sie beauftragt den Privatermittler Roland Bernau, den Mörder zu finden. Der Ex-BKA-Fahnder entdeckt das doppelte Spiel des Revisors. Er kommt einem riesigen Betrug auf die Spur, der bis in die Wendezeit der DDR zurückreicht. Doch ein Netzwerk aus Politik und Wirtschaft will Bernaus Ermittlungen stoppen. Mit allen Mitteln.

Olaf Jahnke erzeugt eine spannende temporeiche Geschichte über Finanzbetrug und Wirtschaftskriminalität. Sie basieret auf Ereignissen, die er im Rahmen seiner jahrelangen Arbeit für Fernseh- und Zeitungsreportagen recherchiert hat. Seine Erfahrungen und Kontakte ermöglichten ihm, diesen packenden Krimi zu schreiben. Privatermittler Roland Bernau durchstreift das Dreieck Bad Homburg-Wiesbaden-Darmstadt mit den Frankfurter Bankenviertel als Zentrum für Geld und Macht. Dabei gerät er nicht nur in namenhaften Restaurants, Bistros und Cafés des Rhein-Main-Gebiets - er mag gutes Essen –, sondern auch ins Kreuzfeuer der Innendeutscher Politik. Ein beeindruckter Blick hinter den glanzpolierten Fensterfassaden der Großbanken.

»Große Politik und lokaler Bezug«
Thorsten Weigelt
FRANKFURTER RUNDSCHAU

ROMAN-NOIR

Leif Tewes

Blutzucker
ISBN: 978-3-95771-132-8
eISBN: 978-3-95771-133-5

Alternativen
ISBN: 978-3-95771-162-5
eISBN: 978-3-95771-163-2

Herzkiller
ISBN: 978-3-95771-164-9
eISBN: 978-3-95771-165-6

Kommissar Berg und seine Ermittler haben im Rhein-Main-Gebiet alle Hände zu tun. Sie ermiteln gegen Machenschaften von Politikern, decken krumme Geschäfte in der Food- und Pharmaindustrie oder haben es mit verliebte Auftragskiller zu tun.

Leif Tewes versteht es den Leser auf eine spannende Reise mit zu nehmen. Zürich, Kolumbien, Afghanistan, der Taunus oder Berlin, die Ziele, Nah oder Fern doch immer gefährlich. Den die abgestempelten »Bösen« Protagonisten reisen mit.
Und genau dieses absurdes und am Rande der Legalität existierendes »Noir« Innenleben durchläuchtet er mit präziser Sprache, Dynamik und Offenheit.
Seine Romane basieren auf sozialkritische Handlungen und seine Charakteren bewegen sich in eine Grauzone zwischen Gut und Böse.

»Eine Geschichte, die längst wahr sein könnte.«
hr2-kultur Buchempfehlung

»Ein Zeitdokument«
Frankfurter Rundschau

»Spannender geht es nicht!«
Mordsbuch.net

ZAKYNTHOS-KRIMIS

Antonia Pauly

Himmelfahrt
Kommissarin Myloná ermittelt auf Zakynthos
ISBN: 978-3-95771-087-1
eISBN: 978-3-942223-37-9

Entspannung
Kommissarin Myloná
und die Gefahren des Yoga
ISBN: 978-3-95771-088-8
eISBN: 978-3-942223-38-6

Lügenblau
Kommissarin Myloná
und die Liebern Konkurenten
ISBN: 978-3-95771-088-8
eISBN: 978-3-942223-38-6

Kommissarin Mylona, geschieden, ein Kind, ist dem brutalen Arbeitsalltag bei der deutschen Polizei entflohen und hat eine Stelle auf der griechischen Ferieninsel Zakynthos angenommen.
In ihre Fällen hat sie es mit ermordeten Hoteliers zu tun, Tavernenbesitzern die kulinarische Meisterwerke auf die Teller servieren, Umweltaktivisten zum Schutz der bedrohte Careta-Careta Schildkröte, eine Yoga-Schule, die deutsche Schülerinnen anlockt und Architekten die wegen der Finanzkrise sogar vom Mord nicht abschrecken, hauuptsache sie kommen auf dem Genuss eines der ragen stattlichen Bauprojekten.
Vassilis, der neue Vermieter kennt sich in der griechischen Mythologie bestens aus. Eleni hört genau zu, denn jeder ihre neuen Fälle findet Anschluss an die Fülle der griechischen Mythologie-Geschichten.

Spannende Kriminalromane, die gleichzeitig Reiseführer der Ionischen Insel Zakynthos sind. Geschichte, Land und Menschen, Bräuche und Alltagsprobleme werden so informativ weiter gegeben.

PAROS-KRIMIS

Peter Pachel
Maroulas Geheimnis
Kommissarin Waldmann ermittelt auf Paros
ISBN: 978-3-95771-214-1
eISBN: 978-3-942223-77-5

Peter Pachel
Griechisches Gift
Kommissarin Waldmann ermittelt auf Paros
ISBN: 978-3-95771-215-8
eISBN:978-3-95771-036-9

Peter Pachel
Süßes Wasser
Kommissarin Waldmann ermittelt auf Paros
ISBN: 978-3-95771-138-0
eISBN: 978-3-95771-139-7

Peter Pachel
Blutiger Marmor
Kommissarin Waldmann ermittelt auf Paros
ISBN: 978-3-95771-228-8
eISBN: 978-3-95771-229-5

Die griechische Insel Paros ist ein beschaulicher Platz, um Urlaub zu machen, und so trifft sich jedes Jahr aufs Neue eine eingeschworene Gemeinschaft, die bestens vertraut ist mit der Insel, ihren Einwohnern und Eigenheiten. Als Katharina Waldmann, die deutsch-griechische Chefin der Mordkommission Athen, zur Amtshilfe auf die Insel gerufen wird, ist jedem klar, dass ein Mord aufgeklärt werden soll. Paros beweist plötzlich allen Beteiligten, dass es voller Geheimnisse steckt. Mit Familiengeheimnisse, Fremdenfeindlichkeit, internationale Interessen und Bodenschätzen wird Katharina Waldmann in ihren Fällen konfrontiert. Gut dass sie ein Genussmensch ist und das gute Essen der Insel sorgt für Entschädigung.
Peter Pachel inszeniert die beliebte griechische Kulisse aus Urlaub und Gastfreundschaft neu, bettet seine Charaktere zwischen Tradition und Tourismus ein und lässt sie über Homosexualität und Natur stolpern.

»Eine spannende, hitzeflirrende ›Wer war's?‹-Geschichte. Peter Pachel feiert die griechische Küche.« BRIGITTE

OBERPFALZ-KRIMIS
GERTI ZIMMERMANN RECHERCHIERT

Thomas Bäumler

Prister, Neffe, Tod
ISBN: 978-3-95771-031-4
eISBN:978-3-95771-032-1

Frauengrund
ISBN: 978-3-95771-136-6
eISBN:978-3-95771-137-3

Thomas Bäumler lässt die angehende Journalistin Gerti Zimmermann. ob als Praktikantin bei der Heimatzeitung oder als Studentin der Journalistik-Schule in München. auf eigene Faust recherchieren.
Ihre Heimat die Oberpfalz diennt immer wieder als Schauplatz der Verbrechen und Geschichten.

Beim ersten Fall: Die blutjunge Gerti, die noch am Anfang ihre Karriere steht, recherchiert über einen bestialischen Mord und deckt die Tragödie eine katholischen Familie. Ein Krimi über Medienmacht, Meinungsfreiheit, Glauben und über sexuellen Missbrauch.

Beim zweiten Fall: Diese Mal muss sie gleich zwei Aufgaben bewältigen: Vergeben lernen und dazu die eigene Schwangerschaft durchstehen. Eine spanende, moderne Geschichte wie ein flächiges Bild, gemalt mit dem Pinsel des Lebens. Starke Frauen in den Hauptrollen, die selbst Entscheidungen darüber treffen, wem sie das Leben schenken und wem sie es nehmen.

Nicolas Cenway
Badetage
Thriller

ISBN: 978-3-95771-134-2
eISBN: 978-3-95771-135-9

Anwalt Tom Wolfert hat eine vielversprechende Zukunft vor sich: Als jedoch seine Schwester Jenny in Texas zum Tode verurteilt wird, stellt sich seine ganze Welt auf den Kopf. Die Geheimnisse, die er aufdeckt, katapultieren ihn mitten in ein Netzwerk aus Kindesmissbrauch, Gewalt, Erpressung – und mehreren Milliarden Dollar.
Nicolas Cenway liefert ein fesselnder Thriller über Selbstjustiz, das Schicksal von missbrauchten Kindern und den verzweifelten Versuch eines Bruders die Unschuld seiner Schwester zu beweisen. Nach eine wahre Begebenheit.

Michalis Patentalis
Der Mozart Code
Roman noir

ISBN: 978-3-95771-174-8
eISBN: 978-3-95771-175-5 ·

Alexis Vellis ist der beste Student der Wiener Musikakademie. Doch bei seiner Abschlussarbeit soll er das Geheimnis um Mozarts letzte Requiem entschlüsseln.
Michalis Patentalis beschäftigt sich in diesen Roman noir mit der Frage: Wer hat Wolfgang Amadeus Mozart umgebracht? In einer spannenden Verschwörungsgeschichte über Freimaurer, Wien und Klassische Musik gibt er Einblicke in die mysteriösen Todesumstände des großen Meisters. Dabei spielt die Liebe eine entscheidende Rolle in diesem »vintage«-Thriller, der in den Anfang der 1980er Jahren gesiedelt ist. Eine Zeit, als die Menschen für Idealen Kämpften und Verbrecher keine Handy hatten. Eine schöne alte Zeit für Nostalgiker.

KORFU-KRIMI

Ronnith Neuman
Hadeskinder
Ein Korfu-Krimi
ISBN: 978-3-95771-212-7
eISBN: 978-3-95771-213-4

In der Burgruine Angelokastro wird der Leichnam eines Jungen gefunden, sein Körper in einer bizarren Stellung. Ein ungewöhnlicher Fall für das Ermittler-Duo Angelis und Stephanidou von der korfiotischen Polizei. Ihre Untersuchungen fördern eine ähnliche Mordinszenierung in München, Ende der 1980er, zu Tage. Haben es die jungen Beamten hier tatsächlich mit demselben Täter zu tun? Bevor das Puzzlespiel überhaupt beginnen kann, geschieht ein weiterer Mord. Und eine mysteriöse Figur ist Zeuge des Geschehens ...
Ronnith Neumans Krimi ist eine Ode an die griechische Mythologie und ihre Wahlheimat Korfu. »Hadeskinder« ist der Auftakt zur Korfu-Krimi-Reihe beim Größenwahn Verlag – ein spannender Griechenland-Urlaubskrimi mit unerwartetem Finale.

GRÖSSEN
WAHN
VERLAG
www.groessenwahn-verlag.de